TILLTRÄ
FÖR
OBEHÖ
FÖRB.
VARNING
FÖR
HUNDEN
Tove

# メッセージ
# トーベ・ヤンソン自選短篇集

トーベ・ヤンソン 著
久山葉子 訳

フィルムアート社

仕事の友、ヘレン・スヴェンソンに捧げる――

『メッセージ――トーベ・ヤンソン自選短篇集』目次

# まえがき

フィリップ・テイル

トーベ・ヤンソンをムーミンの作者としか見ていない人がいるなら、ちょっともったいないと思う。確かに順序からいうと、ムーミンと呼ばれるトロールのほうが大人向けの小説よりも先に誕生してはいるけれど。それでも、長篇小説や短篇小説を読まずして、トーベ・ヤンソンを読んだとは言えないと思う。本当の意味で、読んだとは。

その一方で、それを体験できる機会がまだすっかり残っているなんて、羨ましい限りだ。

高校時代の冬のある週、ぼくは短篇小説集『聴く女』（一九七一）を上着のポケットにしのばせて学校へ通った。地元ヤコブスタード〔フィンランド中西部の町。スウェーデン語を話す住民が多い〕の市立図書館で借りた本だ。あるパーティーの途中で階段に出て、その本を取り出したことがある。そして雪の降りしきる中、短篇のひとつを友達に読み聞かせたのを覚えている。そのときどうしてもそれを――人生から直接切り取ったようなシーンを――誰かと共有したい気持ちをこらえきれなかったのだ。ぼくが魅了されたのは、文章に溢れるリアリティーではない。むしろ逆で、トーベ・ヤンソンには人の心の奥底にある夢や願いに自由に立ち入る能力があるかのように感じたからだ。そんな作家を、ぼくは他に知らなかった。

ぼくはトーベ・ヤンソンの作品に心酔していた。それと並んで当時のティーンエージャーが芸術と崇めたヴェルヴェット・アンダーグラウンドやデヴィッド・ボウイの音楽、ウディ・アレンの映画、カフカやドストエフスキーにも夢中になった。

その中でも、トーベ・ヤンソンの作品は特別な存在だった。それは彼女が自分と同じフィンランド出身だったから。「オオカミ」の中で描かれるヘーグホルメン島の冬の寂しさは、ぼく自身が抱える冬の寂しさでもあった。ユーモラスな「ある愛の物語」で大理石の尻に恋をするのも、フィンランド人の芸術家だ。子どもが冒険の旅に出る「ボートとわたし」は、ぼくも見たことのある海や岩でできた島々の風景が舞台になっている。

一九九八年に本作『メッセージ』が刊行されたとき、『首都新聞《ヒューヴドスタッツ・ブラーデット》』が日曜小説の欄に「ボートとわたし」を掲載した。ぼくはその記事を切り抜いて、ベッドの横の壁に貼った。それは、つい最近までそこに貼られていた。

＊＊＊

トーベ・ヤンソンは生涯を通して自画像を描き続けた画家だった。出版社の依頼で本人が編纂した本短篇集『メッセージ』も、彼女の自画像のひとつだと言えるかもしれない。おそらくこれが最後の自画像になった。当時八十四歳だった彼女は、その三年後に亡くなっている。

ヤンソンは、大人向けの小説の作家としては遅咲きと言えるだろう。しかしそれは、彼女の創作活動がすでに相当な広範囲にわたっていたからに他ならない。画家であり、童話作家であり、漫画家、児童文学作家、そしてイラストレーターでもあった。複数の人間に振り分けても、一人ひとりに充分な仕事量があっただろう。これほど幅広い分野での活躍をみせたスウェーデン語の作家が他に何人いるだろうか。アラビア社のマグカップ、日本のアニメシリーズやぬいぐるみのインスピレーションの源となり、さらにはおびただしい数の心揺さぶられる近代芸術を生み出し、同時に小説家としても大成しているのだ。そんな作家を、ぼくは他に一人も知らない。

仕事において並外れた自己規律を発揮し、すべての役割の間でバランスを保っていたトーベ・ヤンソン。その点では大変な苦労を強いられたのだろうと思う。

ヤンソンは本作『メッセージ』のために新しく八篇の短篇小説を書き下ろしている。冒頭のほうで読者が出会うのは、友人への恋しさを募らせて手紙を書く若い画家だ（「コニコヴァへの手紙」）。一方で本作の終盤では、年老いた芸術家となったトーベ自身が恋い焦がれられる存在となり、〝カーリン・ボイエを殺したのはあなたでしょう〟〝パステルカラーのムーミン柄トイレットペーパーについて、早急にご返答をいただければと存じます〟といった非難の手紙やファンレターを受け取ることになる（「メッセージ」）。

このふたつの作品の間に、彼女の短篇の中でももっとも印象的な作品が詰まっている。あまりに鮮やかで、ディナーの席で立ち上がって読み上げたいほどだ。「オオカミ」を読んでいるときなど、息をするのも忘れている自分がいた。今読んでも、それほどに素晴らしい作品だ。リチャード・フォードがアリス・マンローの短篇を、〝まさに巨匠の作品ではあるが、読み終えたあとに何も思い出せない〟と評したことがある。似たようなことをヤンソンも言われ続けてきた。彼女の作品にあるのは筋ではなく雰囲気で、ストーリーではなく言葉だと。

それはあながち間違いではないのだろう。しかし、それ以外にどうあればいいというのだ。短篇の真髄というのはまさにそこではないのか。作品という領域に留まりつつ、集中を途切れさせることなく、表現を残していく。後世の人々が、作品を噛み砕かなくても深く読みこめるような表現を。その強い信念と執拗なまでの執着は、「着想《アイデア》を得るということ」に出てくる、納得がいくまで何度も繰り返し一本の樹を描き続けた中国の画家を思わせるほどだ。

文章を楽しむためだけに、トーベ・ヤンソンの作品を読むわけではない。物語を取り巻く環境――例えば、ヘルシンキの風景やその時代の様子を楽しむこともできる。「卒業式」のような素朴な一篇は、三〇年代の学生たち――戦争が影を落とす直前のフィンランドから届いた絵葉書のようだ。感情が凝縮された濃密な物語「人形の家」は、フィンランドにおけるゲイ文学の黎明期に重要な貢献を果たした。

ムーミンシリーズにしても短篇小説にしても、何よりもまず人物描写に秀でた作家だというのは明らかだ。それは、四〇年代に彼女が制作したヘルシンキ市庁舎のフレスコ画を思わせる。彼女はあらゆる種類の人間を描くことができた。滑稽な人、傷ついた人、親切な人、プライドの高い人、怯えた人、思い上がった人――。そして愛情とユーモアが常に変わらず存在する。短篇小説はムーミンシリーズのように集団を描いたものではなく、その多くが〝二人〟に光を当てている。そして何よりも〝芸術〟を主題にしている。

＊＊＊

何年も経ってからこの短篇集を読み直してみると、初めて読んだときには気づかなかったことがいろいろと見えてきた。例えば、書簡集「コニコヴァへの手紙」。一読すると、若さと熱い友情、遠い距離を隔てたコミュニケーションの話である。しかし今読んでみると、真に興味深いことはその行間にあるように思う。

エヴァはアメリカに旅立った。一九四一年のことだ。手紙の筆者であるトーベはそんな友人を非難する。〝ところで、なぜ逃げ出すのかよく考えてみなさいよ。あなた、本当にその理由に確信がある？　わたしが思うに、あなたはせまりくる戦争のせいにしているだけ。本当はまた新天地を目指したいだけなんでしょう。先へ先へと進むのが、あなたの永遠の原動力。そしてどうせいつもみたいに、やるつもりもないこととかもう要らないもののことで底なしの悲嘆にくれるんだわ。〟

若いトーベ・ヤンソンに、当時の深刻な状況がどれだけ理解できていたのだろうか。

この作品は、ヤンソンが人生の大半にわたって文通を続けたユダヤ系の友人エヴァ・コニコフへの、実際の手紙を引用したものだ。それがずっとあとになって、本書のために作品化された。老作家は若さゆえの純粋さをあえて残し、大戦という政治情勢の前に据えたのだ。

「コニコヴァへの手紙」は、ヤンソンが自身の芸術観を考察しているという点でも興味深い。トーベ・ヤンソンは大胆な芸術家で、いろいろな意味で先駆者的存在でもあった。三〇年代にはすでにヒトラーやファシズムに対して強い反対姿勢をとり、親ドイツ派で愛国主義者だった父親に反抗した。それほどに戦争を憎む平和主義者であったが、芸術に政治をもちこむことはなかった。〝政治的な芸術〟というのが、なんらかのイデオロギー的原理にそった芸術だと定義するならば。

エヴァに宛てて、〝わたしが信じているのは芸術のための芸術《l'art pour l'art》よ。以上！〟と書いている。さらに、〝キャンヴァスはどれも——それが静物画であれ風景画であれ——いちばん根本のところでは自画像なんだから！〟とも。それは彼女の小説の中にも見てとれる。彼女が描く芸術家たちは、完全なる表現を見つけることに心を尽くしている。「黒と白」の挿絵画家のように、光そして影、技巧的な側面にのめりこんでいく。社会や、周囲にはびこる主義的なものではなくて。

＊＊＊

実は、本作が刊行された冬に、僕自身もトーベ・ヤンソンにメッセージを送っている。そのときすでにこの最終作を読んでいたかどうかはよく覚えていないが、読んでいなかったと思いたい。読んでいれば、手紙を出したりはしなかっただろうから。晩年のトーベ・ヤンソンは、年間実に二千通にも及ぶ手紙に返事を書いていた。本作の最後の作品は、最終的にその負担がどれほど大きくなっていたかを想像させる。理由のひとつとして挙げられるのは、九〇年代に日本で製作されたアニメシリーズをきっかけとしたムーミンの大ブームだろう。

ぼくとしては、どうしてもトーベ・ヤンソンに連絡をしたかった。彼女の作品を読んだ読者の多く――特に若い世代の読者――が、そのように感じていたのではないかと思う。

作家は、なぜこういう書き方をしたのだろうか。どうすれば読者とこんな信頼関係を築けるのだろう。他の誰でもなく、ぼくに話しかけてきているような気がするなんて。

彼女が手を差しのべ、こう言っているような気がするのだ。「ねえ、もちろんこうでしょう？　わたしの言ってること、わかるわよね？」

これほど直接的なコミュニケーションを持続できる作家というのは稀だ。最初のくだりからもう、フィクションではなくなるフィクション——だからこそ、作品の世界の外でも、彼女との信頼関係を続けたくなる。それゆえぼくたちは滑稽になる。『ムーミンパパ海へいく』で、思わず海岸を走って、美しいうみうまを追いかけてしまったムーミンのように。

手紙を出した数週間後に、返事が届いた。ぼくだけに宛てたメッセージ——ぼくはそれを長いこと隠していた。結局のところ、やはり恥ずかしさがあったのだろう。ヤコブスタード在住の十七歳の高校生に手紙を書く時間など到底ないはずの、年老いた方に連絡してしまったのだから。手紙にしたためたのは、その当時ぼくの頭の中を占めていた事柄だった。神について、メランコリックな気持ちについて、ぼく自身の絵画への挑戦、本の中でぼくが気に入った言葉——特に、ユーモラスな短篇「クララからの手紙」に出てくる、小さな可愛らしいjovialisk（天真爛漫）という言葉。

でも今トーベ・ヤンソンからの返事を読み返すと、やはりあのとき書いてよかったと思う。

（作家・批評家・ジャーナリスト・元『首都新聞』文化欄デスク）

man inte ens har bestämt sig för
vad det är".
Det känner jag till.
Men man fortsätter ju att jobba i alla
fall och nångång kan det klarna.

Jovisst hoppas jag, på massor saker!
Önskar dig en bra arbetsvår –
Tove J

11.3.98

Kära Philip,

Tack för ditt personliga brev.
Du talar så vackert om mina berättelser —
och glad blev jag över att du inbegriper no-
vellerna, det är mera sällsynt.
Vi tycks vara kollegor — om jag än inte
har målat på ett bra tag.
Jo, jag har också, på mitt vis, varit in-
tresserad av begreppet melankoli, egent-
ligen ett rätt svårhanterligt motiv;
man tappar lätt balansen.
Men "jovialisk" — tycker du verkligen att
det jag skriver är jovialiskt?
Så ruskigt...
Du har rätt i att ibland blir det mes-
ta "en råddig trevan efter något som

98年3月11日

親愛なるフィリップ

個人的な手紙をどうもありがとう。

わたしの物語を褒めてくださって、ありがとう。短篇小説をわかってもらえて、とても嬉しいです。そのほうが珍しいですから。

あなたとは“同業者”のようですね。わたしのほうはもうかなり長いこと絵を描いていないとはいえ。

そう、わたしもわたしなりに、メランコリックな感情というものに興味をもっていました。基本的にはとても取り扱いの難しいテーマよ。簡単にバランスを失ってしまうから。

でもjovialisk（天真爛漫）のほうは……わたしの作品は本当にjovialiskだと思う？

なんてこと……。

あなたが言うようにたいていは、“やみくもに突き進む”ことになる。“自分でもそれがなんだか決めかねている”のにね。

わたしにも覚えがあります。

でも、それでもやはり努力し続けるものだろうし、いつかは霧が晴れるときが来るかもしれません。

いろいろなことを頑張ってください！

楽しい“創作の春”をお過ごしください。

トーベ・J

各作品の扉頁には、日本語タイトルに加え原題と初出年を記載した。初出年が一九七一年の作品は『Lyssnerskan（聴く女）』、一九七八年の作品は『Dockskåpet och andra berättelser（人形の家）』、一九八七年の作品は『Resa med lätt bagage（軽い手荷物の旅）』、一九八九年の作品は『Rent spel（フェアプレイ）』、一九九一年の作品は『Brev från Klara och andra berättelser（クララからの手紙）』にて発表されたものである。原題に＊印を付したものは本書に初収録された作品である。

〔編集部注：右記五タイトルは「トーベ・ヤンソン・コレクション」（冨原眞弓訳）として筑摩書房より刊行されている。また、「ボートとわたし」は『ユリイカ』二〇一八年四月号「特集＝ムーミンとトーベ・ヤンソン」（青土社）に冨原眞弓による訳が掲載された。なお、「コニコヴァへの手紙」は、「若き日の友情」（冨原眞弓訳、トーベ・ヤンソン・コレクション4『石の原野』所収）をもとに一部改稿された作品を新たに訳出したものである。〕

# 我が愛しき叔父たち

Mina älskade morbröder ＊

宮廷説教師フレデリック・ハンマシュティエンの子どもたち――四人の息子と二人の娘――は、強い絆で結ばれていました。お互いに対してうんざりすることも多々あったとは思うけれど。娘二人は早々に外国に嫁いでしまい、思い出しても心配も怒りも感じないほど遠く離れてしまいました。でもトシュテン、エイナル、オーロフ、ハラルドの四人息子は、わたしの祖父が説教台に立つヤコブ教会のあるストックホルムにずっと住んでいました。近すぎたからこそ、定期的に訪ね合うことはなかったのかも。それでも、お互いの千差万別な言動や若干でたらめな主張を知らんぷりはできなかったようだけど。

姉のエルサは牧師と結婚してドイツに行ってしまい、わたしの母は彫刻家と結婚してフィンランドに渡りました。母は自分の描いたイラストに「ハム」という署名を入れていたけれど、叔父のエイナルは母のことを本名で「シグネ」と呼んでいたっけ。

二人がまだ若い頃、エイナル叔父が真剣に学業に励んでいた時期があったそうで、彼のやる気と意志が露ほどもそがれないよう気を配っていたのは、姉のハムでした。尽きることのない配慮と意気込みで、その役目をまっとうしたのです。

その後、母は外国へと旅立ちました。エイナル叔父がカロリンスカ研究所の医化学の教授になったという知らせを受けたとき、母はどれほど誇らしかったことでしょう。当時はまだ電話がなかったから、手紙を書いて知らせたのかしらね。

母は実家が恋しいとは一度も言わなかったけれど、事あるごとにわたしに学校を休ませて、自分の弟たちのところへ送りました。弟たちの様子を知り、自分たちの様子を伝えるために。何よりも大事なのは、エイナル叔父の研究の進み具合を把握することでした。

「まああだな」叔父は言ったものです。「正しい方向に進んではいるが、とても時間のかかることなんだ、とシグネに伝えてくれ」

「どんなふうに？」わたしは紙とペンを用意して、答えを待ちました。

エイナル叔父はしばらくわたしを見つめてから、優しい声でこう言いました。「この癌ってやつは、真珠の首飾りのようなものでね。全体を壊さずに一粒だけ取り出すのは無理なんだ」

わたしは叔父の答えにがっかりしました。まだほんの子どもだと思われた気がして。でも翌日、叔父はすべて絵に描いて説明してくれました。

十五歳になったとき、わたしの人生に大きな転機が訪れました。やっと学校を辞めさせてもらい、旅立つことになったんです。将来の仕事に役立つことを学ぶために、エイナル叔父とアンナ・リーサ叔母の家に下宿することになりました。わたしは新しい人生に向かって、オイホンナ号で海を渡りました。ほどなくしてかなり濃密なホームシックにかかったものの、幸せな気持ちが阻まれたわけでもなくて。糸の切れた風船みたいにふわふわした気分でした。

エイナル叔父の後光のことを、わたしはグロリアと呼んでいました。叔父は好き嫌いを光で放つことができ、人を照らすこともあれば、人に影を落とすこともあった。ひと言も発しないままにね。叔父にはどうしても譲れないことがひとつだけあって、それは自分のすべてを尽くして務めを果たすことでした。つまり、仕事にすべてのエネルギーと時間と神経を注がなければいけないの。それに、これほどの意気込みがあるのは自分だけだという熱意も。落胆して、苦々しい表情で研究所から帰ってくることがありました。また誰かが、けしからんことに功名心のかけらを見せたのです。なんでもいいから手軽に注目されたくて。何より悪いのは、報酬に目がくらんで大衆受けするような内容の論文を書くことでした。まだ年若いからといって、それはなんら許す理由にはなりません。ましてや、エイナル叔父を誰よりも崇拝しているしがない研究者たちがそんなことをするのだから皮肉なもの。考えてもみればいいのに。叔父はノーベル賞の授与をしているくせに、「ノーベル賞なんて！」と笑い飛ばすような人だったんですよ。

わたしはといえばひたすら絵を描き続け、作品が出来上がるやいなやエイナル叔父のところに飛んでいって見せました。

「いいじゃないか」叔父は言ったものです。「その調子だ。わかっているだろうが、これからも小動物のごとく努力を重ねなさい。家に帰ったときに、お母さんの仕事を手伝えるようにね」

だからわたしはもっともっと、さらにもっと頑張りました。まるできりがないみたいだった。

エイナル叔父とアンナ・リーサ叔母は、北メーラシュトランド通りというストックホルムの中でもかなり上等な通りに住んでいました。どの部屋にも数えるほどしか家具がないような上品な家。ここでの新しい優雅な人生に、若いわたしは時期尚早な優越感を抱いてしまいました。それでもある程度地に足をつけていられたのは、〝才能の産物は、才能だけによってもたらされるわけではない〟というのを忘れないようにしていたから。


電車に乗って、郊外のヴェッリングビィに住むトシュテン叔父の大家族を訪ねることもありました。叔父さんの家に着くと、玄関室で足を踏み鳴らして靴底の雪を落とします。そこはスキーの板やブーツでいっぱいでした。中は暖かくて、大きな音でラジオがかかっていて、トシュテン叔父が声をかけてくれます。「やあやあ、我が愛しき姪っ子よ。上流のほうはどんな様子かね？　さあ入って、できるなら自宅のようにくつろぎなさい。で、お母さんは元気なのかい？」

叔父からは、将来のことはあれこれ悩みすぎないほうがいいと助言されました。どうせがっかりすることになるのだから。たいていの場合、もともと考えていたのとは全然違ったふうになってしまう。ところで、ペストのようにしつこい良心の呵責には気をつけなければいけないよ。人に噛みついたままなかなか離れてくれないからな。こんなに辛くなってしまった理由を忘れた頃にも、まだ育ち続けるんだから。わたしは叔父の言葉をすべて書き留めました。

憧れの人を目指すのは大変だと言うけれど、そもそもトシュテン叔父のようになろうとする勇気のある人はいなかった。というのも、とても真似のできない存在だったから。鉱山技師になるのは初めから決まっていたようなものよ。起爆装置が大好きだったんだから。

トシュテン叔父は人を飛び上がらせるのも大好きで、しかも、もののみごとにそれをやってのけました。砥石に細い穴を開け、そこに火薬を詰めて、祖父の陶器の暖炉に入れたこともあったの。石は窓から飛び出して、お隣の温室の屋根に落ちてしまった。他にもいろんなエピソードがあるわ。

リーサ叔母によると、自伝を書くなんていう恐ろしい宣言をしたらしいけど、実現しないと思います。

トシュテン叔父の人生でいちばん楽しかった時期というのはもちろん、聖書に出てくる〝放蕩息子〟みたいにアメリカ大陸に渡ったときのこと。アラスカでお魚の警備員をしたり、インディアンと取引したりしたんですって。ちょっとあり得ないような、スリル満点の時代だったみたいね。

ちゃんと大人になる前に、トシュテン叔父から小さいけど本物のダイヤモンドの指輪をもらったことがありました。叔父はとても器用に家の讃美歌集に隠し穴を開け、ヘルシンキまで密輸したの（当時は戦争中でもなかったんだけどね）。

　でも、親戚の中でトシュテン叔父だけが冒険心旺盛だったとは思わないで！　エイナル叔父だって、あらゆる自己規律に反して、ごく普通の平日の夜に屋根裏のわたしの部屋の扉をどんどん叩いて大声でこう言ったんだから。「仕事はやめだ！　サーカスに行くぞ。タクシーが外で待ってる！」

　アンナ・リーサ叔母も必ず一緒だったけど、彼女がサーカスを好きだったかどうかは結局よくわかりませんでした。叔母の拍手はとてもゆっくりで、しかも手袋を外さずにやるのだから。わたしもそれを真似てみたけど。

　叔母のことをどんなふうに好きだったか説明するのは難しいわね。愛していたと言うと言いすぎだけど、羨望と尊敬の対象以上の存在だったのは間違いない。叔母の旧姓はリリエヘークだけど、ふざけて自分のことをリエルイェーク〔ナマコの一種ジイガセキンコ〕なんて呼んでいました。エイナル叔父は面白がってたけど、わたしはばかみたいだと思ったわ。

　とにかく、アンナ・リーサ叔母は本物の淑女《レディー》でした。言葉の選び方にしても、語調にしても、服装にしても、度が過ぎるということが絶対にない。つけている真珠は、小さいながらも本物だったし。

想像してみると、わたしが間違った場所で間違ったタイミングで間違った言葉を口にするたびに、叔母にしてみれば不快感が小さなナイフのように突き刺さる気分だったんだろうな。そんなとき叔母は目を閉じて疲れた笑みを浮かべるだけで、何も言わなかったけれど。ただの一度も。

本当の淑女になるのは、ほぼ不可能なくらい難しいと思うんです。淑女に生まれなければ無理なんじゃないかしら。特別ひどい失敗をしたときは、大きなアザレア――必ず白か桃色――を買い、応接間《サロン》の床の真ん中に置きました。一度など、そのままカーテンの陰に隠れてエイナル叔父の帰りを待っていたことも。花を見つけた叔父は突然そこで立ち止まって頭を抱え、「なんてことだ、またか……」とつぶやいていたわ。

それは叔父が応接間を熱帯魚の水族館に変えてしまう前の話でした。そこは言葉にできないほど美しくなりました――特に、わたしが壁にドラマチックな背景画を描いてからは。なのにある日、みんなが留守のときに水槽が割れてしまった。だからってトシュテン叔父がわざわざ電話をかけてきて、「もしやちょうど、魚を食べているところだったかい？」なんて訊いていい理由はないけど。すごくいじわるよね。

ところで、エイナル叔父はそのあと応接間をまったく違ったふうに改装しました。電気じかけの電車が走る、見事なジオラマを設置したの。昼もなく夜もなく流れ続ける滝まであったんだから！　叔父がそれをしつらえさせたのは、わたしのいとこに当たるウッラが生まれる直前のことでした。ウッラがこの世に誕生したとき、叔父は花屋を一軒まるごと病院に届けさせたようなものだった。いきなり花屋に駆けこんで叫んだの。「ここにある花をすべて送ってくれ。特に蘭をたっぷりな！」

それ以来ウッラがああだウッラがこうだと、朝から晩までいとこのウッラのことばかり。彼女はまあまともに成長はしたものの、珍しいくらいぐずる子だった。電気じかけの電車も好きじゃなかったみたいだし。サーカスも好きじゃなかった。拍手は覚えたけど。

あることをきっかけに、親戚なのに好きな人や嫌いな人ができてしまったのは残念でした。その前までは、いつだってみんなのことを——叔父たちだけでなく、その奥さんたちのこともある程度——大好きだったのに。ところが急に親戚を〝反対派〟と〝賛成派〟に二分する事件が起きてしまったの。わたしとしては当然、エイナル叔父のことが気にくわない親戚を嫌わなくちゃいけなかった。事の発端は、エイナル叔父が、家族で南アフリカに旅行してそこでクリスマスを祝おうと決めたこと。クリスマスツリーその他の伝統を一切無視して、ね。

それについて奥さんたちはそれぞれに意見がありました。そんなの非スウェーデン人的な行為であるうえに、気取っているだけだ——と。でも普段から〝スウェーデンの国旗は美しくない〟なんて言っている人に、一体何を期待しているんでしょう。

「国旗が美しくないと言ったのはエイナルじゃないぞ」そう言ったのはトシュテン叔父でした。

「それはわしさ！　だが南アフリカとは最高じゃないか。それ以外にどうすれば、うんざりするような天使の歌声や物々交換を避けられる？　できる限り遠くへ逃げるしかないだろう！」

　オーロフ叔父はその件には興味を示さず、ハラルド叔父はそのときちょうどどこかでスキーをしていました。だから、こんなおおごとになるはずじゃなかったの。エイナル叔父がアフリカで撮影した八ミリフィルムをみんなに見せたりしなければね。あれはよくなかった。親戚一同の心の狭さが、わたしは本当に恥ずかしかったわ。〝見る〟と〝観る〟とでは大違いで（〝視《み》る〟というのはまた違って、それについては考察をまだまとめられていないのだけど）、親戚一同はそれを誰かの写真アルバムか何かのように、ただ〝見て〟いただけだったの。目の前に流れているのは、まぎれもなく偉大なアフリカの大地だったというのに！

　エイナル叔父は映写機を回しながら解説を加えたけど、だからといって彼らがちゃんと〝観た〟わけでもなく。つまり、〝目に見えないものを観る〟ことはできなかった。例えば、エイナル叔父がサメに喰われかけていて、アンナ・リーサ叔母がなすすべもなく海岸に立っているところや、か弱いいとこのウッラが砂漠で熱射病にかかり、ポップコーンほどのサイズに縮んでしまったところなんかを。

それ以外に何か言うとすれば、エイナル叔父の撮影の腕は、当時の技術を考えれば非常に高度だったことかな。

とりあえずオーロフ叔父がキリンのギャロップの仕方に興味を示したので、上映会のあと二人で玄関に出てかなり長いこと話していました。

そんなオーロフ叔父は人生の大半を、ある虫を探すのに費やしていました。どうやらその虫の存在が論文の重要な結論の裏づけになるらしくて。叔父は大学で生物学の講師をしていて、家族と一緒にリンゴ入り江《エッペルヴィーケン》に住んでいた。そこには大きな深い地下室があって、それが叔父の工房でした。大学から帰るといつもそこに直行し、木のボート造りに励んでいたわ。旋盤を回したり木を彫ったりして、小さな動物の像を作ることもあった。ある年のクリスマスには聖家族をひと揃い彫ったことも。無神論者なのにね（まあ、特に問題になるようなことでもないけど）。

人から尊敬されることをオーロフ叔父が本気で嫌がっていたかどうかは、結局誰にもわかりません。もしかしたら実は好きだったのかも。叔父という人は強い言葉を使うことがありませんでした。何か素晴らしく素敵なことが起きると「それはよかった」と言い、悲惨なことが起きると「あまりよくないな」と言ったくらいで。

それに腹が立つこともあったけれど、真似てみたこともありました。わたしの場合、全然うまくいかなかったけど。

日曜に叔父のシャフト船のエンジンがうまくかかれば、エッペルヴィーケン近くの沼地に出かけることがありました。例の重要な虫を探すためにね。結局その虫が見つかったのかどうか、わたしにはわからないけれど。オーロフ叔父とは出会うのが早すぎたのかもしれない。それについてはかなり残念です。

オーロフ叔父の唯一の問題点は、神様を信じていないこと。牧師だったわたしの祖父の息子たちの中で、宗教自体にまったく関心がなかったのはオーロフ叔父だけでした。他の叔父たちは反対だったり賛成だったりで、いつも激しい議論を繰り広げていたのに。エイナル叔父は皮肉を言い、トシュテン叔父は冒瀆的なことを言うかその逆で、オーロフ叔父はそれを聴いているだけで恥ずかしくなり、その場から姿を消すのでした。

その頃のわたしはちょうど、どうしても確信を得たくて二度目に聖書を読んでいる最中だったんだけど、今度はそれで学校の課題がうまくいかなくなってしまって、何を信じていいかわからない状態でした。そんなある日、エイナル叔父がベッドのマットレスの下に隠してあった聖書に気づきました。「こういうものはまだ当分早すぎる。危険なものだぞ」それを聴いてわたしはすごくほっとしたけれど、とりあえずバスルームに閉じこもって泣いたわ。アンナ・リーサ叔母が扉の外で、新しい冬の革コートを買ってあげるからと慰めてくれてやっと、バスルームから出てきたけど。

それはウサギの襟のついた素敵なコートでした。

毎年みんなで夏を過ごしたエングスマーンで、叔父たちは神の存在について議論を交わしていたのかしら。それはないわね。話題の大半はいつものように桟橋のこと、井戸やスグリの茂み、芥場のことなんかだったと思う。

十九世紀のいつ頃かに、エングスマーンという場所を見つけたのは祖父でした。細長い緑の野原が海まで続いていて、海水浴のできる入り江になっていて、山と森に護られていたの。そこに建てた大きな館で、ハンマシュテァィエン家の六人姉弟は育ったんです。家族はあっという間に増えていき、場所を見つけては自分たちのために家を建てました。そっちの入り江に、あっちの岬に、こっちの岩山に、それぞれまったく違う独自のスタイルで、できるだけ祖父の大きな館から離れたところに。残念なのは、誰も花壇の周りに貝を並べていなかったことかな。

トシュテン叔父は家を自分で建てて、なんだかちょっと寄せ集めみたいな仕上がりになりました。というのも叔父はひっきりなしに改築したり増築したりして、子どもたちにもできる限り大工仕事を手伝わせたから。

オーロフ叔父の家を建てたのは大工のアンデションでした。叔父が長い間構想を練ったスウェーデンの古い様式の丸太小屋をね。

インテリアはさりげなく〈より美しい日用品《ヴァックラレ・ヴァーダスヴァーラ》〉〔一九一七年に提唱された、庶民にもデザイン性の高い日用品をというコンセプト〕や〈スヴェンスクト・テン〉〔ストックホルムの高級インテリアショップ〕のものが選ばれていて、叔父が自分で作った木の器や小箱などはほとんど見当たりませんでした。

　ハラルド叔父にいたっては大工仕事をするつもりなんて毛頭なくて、古い漁師小屋で寝るのが大好きだったの。そこは当時洗濯小屋として使われていて、入ってすぐのところに寝袋を置けるだけのスペースがあったんです。まさに、エーヴェルト・トウベ〔スウェーデンを代表する吟遊詩人〕の〝この青き大西洋の隅で……〟状態でした。ハラルド叔父はトウベの歌を全部歌うことができて、しかも上手だった。叔父が洗濯小屋でお湯に浸かっているとき、わたしはいつも小屋の外に座って聴き、歌詞を書き留めたわ。

　エイナル叔父の家のことも、ぜひ話させて。だって、あんなふうに仕上がるはずじゃなかったんです。何かうまくいかないことがあると、誰のせいでもないと慰めを言うけれど、それで事態が好転するわけでもないでしょう？　エイナル叔父の家を建てたのはアンデションで、それは叔父に信頼されてのことでした。アンデションがどんどん家の工事を進める間、エイナル叔父はまったく関心を示さず、結局一度も見に行かなかった。出来上がってみると窓は細すぎるし、階段は段が高すぎるし、とにかく全体的に大きすぎて、丘のてっぺんでぐらぐらして見えたくらい。

おかしいと気づく間もなかったんです。というのもエイナル叔父はそのとき、エングスマーンのすべての道路と小道を牛野原《コーエンゲン》まで大理石のくずで覆うことに夢中だったんだから。アンデションはきっちり自分の仕事をしたけれど、大理石はあっという間に地面に沈んで消えてしまった。白い大理石の道が完成していたら、その素晴らしさにみんな驚いたに違いないけれどね。消えてしまう前に、エイナル叔父がそれを目にすることがなかったのが残念だわ。

エイナル叔父は毎年、まだ誰もいない春先から何もかも閉まってしまう晩秋まで、何度もエングスマーンに赴きました。そしてそれをサファリと呼んでいたの。まずはロブスターとキジを買い、病理研究用の冷蔵ボックスに入れる。それ以外にも、奥地で必要になる物資をすべて買い集め、毎度おなじみのすごい荷造りが始まるわけなんだけど、手ぎわよくやってすぐに終わる。誰も手伝わせてもらえなかったのよ。すべて車に積みこむと、こう宣言するの。「さあ、乗りなさい。サファリに出発だ！」

叔父がアンナ・リーサ叔母をミンクの毛皮でくるみ、いとこのウッラが金切り声を上げてぐずり、さあ出発。

わたしは叔父の助手席に座らせてもらいました。叔父は賢く機嫌よく運転し、スピードはかなり出ていたわね。

牛野原《コーエンゲン》に着くまでは誰も口をきかなかったけれど、それからエイナル叔父が「この特別な日にきみは何をするつもりかい？」と訊いてきたので、わたしは「遠近法の課題」と答え、今度は叔父が「それは仕事のために大事なのか、ただ成績のためなのか」と訊いたので、わたしは「ただ成績のため」と答え、話はそれで終わりました。

しかしその直後、とても困ったことが起きたの。到着してみるとエイナル叔父の別荘は氷のように冷たく、完全に冷え切っていたんです。頼んでおいたのにアンデションは薪を割っておらず、暖炉に火をおこしてもいなかった。

「車の中で待っていなさい」とエイナル叔父は言いました。そして自分は薪割り小屋に入っていき、間もなく中から薪を割る音が聞こえてきたわ。叔父が薪割りが大好きなのを、わたしは知っています。

つまり、とてもいいサファリ旅行になったわけ。

エイナル叔父は暖炉に火をおこし、薪が燃えだすのを待った。そしてみんなに生姜入りの熱いラム酒とバターを配ってから（いとこのウッラだけは温かいジュースだったけど）、台所に入りキジの下ごしらえを始めました。

わたしはその間じゅうずっと、仕事を怠ったアンデションのことを心配せずにはいられませんでした。アンデションは自分が何をしてしまったのかわかっているのかしら。今後ずっとエイナル叔父から軽蔑のまなざしを向けられるわけで、それは取り返しのつかないこと。その一方で、エイナル叔父がアンデションの裏切りのおかげでサファリが本格的になったと受け止めているなら、それによって叔父は自分の心に湧いた軽蔑という感情を否定することができ、自尊心を保てたのかもしれない。いずれにしろわたしは、わたし自身は、多少不便でも自分のポリシーから一インチたりともずれてはいけないと思っているのだけど。でもとにかく、善悪に照らしてみると――つまり自然に考えてみると――エイナル叔父が薪割りが好きだという時点で、アンデションの裏切りは裏切りではなくなってしまったんじゃない？

わたしはたくさん考えました。

それは静寂に包まれた美しい春の夜で、コオリガモが木のてっぺんでガーガー鳴くのが聞こえているだけでした。わたしは今夜は外で寝ようと決めました。薪置き場の近くに、大きなアカマツがちょうどよく枝を伸ばしているから。エイナル叔父も「それはいい考えだ」と言ってくれました。「ぜひそうしなさい。たいていは朝の四時ごろに家に入ってくるがな」

いざ暖かな家の中に戻ってみると、誰もわたしの寝床をつくってくれていなかったので、どこでも好きな場所で寝ることができたし、朝になっても誰もそのことをもち出したりはしなかったわ。毎日よく晴れていたけど、すごく寒くて。わたしは氷の塊が浮いた入り江で泳ぎました。エイナル叔父は多分それを見ていたんだけど、気づかないふりをしていた。

それ以外は、わりと辛い時期でした。学校ではうまくいかないし、わたしは余計なことまで考え、訳もなくメランコリックになったりもしました。

その春、ハラルド叔父も屋根裏でわたしと壁一枚隔てた隣の部屋に居候していました。階段で出くわすとこう言われたものよ。「やあやあ、我が愛しき姪っ子よ、調子はどうだい？」わたしが「ちくしょう生姜！」（トシュテン叔父の真似）と言うと、ハラルドは「モンスーンの中で再会！」〔エーヴェルト・トウベの曲のタイトル〕と返してきた。そして口笛を吹きながら、北メーラシュトランド通りの家の階段を下りていったんです。

叔父たちの中である意味いちばん有名だったのはハラルドでした。大学で数学の講師をしていたからではなく、偉大なヨットマンとして、スキー選手として、登山家として——向こう見ず《デアデビル》なことなら幅広くなんでも専門だったから。ハラルドはわたしの祖母の最後の子どもだったので、生まれたときには兄たちはもうとっくにそれぞれの道を歩み始めていました。もちろんハラルド叔父は自分をちっぽけな存在だと感じ、何をするにも怖くてたまらなかったはず。当然、兄たちにからかわれたりもしたんだから！

ハラルドの航海日誌の表紙を描かせてもらったことがありました。彼のサインにマストと山を組み合わせてデザインし、色をつけたの。S.A.というのはSjö（海）-alpinism（登山）の略よ。

ハラルドは仲間に愛されていて、初めはみんな同じくらい若かったんだけど、なぜか次第に歳を取ってしまい、結婚したりやなんかであまり時間がなくなってしまった。わたしがメランコリックに過ごしていたあの春、ハラルド叔父が通りすがりに「例えばきみが、海登山に付き合ってくれるつもりはないだろうか」と打診してきたほど。

わたしに一緒に来てほしいだなんて。セーリングもスキーもこんなに下手で、山なんて死ぬほど怖いのは知っているはずなのに、わたしに来てほしいだなんて！　断わりました。誇らしさと絶望で心が張り裂けそうだったけれど。

最後の春に、わたしはついに奨学金を手にしました。まずは叔父のところへ飛んでいって「見て！　わたし、ついにやったわよ！」と叫ぶと、叔父は「よくやった」と言ってくれた。「とにかくそれだけだ。よくやった」

わたしは銀行に行き、その銀行にあった最小額の紙幣で全額引き出しました。家に帰ってそれをすべて天井に投げつけ、ダナエーの黄金の雨（ギリシャ神話で、父王によって密室に守られていたダナエーの元に、黄金の雨に身を変えたゼウスが訪れ、ダナエーが身ごもったという伝説がある）のごとく自分に降らせたの。でもばかばかしくなっただけだったので、また叔父のところに走っていって大声で訊きました。「じゃあ叔父さんは⁉　初めて自分のお金を手にしたとき、何をしたの？」

叔父はこう言いました。「金がポケットの中で燃えていたから、さっさと処分しなきゃいけなかった。だから即刻、何よりも大切な物を買ったんだ」

叔父は、恐ろしく小さな瓶に入ったバラ油を買ったそうです。

まったく正しいことをしたと思うわ。

エイナル叔父のことをスノッブだと言う人もいるけれど、わたしは本気で、叔父と同じ方向に成長したいと願っています。

# 着想《アイデア》を得るということ

Att få en idé ＊

父が彫刻の話をすることはありませんでした。話すには大切すぎることだったのでしょう。でも一度だけ、玄関を出たところで〈ガンブリーニ〉から帰ってきた父と鉢合わせしたときに、父は「今度こそ――」と言いました。「今度こそ、まったく新しい彫刻になるぞ。座ってもいないし、寝そべってもいない。立っても歩いてもいないんだ！」

父からの絶大な信頼を感じながら、わたしはよく考えもせずに叫びました。「じゃあ、這ってるのね⁉」

もちろん、父がその彫刻をつくることはありませんでした。

着想《アイデア》というのはすごく特別なものです。絵でいうと、スケッチみたいな感じかしら。ある画家が、すごく自由で美しいスケッチを描いたとしましょう。褒めてもらいたくて、人に見せずにはいられなかった。でも、皆からたっぷり愛でられてしまうと、スケッチ自体が大切になりすぎて、プロとしての苦労を重ねてまでそこからさらに成長させることをしなくなってしまう。そのスケッチは、あとは額に入れるだけの状態になって――そこで永遠の眠りについてしまうのです。

文章を書く場合も同じで、書いたものを見せびらかしたり、下手すると読み上げてしまったりもする。自分が創ったものをそのままにしておけないのよね。そのままでよいものと、向上させるためにそっとしておくべきものの判断もつかないから。もしくは誰にも知られないまま消し去ってもいいわけだし。

恋もそれに似ているかもしれない。「ねえ聴いて、奇跡が起きたのよ！」と街じゅうに聞こえるように叫ばずにはいられないんだから。その素晴らしい出来事を、ほんの少しの間——あと一週間だけでも——手つかずのまま秘密にしておけないのは残念なこと。制作途中のスケッチみたいにね。

一本の樹だけを描き続けた中国の画家の話を思い出すことがあります。完璧な樹を描くことができずに、かといって悲観することなく、ひたすら同じ一本の樹を描き続けた。そしてひげも白くなったある美しい朝に、やっと目の前にその樹が見えた。それで即座に、これまで中国で描かれた樹の中でもっとも美しく真に迫った樹を描きあげることができたのです。

その画家が、その後も樹を描き続けたのかどうかは気になるところ。まったく違うものを描くようになったのかもしれないし。

それとはまた別の画家で、着想を得た画家についても考えたりします。着想を得たときというのは、神の啓示を受けたような祝福された瞬間。本当に何気なく訪れるもの。電車の窓から見えた一瞬の光景であってもおかしくないのだから。そんなの、あまりにも不公平よね！

あるとき父に、それについてどう思うか尋ねてみました。

すると父は、一体全体、だったらどうだっていうんだ、というようなことを言っただけ。

# コニコヴァへの手紙

Brev till Konikova ＊

一九四一年　金曜日

エヴァ、あなたは旅立ってしまった。ガラクタだらけの部屋なのに、がらんどうのように感じるなんて不思議よね。ねえエヴァ・コニコヴァ、はっきり言わせてもらうけど、あなたが旅立ったあとには混乱《カオス》しか残っていない。どれを誰にあげればいいのか——ボリスなのかアブラッシャなのか、お母さんなのか、アーダ・インドゥルスキーなのか、どうやってわかれっていうの？　それに、鍵は管理人に返せばいいのか、とりあえずわたしが預かっておくのか。いちばん下の引き出しに入っていた大量の書類はどうすればいい？　緑の鞄は忘れていったの？　それとももう要らないってこと？　しかも鍵がかかってるし！　あなたはまともに指示を残す時間さえなかった。送別パーティーばかりがとめどなく続いて。あなたがロシアの歌曲を歌い、女友達は皆、政治のことを議論しているか泣いているかのどちらか。それってもう本当にユダヤ人的というか、みっともないっていうか……。

ごめん。わたしがあなたのよき友人なのはわかってるわよね？　でもわたしは怒ってるのよ。なぜ芸術家コロニーの全員が鉄道駅——あのドラマチックな最後のペッツァモ列車——へ見送りに行かなきゃいけなかったの？〔ペッツァモはバレンツ海に面する当時フィンランド、現ロシアの港町（ペチェンガ）。戦時中、スウェーデンとフィンランドにとって唯一の西向きの輸出入港だった〕

もちろん、質問リストをあなたに見せる隙もなかった。あなたのファンたちには思いもよらないような質問ばかりよ。だって、あの人たちはあまりに現実的じゃないんだもの！

彼らがぺちゃくちゃおしゃべりしている内容を聴いた？「この列車は出るとわかっているのに、まだ出ないときってほんとに嫌な気分よねえ」とか「言いたいことはほとんど言ったのに、何も言えてない気がする」なんて話してたのよ。そのくらいのことは気づくみたいだけど、論理的に説明するってことができないのよね。

あなたのお母さんがしょっちゅう電話してくるわよ。かなり傷ついてるみたい。アメリカに行けばそんなによくなると思ったの？　あなた、下手な英語すらしゃべれないじゃないの。

管理人が出来上がった洗濯物を持ってきたけど、もう要らないわよね？

鉄道駅では、まともな態度を保てていた人は一人もいなかった。わたしも含めてね。だって、わたしなんておし黙っていただけなのよ。

ふん、ヨーロッパ大陸を去りゆくエヴァ・コニコヴァにこれ以上言うことはないわ。ねえ、わたしに会えなくて寂しいんでしょう。

親愛なる友人より

追伸　ところで、なぜ逃げ出すのかよく考えてみなさいよ。あなた、本当にその理由に確信がある？　わたしが思うに、あなたはせまりくる戦争のせいにしているだけ。本当はまた新天地を目指したいだけなんでしょう。先へ先へと進むのが、あなたの永遠の原動力。そしてどうせいつもみたいに、やるつもりもないこととかもう要らないもののことで底なしの悲嘆にくれるんだわ。

あなたは自分を勇気ある開拓者だと思っているのよね。ごめん。あなたへの最初の手紙はもうすぐ書くわ。

ねえ、自由を感じているんでしょう？

じゃなきゃ、許さないから。


また別の日。

今頃、船の上でしょうね。

いつだったか、「渡り鳥のような気分だ」と言ったじゃない？　そのときは、それってちょっとかっこつけすぎなんじゃないかと思ったけど、今ならよくわかる。グライダーパイロットのような気分なんだろうな。躊躇なく崖から飛び下り、宙を舞い、眼下に世界を見る——。ニーチェが書いたこの一節を知ってる？　〝わたしは眼下に世界を見る。ここの空気は自由で美しく、心に満ちるのは幸せな邪悪〟――とかなんとか、だいたいそんな感じだったと思う。

あなたの三十歳のお誕生日会はとてもたくさん人が来て、すごく盛りあがった。なのになぜ、パーティーのあとにあんなにひどく泣いたの？　危険なほど歳を取ったわけでもないでしょう？　それに、まだ何も達成できてないなんて言ってたけど、いつそんなことをする暇があったのよ。あなたは全力で生きてるじゃないの！　いつだって、わたしたちの周りで起きるすべての出来事のど真ん中に――明らかに中心にいるのって、誇らしい気分なんじゃないの？　あなたの周りで起きるのは、素晴らしい出来事か悲劇的な出来事のどちらかだけ。それに比べるとわたしたちの悲嘆や苦労なんてすごく些細なことに思えて、真剣に捉えられなくなってしまうの。でもあなたは何も説明してくれなかった。ただ自分のスタイルを貫いて、飛んでいってしまった。

いつかわたしが三十歳になる瞬間がきたら、まるっきり鷹揚に構えてやるわ。多分ね。それを一里塚《マイルストーン》として考えるつもりよ。今後の人生、そんな節目がいくつも現れるのでしょうけど。その中でももっとも重要なのが、個展なんだろうな……。

もう確実に大西洋の上よね。

今ここにいたら、はっきり訊くのに。もっと歳を取っても高潔に生きたければ、いちばん大切なのは仕事？　それとも愛？　そしてそれはなぜ？　わたしはまず、仕事だと思った――つまり芸術を生み出すこと、ね。それが自分に存在価値を与えてくれる唯一のことだと思うから（でもちょっと大雑把に括りすぎかしらね）。それから、もちろん愛も大事よね。友情も同じくらい大事だと思うのか、あなたに訊けばよかった。友情と愛、それが比べられないくらい大事になったり、混じり合ってひとつになったりすることがあると思う？　わたしの言う意味、わかる？　一度もそういう話をする機会がなかったわね。あなたの周りには、いつだって山ほどお友達がいたから。あと、功名心についてはどう思う？　危険なものだと思うのか、他の人のほうが優秀だからってあきらめてしまわないために必要なものなのか。表現《uttryck》の代わりに、印象《intryck》を与えるのだと考えてみて〔スウェーデン語で ut は外、in は内〕――なんてね！

それって、あなたが写真を撮るときも同じでしょう？

今日はキャンヴァスの下準備をしているの。お砂糖や小麦粉の麻袋を安く譲ってもらえる場所を見つけたのよ、古い倉庫なんだけど。アトリエには真っ白のきれいな面がいっぱいある。描けと脅されてるような気がするくらいよ。今回は吸収剤を少なくしてみた。つまり、ペトロールを増やしたの。

追伸　高潔に生きる、つまり尊厳をもって生きることについて。サミュリ〔サミュエルの愛称〕が一度言ってたけど、「何もかも、ある程度の尊厳をもって生きることに尽きる」らしいわ。わたしには意味がよくわからないけど。今になって思うのは、おそらく彼が言いたかったのは、自分の理念《イデー》や使命を強くもち、それを信頼し、かたく信じて、絶対にあきらめないということじゃないかしら。「自分の基本理念は絶対に手放してはいけない。唯一本当に危険なのはそれだ。自分の本質に逆らってはいけない」って言ってたもの。

サミュリが言ってたのは絵を描くことについてなんだと思う。だって彼がそれ以外のことを話すことなんてないし。

この間サミュリに道で会ったときに、あなたのことをなんて言ったと思う？　「勇気ある女性だが、少々短絡的ではないかな。手紙を書くときにはよろしく伝えてくれ」ですって。

その夜にはタプサもやってきて、彼まで〝人はどう生きるべきか〟というお説教を始めたのよ（でも全然賢い意見じゃなかったけど）。彼が言ったのは、「きみは本気《riktigt》で生きているつもりなんだろうけど、ぼくは豊か《rikt》に生きようとしている。例えば野原に行ったとする。ぼくなら心のままにあの花この花と手折るのに、きみはただまっすぐに野原を突き抜けていき、反対側に着いたとき手は空っぽだ。これぞという花が見つからなかったなんて言って」その言葉にはもちろん考えさせられたけど、「そんなの短絡的な比喩だわ」って軽蔑を込めて言い返してやった。

だいたい、いつわたしの手が空っぽなのを見たのよ？　胸に飛びこんでくるものをすべて抱きとめる気力なんてないでしょ。でもそれは本題とはあまり関係ないわね。昨日の夜はニューヨークにたどり着く夢を見たの。なのにあなたはいなかった。どこにもいなかった。道は、夢でよくあるように、恐ろしくて空っぽで。そして急に気づいた。あなたはわたしになんて全然会いたくないんだって。あなたは、もうこれ以上わたしと関わり合いたくないから逃げたのよ！

傷ついたわ。

さよなら。

ある火曜日

親愛なるエヴァ
もう着いてる頃よね。到着の光景を想像してみた。皆が揃って甲板に立っている。風が強くて寒い。船が自由の女神の前を通り過ぎるけれど、あなたはそれを写真に撮ろうともせず、じっとしている。旅行鞄をできる限り強く身体に押しつけて。この激しい混雑の中で鞄がどこかにいってしまうといけないから。カメラはずっと、しっかり胸に抱いている。人々がアリのように船から這い降りていく。長いことかかってやっと陸に上がり、分別され……。税関の建物って、なんて大きいの！　その大きな建物が、安堵と恐怖と戸惑いで爆発しそうになっている。叔父さんは港で待っていてくれた？　いい人だった？　どうやってお互いを見つけたのかしらね。写真？　ボタン穴に挿した一輪の花？　訊くの忘れちゃった。

船旅の間に、新しいお友達はできたのかしら。あなたならすぐに友達ができるでしょう？　でも皆、アメリカへたどり着くことで頭がいっぱいだったかしら。自分のことしか考える余裕がなかったのかも。

でもそれもこれも、もう過ぎた話よね。

皆がわたしに電話をしてきて、あなたから連絡があったかどうか訊くのよ。それがちょっと誇らしい。あなたはどこにでも友達がいるのね。〈アルテック〉〔一九三五年にアアルト夫妻らが興した家具ブランド〕にも、牛乳屋さんにも、角の商店にも、郵便局にも。階段にたむろしている人たち、道を歩いている人たち、皆がエヴァ・コニコヴァはどうしてるのかと訊くのよ。わたしはただ「ええ、元気よ。マンハッタンを征服するの！」とだけ答えてる。あなたについては、皆いいことしか言わない。クラースとかいう人から手紙が来てるわよ。お掃除のおばさんが、あなたが残していった裂き布はどうすればいいかと訊くから、『いいわ、あげるわよ」と言っておいた。ねえ、例の鍵のかかった緑の鞄は誰に渡せばいいの？　アーダがよろしくって。あなたのゲストルームの賃料を払ったかどうかを訊く勇気はないわ。彼女、摑みどころがないんだもの。今はランプシェードに色を塗っているらしい。アーダを描いたポートレートは少しましになった。本人にあげようかと思ってたけど、やめとこうかな。ちなみにアーダは、戦争が始まる前にスウェーデンに逃げることで頭がいっぱい。

で、例の質問リストを同封するわね。お願いだから、あなたのがらくたが正しい相手に渡るよう、協力してくださいな。プリーズ！

あなたのお母さんからひっきりなしに電話がかかってくるわよ。

ひとつだけ救いなのはね――。あなたはそっちで新しい友達がたくさんできると思う。誰だって、あなたのことを好きにならずにはいられないもの！　でもね、彼らにあなたの仕事を理解できるかしら。彼らにわかると思う？　エヴァ・コニコヴァが、例えば雪嵐の中の高層ビルの写真を撮るとしたら、それは今まで一度もカメラが捉えたことのないような写真になるのよ。これほどの迫力と説得力のある撮り方は、今まで一度もされたことがないの。仕事のことをあれこれ詮索しちゃいけないのはわかってるけど、それでも質問させてもらうわ。あなた個人として働ける可能性は少しでもあるの？　アメリカ人を驚かせてやりなさい。見せてやりなさい！　ところで高層ビルが人を萎縮させるという話、あれはわたしは全然信じてない。むしろ、その人の空を高く引き上げてくれるんじゃない？

あなたからの返事も待たずにまた書くなんて、間違ってるのはわかってる。だから待つわ。わたしからの手紙が一度に大量に届いたら、ジャングルに住む英国人のようにやってちょうだいね！　つまり、『タイムズ』を日付順に読むのと同じように。そうすればよくわかると思う。例えば、これはうっかり言ってしまっただけとか、わたしだって恥をかく前に思い留まることもあるんだとか。孤独を愛すると同時に、どうしようもなく落ちこんでいたのね――とも。読み飛ばしてね！

あの、働き方の部分についても読み飛ばして。わたしにはどうせ無理だし。でも、だからどうだっていうの？（英語に訳すとand so what)

トーベ

いちばん大好きなエヴァへ

あなたの話をしたいと言って、ボリスが遊びに来たわ。彼はあなたを師と崇めてたんですってね。「話が上手で、姉さんが話すと全部見える気がした。本当にそこにいるみたいだった」って言ってた。ときどき近所でお金を出し合って映画のチケットを一枚だけ買い――ほら、サンクトペテルブルクにいたときの話だけど――あなたが戻ってくるのを皆で待ったそうね。そしてあなたが映画の内容を最初から最後まで話して聞かせるの。「姉さんはどんな役でも演じられたし、その子どもたちになることもできた。彼らの家にもなれたし、風景にもなれた！」

わたしは「わかるわ」って言ったの。

「姉さんがぼくの面倒をみてくれてたんだ」ボリスはそうも言ってた。「おばあちゃんに言いつけられて、よその家の裏庭に食べられる物を探しに行ったこともあった。スリル満点だったし、二人とも猫が好きだったし」

それから、またあのドラマチックな話になった。吹雪の中、子どもたちが国境を越えたときの話。国境の反対側で何日も待って、その間とにかく泣いてばかりいた（ロシア人ての は、なぜいつもあんなにひどく泣くの？）。それから例の面白い話になった。あなたがボリスをお医者に連れていったときのこと。「弟が言葉を話さないんです。どうしたらいいでしょうか」と尋ねると、お医者が「家では何語をしゃべっているのかね」と訊くので、「イディッシュ語とロシア語とフランス語とドイツ語です」と答えた。するとお医者は「まずはこの子に何語をしゃべりたいか決めさせなさい！」（よく考えるとすごく古いネタよね）

エヴァ、ボリスほどたくさん外国語ができれば、前線に送られることはないだろうから安心してね。

彼は自分もあなたみたいにアメリカに行くべきかどうか悩んでいたわ。そのほうがいいのかな、姉はなんて言うだろうかって。

あの子は言ったわ。「今は自分が何をもっているかわかってるけど、これから何を手に入れられるかなんて、わかるわけないだろ？」

エヴァ、あなたはすごくたくさんの人たちのために決定を下してきた。前へ進めとお尻を叩いたり、やめておくよう説得したり。でも、今はそんなことしなくていいからね。わたしたちに時間をちょうだい。プリーズ。そしてあなた自身にも、たっぷり時間を与えてあげて。

こっちはいつもどおりよ。始まりそうで始まらない戦争について、皆がほぼ同じことを言ってるだけ。

アメリカに手紙が届くのには何カ月もかかるって聞いたわ。それでも書くけど。

トーベ

おはよう、今日は日曜よ。

昨日はアーダがやってきて、ポートレートを仕上げたいなら急いだほうがいいと言いだした。ストックホルムで仕事が見つかって、ヴィザも下りたんですって。それと、あなたにくれぐれもよろしくと。だからわたしは描きかけのポートレートのキャンヴァスを取り出した。絵はずいぶんよくなったわ。上品な花で白い上着を強調し、背景はニュートラルにして、表情はちょっと怠惰であきらめたような落ち着きを——ほら、何代にもわたる辛苦ってやつを——表現しようとした。でもアーダは「なんだかお腹が痛いみたいな顔してるわね」だって。あはは。

管理人が持ってきたのはアーダの洗濯物だったわ。全然あなたのじゃなかった。

勢いづいてあなたのポートレートも取り出し、背景をもっと生き生きさせてみた。あなたはくつろいでいるけれど、この絵には怠惰な雰囲気は微塵もあってはならない。どんなことにも心の準備ができていて、今この瞬間にも部屋を飛び出していきそうだっていうのが感じられるようにしなくちゃ。上からの光を少し冷たくしたわ。これを〈若手芸術家展《ドム・ウンガス》〉に出展してもいいかも。そもそも美術展が開かれればの話だけどね。だってもう、皆いなくなっちゃったじゃない。

待つしかないわね。

あなたの絵とは格闘しすぎなのかもしれない。いや、長く取り組みすぎているのか。だってまずは自分が何を求めているのか、何を理解できる可能性があるのか知らなくちゃいけないから。でもそうすると、絵を殺してしまう。この上なくゆっくりと。そうでしょう？

それとも、イーゼルに新しい真っ白なキャンヴァスを張るのが怖いのかしら。

アブラッシャがあなたのポートレートについてなんて言ったと思う？「姉のスリップ姿を描くなんて！」ですって。

静物画《ナチュール・モルト》は直訳すると〝死んだ自然〟っていう意味だって考えたことあった？

今までこんな気持ちになったことはなかった。でも急に、主調色《ドミナントカラー》の青が、ただのティーポットの青となんら変わらないように思えてきたの。それにあのリンゴに、絵には欠かせない布……いつもどおりでしょ？　普段とちっとも変わらない。なのに急にすべてが無意味になった気がする！　エヴァ、いちばん大切なものが無意味になってしまったのよ。やつらがここを別の世界に変えてしまった。自分の居場所さえない世界に。いや、手をこまねいてそれを眺めていたのはわたしたちよね。絵を描くのはもちろんいつだって難しかったけど、今はアイデアさえも浮かばない。そしてそれは戦争のせいなのよ！

ヘイ。

秋の美術展は中止になった。〈若手芸術家展《ドム・ウンガス》〉も〈ヘールハンマル・コンテスト〉も〈芸術週間《コンスト・ヴェッカン》〉も。わたしは『ガルム』誌以外には、『アストラ』、『クリスマスの星《ユール・シャーナン》』の仕事をした。あとは『スヴェンスク・ボッテン』に週に一度、政治的な風刺画を描いているわ。

ねえ、あなたどこにいるの？　なぜ返事をくれないの！

大きなゴムの象眼細工はスケッチでは気に入ってもらえたのに、お偉いさんたちが今度は時代のせいにし始めた。皆そうだけどね。森に溢れかえる腐ったキノコを売るか、七階建てのオフィス宮殿に飾る絵画を買うかという違いくらいで。

皆、戦争の話ばかりしている。

大きなオーランド島の絵、あれが〈芸術サロン《コンスト・サロンゲン》〉で売れるといいな。ローベッツ通りにある画廊よ。売れたら画廊が二十％取るの。

港で絵を描いていたら、悪人《わるもの》が何人か寄ってきて「お嬢さん、そんなことしてないで家に帰って子どもでもつくりなさい。いつ戦争が始まってもおかしくないんだから」と言われた。

奨学金はどれもだめだった。わたしはイラストで儲かってると思われてるのかしらね。審査員がわたしの絵を嫌っていなければの話だけど。

自分が今までやってきたことは何もかも全然だめだと思うことがある。完全に完璧にだめで、まったく見知らぬもののような気が。もっと描線を減らして、堂々と落ち着いた画を追求しなければ。毎日が静かに止まってしまっているだけ。まるで今まで一度も絵を描いたことがないみたいな気分。こういう時期のことを〝成長している証拠〟とか〝次の段階に飛びこむ準備ができた証拠〟と言う人もいるけれど、わたしはそんなの信じない！

ただじっと立ち止まっているだけ。最悪の状態から動けない。

わたしは情熱について考え、義務についても考えたけど、どこにもたどり着かなかった。希望なんてものは信用できない、全然！

コニ、わたしの絵はいいとは言えないけど、展覧会のたびによくなってはいる。少しはね——多分。それ以外はどうでもいい。わたしは頭で描きすぎてるとよく言われるけど、毎回心も張り裂けそうなのを、皆わかってるのかしら。それに、天賦の才のある画家の多くは、お腹〔直感〕で描いてるらしいわよ！

見てなさい。そのうち、山猫の毛皮を首に巻いた自画像を発表してやるから！

届かない手紙を書くのって変な気分。万が一届いても、そのときにはもうすべて変わってしまっていて、内容に意味がなくなってるし。

それに、大仰な言葉を使うと騙されちゃうしね。

最終的にわたしからの手紙が分厚い束になって届いたとしても、喜んでもらえるかどうか自信がない。むしろ、わたしの恋しい気持ちを疎まれるかもしれない。だって彼女のほうは、誰かを恋しく思う余裕なんてなかったでしょうから。

そう、そうなるのよ。しかも彼女はただちに、一通の手紙に近況報告と慰めの言葉と相手への質問を詰めこまなくてはいけなくなる。正直言って疲れてるのに。そっとしておいてあげなさいよ。

手紙を出すのは少し待つことにするわ。それか、もう出さないか。でもニューヨーク到着のことを書いた手紙は出すと思う。あれはうまく書けたから。

ねえ、もう誰もパーティーを開くような気分じゃないのよ。

コニコヴァが入ってきた。ほらごらん！　彼女はわざとドア口で立ち止まる。皆の視線が彼女に注がれ、さあいよいよパーティーが始まるぞと思う。彼女はワインとピロシキをテーブルに置き、手を叩きながら声を上げて笑うの。あんなに大きな、陽気な口をもつ人は彼女以外にいない。

なんでわたしたちなんかのために時間を費やしたのよ。わたしたちのために不用意に自分を無駄遣いするなんて。皆が必死であなたの真似をせずにおれなかった。花を投げるように自分たちの秘密を投げ出し、何もかもがすごくすごく自由で、良心も痛まず、どうしてあんなふうにいられたのかさっぱりわからない！

いつかまた会ったら、二人とも照れくさいかもね。

それはあなたのせいよ！


おはよう！


タプサがあなただと勘違いして女性を追いかけ、アレクサンデル通りを半分くらい走ったんですって（バカよね）。あなたと〝神聖な政治議論〟ができなくなって寂しいって言ってた。

お願いだから、一度だけこれを言わせて。散々聞かされてもううんざりなのは、社会的責任、社会への認識、多数派という言葉。はっきり言っておくけど、社会的傾向のある芸術なんてわたしは認めない。わたしが信じているのは芸術のための芸術《l'art pour l'art》よ。以上！

タプサはわたしがアート・スノッブで、非社会的な絵を描いていると言う。じゃありンゴの静物画は非社会的ってわけ⁉　セザンヌのリンゴはどうなるの。そこには〝リンゴの理念《イデー》〟があるわけでしょう。それが絶対的な洞察というものなの！

タプサは、「ダリは自分のためだけに絵を描いている」と言う。でも自分以外、誰のために絵を描くっていうの？　教えてよ！　絵を描いている間は、他の人のことなんて考えない。考えちゃいけないのよ。キャンヴァスはどれも――それが静物画であれ風景画であれ――いちばん根本のところでは自画像なんだから！

あなたが写真を撮るときはどう？　あなたの写真は知ってる。慈しみと冷酷さの瞬間、いや、すべての瞬間を捉えた写真。でも、その一枚一枚が、どこかしらあなた自身の写真でもある。そうじゃない？

傾向なんかとはまったく関係ない。あっち寄りでもこっち寄りでもないの。あなたの写真には説得力がある。だからこそ本物で、それが写し出しているもの以外の何ものでもない。

どうしてあなたは、いつもそんなによくしゃべるの？

作品は無言であるべき。わたしたちは異なる形で創作活動をしているわね。あなたが創作するのは瞬間を捉えた写真。それはたった今起きていて、もう二度と起こらない。一方、わたしはとても時間をかけて絵を描く――。でも、思わない？　わたしたち、かなり似たものの見方をしてる。ねえ、そう思うでしょ！

タプサがくれぐれもよろしくって。サミュリからも。皆がわたしに「よろしく伝えて」と頼んでくるのが、ちょっと鼻高々よ。

どう？　苛立った？


じゃあね。

トーベ

追伸　ごめん、ちょっと口数が多すぎたかしらね。

コニへ

孤独について考えてみた。わたしはまともに体験したことがないのかも。知っているのは、小さな孤独だけ。誰かに振られたり、大切な人が去ってしまったりしたときにね。いや、もっとたちが悪いのは、どうしても絵を描くことができないとき。

孤独というものは、うんと大切にすれば素晴らしいものなのかもしれない。だって、どれほどの可能性が手に入る？　手遅れにならないうちに選べばね。まあ、よくわからないけど。

あなたはいつもわかってるの？

そして最後の最後に。何かを生み出したい、成し遂げたいという激しい欲求はなんなのだろう。役に立たなきゃという必要性と比べてみても。
わかんない。何もかもあっという間だったから、そのことについて話すのを忘れちゃったわね。

いつものやつ

また別の朝

ねえ、信じられる？　イラストレーター協会がコレクションに加えるために、わたしのイラストを三点買ってくれたのよ。全部で九千マルッカ！　嬉しくて、過去の年会費をすべて払い、恐ろしいことにポケットに見つけてしまった税金の部分請求も払った。これですべての借金を清算できたのよ！　それに短期ローンも。しかも、国が最後の最後になって良心が痛んだらしく、多く請求しすぎたからといって四千マルッカ返してくれたの。〝芸術家は信用ならない〟なんてよく言ったものよね。国が義務労働に国民をかき集めている時代だけど、今日の『首都新聞《ヒューヴドスタッツ・ブラーデット》』になんて書いてあったと思う？　〝ホームレスやジプシーや芸術家、その他制御できない要素を取り締まる〟つもりなんですって。笑っちゃうわよね！

わたしは世界地図を眺めて、憧れの場所をいくつもノートに書き留めた。すべてが正しい状態に戻った暁には、誰かと一緒にそこへ旅するのが夢よ。

わたしのこと、センチメンタルだなんて言わないでね。そうじゃないんだから！

あなたは今頃マンハッタンにいて、どんどん賢くなってるんでしょう。

どうして手紙をくれないの！

さよなら――
トーベ

もう彼女の顔を忘れてしまった。彼女の姿を思い出せない。恐ろしいわ。それに、ポートレートを見る勇気もない。そんなことをしたら、さらに遠くに行ってしまうような気がするから。だからわたしはキャンヴァスを壁に向けた。

これ以上手紙は書かない。

戦争が来るまでは書くけどね。どうせもう来るんだから。

そうしたらこれ以上手紙は書かない。そうすれば彼女の良心も痛むでしょう。それに恋しい気持ちや芸術論なんかも書かないわ。そう、やっと相手に配慮するの。

それとも全部書いてやろうかしら。バーンと一気に。それも自分のためだけに（ダリみたいにね）。しかも完全に完璧に情け容赦なく！

# ボートとわたし

Båten och jag *

十二歳になったとき、初めて自分だけの手こぎボートを手に入れた。二メートル三十センチの、鎧張り《クリンカービルド》のボート。名前はなんにしたのときかれたら、「たんにボート」って答えてる。ボートとわたしには、二人だけの計画があった。それは、ペッリンゲ群島をすべて――内側も外側も、突き出た岩なんかも全部――こいで回るというもの。群島全体をぐるりと囲むように一周してやっと、計画は完了。なぜそんなことが大事だったのか、自分でももうよくわからないけど。海の旅には丸一日かかる可能性があったので、寝袋を持っていったほうがよさそうだった。あとはクリスプブレッドとサフト〔フルーツベリーの濃縮ジュース〕だけ。パパがいつも言うように、ボートにはいらないものはひとつものせちゃいけないんだから。

決行日は八月二十日に決まり、完全に秘密のはずだった。

なのにママはどうやってかぎつけたんだろう。わたしがテントから寝袋を引っぱり出すところを見ていたのかも。あなたの計画には気づいているわよ、お父さんにはばれないように協力するからね、というのを口には出さずに伝えてきた。だって、パパは絶対に行かせてくれないだろうから。ところでママ自身は、自分の父親をだまそうとしたことなんて一度もないはず。おじいちゃんは娘がテントで寝るのも許さなかったし、セーラー襟のついた服も着させてくれなかったんだって。十九世紀って、なんて恐ろしい時代だったの……。

とにかく、ボートとわたしは旅立つ準備が整った。何日か前から南西の風になって、高い波が陸にかかっていた。ボートは満ち潮につかった草むらに浮いていて、押すと、舟底がベルベットの上をすべるように下りていったわ。海に入ったとたん、岸に打ちよせる波がぶつかってきたけど、わたしはボートのへりをしっかり支えて待った。空は——日の出前はいつもそうだけど——白くて空っぽで、カモメが大さわぎをしてた。そうこうしているうちに、寝間着の上にカーディガンだけはおったママが全速力で走ってきて、サンドイッチとポマック〔果物やベリーを熟成させたスウェーデンの炭酸飲料〕を一本渡してくれた。「急ぎなさい。お父さんが目を覚ます前に、早く！」

出帆って、めったに予定どおりにはいかないものね。

ボートとわたしは波に揺られていった。真後ろからの追い風にバランスを取るのがせいいっぱいで、わたしは床に足をふんばってボートが進むにまかせた。ママは岸に立ったまま、かなり長いこと手を振ってたわ。

パパは絶対に海で手を振ったりはしない。だってそれは緊急時の合図だから。

初めは舟尾《とも》に波を受けるようにしてたけど、すぐにそれはまちがいだと気づいた。波をうまくあしらうために、あわててぐるりと回転しなきゃいけなかった。波のタイミングを見はからって、左のかいをぐいっと引き下げ、右のかいで必死にこいだ。するとボートは一瞬で回転し、波がごく当たり前みたいにわたしたちを迎え入れてくれたの。

日の当たらない側のいちばん奥の岬に向かって波に揺られているうちに、わたしにもわかってきた。海はそこに君臨するために——つまり、他の何もかもより偉大な存在でいるために、ボートをひとつ必要としてるんだって。島でもいいかも、小さい島なら。それに、空はカモメを一羽必要としてるに決まってる。雲ひとつない空ならなおさら。

そのうちに日が昇り、光がまっすぐ目に入ってきて、波の泡がピンクのバラみたいだった。わたしたちはそのまま海の上をかけていき、岬をひとつ回ると、急に風のない場所に出た。そこは静かだった。もちろん海の音は聞こえたけれど、あくまで遠くからで、ここでは森が風にざわめいていている。この浅瀬は森が水ぎわの岩場まで下りてきていて、海には花束みたいな小さな島がいくつも浮かんでいて、何もかもがひたすら緑で——。そう、ここには前にも来たことがあるの。

わたしはボートから水をくみ出した。水なんて、ほとんど入ってなかったけど。それから、またしばらくボートと一緒に流されていった。

このあたりには、夏鳥——パパが軽蔑してる、なんの悩みもなさそうな人たち——が住んでいる。夏鳥たちは、日がずいぶん高くなってから別荘の中で起きだし、脱衣小屋のついたぐらぐらする白い桟橋を渡ってきて、スチールでできたうるさいモーターボートに飛び乗るの。

パパはスチールのボートなんて軽蔑してるけど。

あの若造や小娘どもはまるで犯罪者だ——なんて言って。娯楽のために二十馬力も出して、一般人の安全と命を脅かすとは。漁師の網のことは、言わずもがなだ。

もちろん覚えてる。その少女はいつも船の舳先《へさき》に座って、よく日に焼けて楽しそうで、髪を風になびかせてた。スピードのスリルを味わっていたのよ！　疾走するモーターボートから、その子は手を振ってくれた。もう、ずいぶん前のことだけど。

わたしはボートをこぎ続けた。すごく暑い日になりそうで、空気中に雷の気配を感じるくらい。

間もなく浅瀬は人でいっぱいになった。モーターボートを操縦したり、釣りをしたり、泳いだり。どの岸にもいかだやカヌーに乗った子どもがいて、見たことがないほど楽しそうな夏の光景が広がっている。そこに突然、うるさいモーターボートが舳先に虹色のひげを広げながらまっすぐに突っこんできて、ハンドルを握った若造が「やあ！　引っ張ってやろうか？」とわたしに呼びかけたの。

そいつのことなんて、ちらりとも見てやらなかったけど。

さらにもう一艘きた。わたしはめちゃくちゃにこいだけど、モーターボートはうなりをあげて追い越していき、いちばん前で髪をなびかせている少女が手を振るのが見えた。

わたしはこぎ続けた。

あの子じゃなかった、それはわかってる。それでも、手を振り返せばよかったんじゃない？

……いや、振らなかっただろうな。この浅瀬にいる人たちは、自分たちがばかみたいだってことを自覚してるのかな？　……きっとしてないね。わたしは、この人たちに厳しすぎる？　……多分ね。

とにかくわたしはこぎ続け、浅瀬が海に向かって開けた海峡へと近づいた。小島の数がだんだん減って、涼しくなってきた。

いよいよ、この旅の中でいちばん大事な場面に近づいた。つまり、思い巡らす時間になったの。錨にした重石を下ろしたまま進んで、ロープはオール止めに結びつけた。眠るのはもったいない気がしたので、母が作ってくれたサンドイッチを取り出した。サンドイッチを包んだワックスペーパーには〝チーズ〟とか〝ソーセージ〟とか書かれていて、ひとつはなんと〝自由バンザイ！〟だって。ばかみたい！　だからわたしはクリスプブレッドだけ食べて、母がくれたポマックを飲んだ。そして、昇ったばかりの月を眺めた。今のところまだ大きくて、シロップ漬けのアプリコットみたい。海に映った月光が、道のようにまっすぐにボートまで伸びていて、やっと本来の海の音が聞こえてくるようになった。

そう、ここがちょうど分岐点。ここから旅の帰り道が始まり、あとで海図に描きこむ旅路が、勇気ある輪として完成するのよ。群島を捕らえた投げ縄みたいにね！　そして大海に面した入り江までやってきた。誰も住んでない、わたしだけの秘密のなわばり。だって、わたしがいちばんよく知っていて、いちばん愛してるんだから。
寂しくなると、いつもここに来る。必ず風の強い日に——まあ、たいてい強いんだけど。五つの小さな入り江と六つの岬が続いていて、目の届く限り、家なんて一軒もない（水先案内人の小屋は数に入らないから）。たっぷり時間をかけて波打ちぎわまで歩き、入り江のひとつひとつに入り、岬のひとつひとつに出るの。どれひとつとして省いたりはしない。これは儀式なんだから。もちろん、岸に打ち上げられた物を引っ張り上げて、重しとして石をふたつのっけずにはいられないけど、それは儀式とは全然関係ない。そんなの、誰だって無意識にやること。つまり今日、わたしはついに自分のなわばりを海側から見る。それは大事なことだった。

重石をボートに引き上げ、わたしたちは月光が道のように海に輝いているところへこぎ出した。凪の中で見る月光の道は絵のように美しかったけど、本当は海が荒れているときのほうが宝石が粉々に砕けるみたいでもっときれいなの。きらきら輝くダイヤモンドをちりばめた海の上を運ばれていくような感じでね。

そのとき、パパがやってきた。ボルボ・ペンタのエンジン音でパパだとわかった。つまり、わたしは見つかってしまったわけね。となると残る問題は、パパは怒っているのかほっとしたのか、それとも両方なのか。それと、パパが先に口を開くのを待つべきか否か。パパはエンジンを切ってわたしのボートの横につけ、へりをつかむと「やあ《ヘイ》」と言った。

わたしは「どうも《ヘイヘイ》」と返した。

「さあ、こっちの船に移りなさい。お前のボートは後ろにつなぐから。パパは一度だけ質問するぞ。一度だけだから、よく聴くんだ。一体どうして、お母さんをあんなに心配させるんだ⁉」船尾のロープでわたしのボートをつなぎながら、パパはさらに付け加えた。「お前のやったことは、まるで犯罪だ」そう言ってペンタのエンジンをかけたので、もう二人ともひと言もしゃべれなかった。

わたしは舳先のほうに座った。わたしのボートはメジカのように軽やかに、踊るようにあとを追ってきたわ。水なんて全然入ってない。

パパが波の荒い海でペンタを操縦するのが好きなのは知ってた。だからパパには好きなように操縦させておき、わたしはあの場所について考えた。そう、ついに海側から見ることができたわたしのなわばりのこと。でも離れるにつれ、海側から見たそれは、どうしようもなくありふれたフィンランドの海岸でしかないってことに気づいたの。興味をひかれて上陸する人なんて一人もいないでしょうね。でも、それでいいの。あそこには誰も近寄らなくていい。あの美しさを理解できない人は。

わたしは帽子を取ると髪を風になびかせ、他のことを考えた。

サンドイッチはパパが見つけて、全部食べてしまった。

それはとても美しい晩だった。パパは波とたわむれ、見事な操縦の腕を披露した。ときどきこっちを見たけど、わたしは気づかないふりをしたわ。

空が白みかけていた。うちの入り江に入る前に、パパはヘルスティエン岩ぎりぎりのところで上手にボートを小回りさせながら、牽引ロープはゆるめたままにして、舟が自分で陸に上がるのを待った。

二人とも岩に上がったとき、パパが言った。「もう二度とこんなことをするんじゃないぞ。わかってるな？」

パパとわたしはおやすみを言った。あたりはますます明るくなり、日の出前はいつもそうなように、白い大きな空が広がっていた。

# 卒業式

Avslutningsdag ＊

五月の、よく晴れた寒い日だった。空では雲が、嵐になびく大きな帆のように流れている。アテネウムの絵画クラスの教室内には熱気がこもり、アランコ校長がわたしたち卒業生に向けてスピーチをしていた。とてもゆっくりした話し方で、まるで言葉のひとつひとつから、使う前に埃を払っているみたいだった。わたしたちは皆きれいに着飾って、どこか前のほうの床を見つめていた。

そして解放されたとき、これが最後の日なわけだから、階段を駆け下りて小さな広場に飛び出し、歓声を上げたの！　そのまま〈アイカラ〉へ走っていき、カフェの真ん中にテーブルを全部並べて、ベンヴェヌートが立ち上がり真剣な顔で〈ミリアムの花はどこに？〉〔エイノ・レイノの詩の一節〕を朗読した。それから皆で「シャツを脱ぎ捨て……」と合唱した。ちょうどそのとき、刺繍入りのベロアのコートを着たダールベリ嬢が登場したので、皆歌うのをやめて歓声を上げた。ダールベリ嬢はいちばん古株のモデルだったから、上座に座ってもらった。彼女はそれがすごくお気に召したみたい。

それからトゥオネラの白鳥〔フィンランドの叙事詩〈カレワラ〉における冥府トゥオネラにある川には白鳥が泳いでいるとされる〕についてのセンチメンタルな歌も何曲か歌った。「きみに乾杯」とサイロが叫んで、わたしと握手するためにテーブルの反対側から走ってきた。ヴィルタネンもわたしに手を振り、去年のクリスマスよりは親密な笑みを浮かべた。仲間内で共産主義者と呼ばれているタプサは、「プロパガンダなしの破廉恥で可愛い絵を描いたぞ。一マルッカと絵を交換しないか？」と大声でわたしに訊いた。

そして、あのウエイトレスが初めて笑顔を見せた。

そのうちに誰かが叫んだ。「スオメンリンナへ行こう！」

それはまさに、スオメンリンナの要塞へ行くのにふさわしい日だった。海に面した稜堡《りょうほ》の上で風が荒れ狂い、わたしたちは追い風を受けて走り、最後の岬の先っぽで踊った。茂みはどれも新緑に萌え、強風の中で変な方向を向いていたわ。

わたしたちはそこに立ったまま、長いこと〈グスタフの剣〉要塞の誇り高き碑文を見つめていた。〝己の出自を貫き、異郷の助勢を頼みとするな〟おまけにその日は航空祭が開催されていて、あちこちで国旗がぱたぱたと音を立て、鮮明なブルーの海の上を飛行隊が飛んでいき、いつものように雲の影が形を変え続けていた。

ストックホルム行きの白い大型船が通り過ぎていった。わたしは水ぎわを歩いてモチーフを探した。たくさんあったわ。タプサがキバナノアマナを見つけ、わたしにプレゼントしてくれた。

街に戻る頃には夕暮れで、もう美しいネオン広告が灯っていて、エスプラナーディ大通りでは人が群れになってそぞろ歩いていた。

何人かはお金を持っていたので、わたしたちは〈フェンニア〉に行くことにした。

〈フェンニア〉では野蛮なジャズが鳴り響き、ダンスフロアの空っぽの床に緑と青の光が戯れていた。

そこに行ったのは男子八人と、エヴァ・セーデルストレームとわたしだった。エヴァはばか騒ぎに大笑いし、革靴をハンカチで磨いて、わたしのおしろいを借りた。皆で大きなテーブルを占領し、ビールを注文した。礼儀正しく過ごした二年間のあと、わたしたちは突然お互いを気やすく〝お前〟だなんて呼び始め、ペタヤとサウッコネンが変装した王子だったことを知った。本当はウルバヌスとイマヌエルという名前だったのよ！

「わかった！」とエヴァが叫んだ。「はっきりわかった。わたしはジョッキ《コルパッコ》なんてほしくない！　ワインが飲みたいのよ。今夜はそれ以外、何も要らない！」そして彼女は独りでカダルカワインを半分も飲んでしまったの。男子が階段に転がしたままの空の酒瓶に、冬じゅう泣かされてたってのに。

タプサとわたしはウインナーワルツを踊って、狂ったようにくるくる回った。他の人の踊る場所なんてないくらいにね。それからタプサがバラを一本買ってくれた。テーブルに戻るとエヴァが駆け寄ってきて、「ハンボを踊りたい」と言いだした。でもハンボは難しいダンスで、わたしたちの中で踊れる者はいなかった。

マンテュネンはその日ずっとすごく静かで、わたしと踊ると真っ赤になって震えだした。わたしは今まで彼のことなんて意識したことなかったんだけど、彼が震えているのを見てそれがうつってしまい、全身にびりびりと静電気のようなものが走った。一度も経験したことのない、とても素敵な気分だったわ。でも、それを実現したのがマンテュネンだったのはすごく残念……。

それからエヴァが帰りたいと言いだした。お腹が痛いからと。

ヴィルタネンが「世界中のエヴァに！」と叫んで乾杯し、グラスを割ってしまった（マンテュネンが弁償した）。

わたしたちは青くて寒い夜へと飛び出し、イマヌエルとヴィルタネンとマンテュネンとわたしは歌いながら街じゅうをねり歩いた。そしてトーロン湾ぞいにまどろむ、密に茂って薄暗いヘスペリア公園へとたどり着いた。湾全体が対岸のセールネースまで、一枚の淡赤色の鏡になったみたいだった。わたしたちは茂みに上着を脱ぎ捨てると、木々の間に飛びこんでいった。丘を上がっていくうちに、もう鳥があちこちでさえずり始め、東の空では弱々しい朝焼けが目を覚ました。痛いほどの嬉しさに、わたしは両腕をまっすぐ上に伸ばし、脚を自由に踊らせた。そのとき、斜面を上がってくる足音が聞こえた。それはわたしを追って走ってきたオッリ・マンテュネンだった。彼が父の彫刻――とても若いヘラジカの彫刻――にそっくりだったので、わたしは笑いだしてしまった。ふざけて追いかけ合い、最後には捕まえさせてあげたけど、わたしの悲鳴のすごかったこと！

彼がどうしても話があると言うので、わたしは逃げ出した。そのときは話すことに全然興味がもてなくて。でも一瞬、彼を絶望させちゃったかもとは考えたけど。

上着は見つかった。イマヌエルは枯葉の山で寝てしまい、ヴィルタネンはもう家路についたあとだった。わたしは上着を腕にかけたまま、ゆっくりと歩いて街を抜けた。少し風が出てきた、涼しい朝の風が。街は完全に空っぽだった。

わたしはおかしいと思った。皆がよく「幸せでいるのはとても難しい」と言うのが。

# サミュエルとの対話

Samtal med Samuel ＊

そのときわたしたちはレストランにいて、サミュエルの言うことがよく聞き取れなかった。レストランは満員で大きな四角いスピーカーがあって、タバコと音楽のせいで頭痛がした。わたしは絶えずサミュエルを見据えたまま、彼の言葉を理解しようと努めた。

彼はとても抑えた声で話していたが、その声は他のどんな声とも違った。人は皆すぐに、彼の言うことを無条件に信じてしまうのだ。

サミュエルはこう言った。それは彼が率直に、自分の一部をわたしに分け与えてくれるためでもあった。「〝瞑想〟というのは、今現在における考察だ。きみもたいていは無意識に瞑想しているはずだ。例えば、きみの視線がこの紙ナプキンを捉えたとしよう。その瞬間に、これを断裁した機械が、パルプが、さらにもっと他のものまでが見えてきて、最後には木へと還る。紙ナプキンの起源へと」

わたしは紙ナプキンを見つめたけれど、それは特に何も語りかけてはくれなかったので悲しくなった。

「一方で、〝分析〟というのはまったく別のものだ」サミュエルが続けた。「それは過ぎたこと——つまり、かつてそうだった状態へと遡り、解剖し、定義し、細分化し、説明を与えることだ。きみは絶対に、なぜわたしがきみを好きになったのかを問うことはできない。分析しているこ とになるからだ。天王星が木星にぶつかったとしても、その理由を気にしてはいけない。

なぜなら、その理由は一兆年かけて蓄積されてきたものだからだ。神々は、我々人間のことなんて気にしちゃいない。ただ眺めて笑っているだけだ。愛情を込めてではあるがね。例えば子どもが何か考えついて、言うまでもなく内容的には間違っているのだが、自分で考えついたこと自体が誇らしくて仕方がない——それを笑うように。神々は、我々に〝総合的な〟ものの見方をしてほしいと願っている。つまり、恣意的に答えを導き出して行動しないようにと。わたしの言うことを誤解しないでくれ。思考とは、行動における計画書のようなもの。きみもこれからは広い視野でものごとを考えなければいけない」

わたしはサミュエルが話をどこへもっていきたいのかよくわからなかったが、大事なのは彼が真摯に何かを与えようとしてくれているという点だった。恋愛の代わりに。

「総合的な思考というのは」サミュエルは続けた。「神が存在する証明であってもおかしくない。思考が正しい方向に進めばだがね。神といっても知性としての神ではなく、例えば一本の線やある種のエネルギー、幾何学的な図形のことなんかだ。多くの罪を背負った者に与えられる、大いなる慈悲。ただの自然、人生の力、なんでもいい——それが慈悲によって人を赦しもし、罰しもする。賢母が我が子を罰し、その罰が毎回厳しさを増すように。それは警告なのだ。わかるかい、もし正しい道から外れ続ければ、罰はますます厳しくなる」

サミュエルは眉根を寄せてわたしを見つめ、もう一度同じことを言った。「ますます厳しくなるんだ」

　わたしは次の言葉を待ったが、サミュエルはじっとこちらを見ているだけだったので、おずおずと尋ねた。「それって、わたしたち二人のこと？」

「個人レベルの話ではない」サミュエルは我慢強そうな表情で言った。「広い視野でものごとを見ようとしているだけだ」

　そして沈黙が流れた。

　サミュエルは紙ナプキンをもうそれ以上たためなくなるまで何度も何度も折りたたんでいたが、ついにまた口を開いた。「むろん、我々二人にも当てはめることはできる。実のところ、我々は非常によい例だ。もしきみが望むなら……」

　サミュエルはテーブルに身を乗り出した。自分がもち出した議題への興味が再燃したようだ。

「つまり、こういうことだ。いいかい。最初はきみのことを性的に好きだった。それから変化が起きた。きみと一緒にいると心が安らぎ、温かい気持ちになり、くつろげるようになった。そういう感覚を、わたしは今まで女性に対して覚えたことがない。つまり、きみを愛し始めたわけだ」

　わたしはうなずいた。とりあえず話題が総合的な思考とやらからそれてくれたことに心からほっとしながら。

「しかしだ」サミュエルは続けた。「今わたしはまったく欲求を感じない。その代わり、きみとは魂が近くなった。だから、きみとの友情を最高の〝友情を超えた友情〟として保ちたいのだ。わかるかい？」

「でも、それって……」わたしは口を開いた。

「待ちたまえ」サミュエルが遮った。「ここからが重要なんだ。つまり警告だよ。春に起きた出来事、あれは警告だったんだ。我々は共に昇華するはずだったが、その代わりに魂のレベルで混じり合った」

「なんのこと？　春に起きた出来事って」

サミュエルは意味不明な仕草をした。「きみも覚えているだろう。できなくて、きみがそれにひどくショックを受けたときのことだ。わかるかね、あれは神の意志だったのだ。神は最後にもう一度だけ、そんなつもりではなかったのをわたしに知らせようとした。我々は何度も警告を受けることになる。しかも神の意志に気づいた今、我々への要求は高くなるだろう。つまり、警告が警告だとわかりづらくなるのだ。しかしまあ、なんとかなるだろう」

わたしはグラスを回し、スピーカーから流れる音楽が止まってくれればいいのにと願った。だって、何かがおかしくなってきている。

「それでは正しい道とはなんぞやということだが」サミュエルは生き生きした表情で続けた。

「それは我々の本質《ナチュール》――つまり根本的な本質に逆らうことすべてではないだろうか。自然《ナチュール》は自らを罰するものだ。我々人間も自分にとって不自然なことを行うと、その結果具合が悪くなる。東洋には、人が具合が悪くなるのは罪のせいだと主張する人々もいる。想像してみたまえ――才能が足りないという現実を受け入れようとせずに、画家になるために執拗に努力を続けている人がいたとする。精力的な努力を――そうだな、日に十時間、それを十年続けたとしよう。四、五十歳になるまでひたすら、懸命に絵を描き続けた。芸術的な成果は一切出せないままにね。そして突如として悟る。自分の本質に反して努力してきたことを理解するのだ。そうすると、彼はその努力をやめなければいけない。そこに引き返す道が存在するのか、ただ努力をやめるだけなのか、それはその男自身にかかっている。当然、やめるといってもいろいろな種類のやめ方があるだろう？　無気力になり緩慢にやめるというやり方もあれば、麻薬や過激なライフスタイルによって痛みを抑えるという能動的なやめ方もある」

サミュエルはそこで両腕を広げ、陰鬱な表情でわたしを見つめた。「絵を描くことが自分にとっていちばん自然なことなのかどうか、わたしにはまったく確信がない。それが音楽であってもおかしくなかったわけだし」そして、さらに続けた。「だがきみが案ずることはない。ただじっと、目を開いて待てばいいのだ。不可解なほどいろいろなことが起きる今、きみだって何に集中すべきかを常に把握しているなんて無理だろう？　悲観することはない。だが、今こそ理解に努めるときなのだ。我々は目を見開き、いつ岐路が訪れるのかに注意を払わなくてはいけない。人の道には多くの岐路がある。脇道――つまり考えられる可能性がいくらでもあるんだ。別の方角からやってきた二人が、しばらく横に並んで歩くという可能性もある。それによって、互いの人生の進路に影響を与えるのだ」

「わたしたち、ずっと横に並んで歩いていけるといいわね」わたしは厳かに言い、それから二人とも長いこと黙って、お互いのことを考えていた。

サミュエルがまた話しだした。怖いくらいの勢いで。

「わたしは画家であり続けたい。総合的にものを考えたいのだ。機械人間は、系統立ててものごとを考える。だが、わたしは目がどういう構造になっているかなど考えずにものを見たいのだ。分析するだけではどこにもたどり着かない。太陽の下で起きるすべての事象について説明を求めたって、そのヒントさえも得られないのだから。それなら、触れないでおくほうが賢明だろう?」

彼の言うことはまったく正しいと思ったので、わたしはそう言った。

「科学者たちは分析的に考える」サミュエルが攻撃的な口調で言った。「しかしわたしは総合的に考えたい。もし六人の子どもに恵まれれば、そのうちの五人は芸術家になり、いちばん頭の悪い六人目だけは銀行の頭取か生物学者、医者にでもなればいい」

サミュエルはしばらく考えてから、語気を強めた。「大切なのは、尊厳をもって生きることだ。そうではないか?」

その問いに答えることはできなかった。というのも、サミュエルがすぐに先を続けたからだ。「幸せに生きるとか正しく生きるとか、濃密に生きるとかではなくてだ。我々は本気で生きるのだ。そして自分の本質によって自分を成長させ、自分自身を発見する。そうやって生きるうちに、自分に何かを与えてくれるもの、先に進むのを助けてくれるものを探すのだ」

うなずきながら、わたしはとても誇らしい気持ちになった。

「考えてもごらん」サミュエルがまた言った。「人間が存在するためには二酸化炭素、窒素、水、それに酸素が必要だとしよう。わたしはきみの中に酸素、二酸化炭素、そして窒素を見つけた。それ以外にも、例えばボイイェルの中に水を見つけたとする。そうすると、もちろんきみのほうがボイイェルよりも大切な存在ということになる。きみは三つの要素をもっていて、ボイイェルはひとつしかもっていないのだから。しかし水は必要なのだ。水なくしては、きみの要素はどれも使いものにならない」

「ボイイェルはちょっと飲みすぎだと思うけど」

サミュエルはすぐに先を続けた。「つまり、わたしはすべての人を愛している。というのも、皆多かれ少なかれわたしを助けてくれているからだ。それに、彼らを観察させてもらってもいる。学んだり、模倣したり。それをさらに自分独自のものへとつくり直すこともできる。もしくは——そのほうがよければ——自分との共通点を受け入れ、それを完全に自分のものにすることもできる。まさに、絵を描くのと同じように」

「もちろんそうじゃなくちゃね」わたしは言った。「わたしはいつもつくり直してばかりみたいな気がするけど……」

「それで?」サミュエルにじっと見つめられ、わたしはどう先を続けていいかわからなかった。だからぎこちなく言った。「でも、それにはとんでもなく時間がかかるわよね? それにわたし、すごく頭が痛いの」

レストランから出たとき、サミュエルは上機嫌で元気いっぱいだったが、わたしはすっかりしょげかえっていた。

「さあ、今度はきみが話す番だ」

「でも、わたしはあなたみたいには話せない。あなたはたいてい何かを解説してくれるけど、わたしが話すのは今どんなふうかということ」しかしそれだと聞こえが悪いような気がしたので、わたしは慌てて付け足した。「それに、どうなり得るかも」

「悪くないじゃないか」サミュエルは言った。「〝どうなり得るか〟か。きみはなかなか賢くなるかもしれない。いつか、きみのことを誇りに思う日が来るぞ!」

それは、いろいろな意味でとても重要な夜だった。でも、その〝魂の混じり合い〟とやらは、わたしには向かないと思う。とりあえず、今のところは。

## ローベット

Robert

1991

美術学校にローベットという名のクラスメートがいた。背が高くて痩せていて、いつも考えに沈んでいるか疲れているみたいに、大きな頭を少し傾けていた。とても無口で、わたしの知る限りクラス内に友達はいなかった。

ローベットはびっくりするくらい時間をかけて絵を描く人だった。作品が完成することはなくて、たいていは白い絵の具ですべてを塗りつぶし、また最初から描き直す。そしてまた塗りつぶして、また描き直した。

それでも、署名を入れるところまでいくこともあった。ああ、今ローベットが署名を入れている、というのは皆が気づいていて、そちらを見なくてもわかったものよ。署名もやはり、ゆっくり丁寧に描かれた。そのアルファベットのためだけに、何度も何度も絵の具を混ぜ直し、また塗りつぶし――。彼の絵は究極の存在であり、有機的な創作過程以外に邪魔されてはいけないのだ。ローベットの希望どおりに仕上がってやっと、わたしたちも自分の創作に戻ることができた。ちなみに、当時は絵に署名を入れたりはしなかったのだけど。

そんなある日、ローベットから手紙をもらった。わたしのイーゼルに立てかけられていたの。手紙の中で、彼はわたしのことを〝貴女〟と呼んでいた。

〝貴女はいつも愉しげで、軽快に喜びに溢れている。察するに、貴女は誰のことも嫌っていない。好きになるほうが容易だから。わたしは貴女を注視してきた。貴女は軽々と飛び越えていく。崖を登ったり、岩を掘り進んだり——あるいは機が熟すのを待ったりもせずに。貴女を傷つけるつもりはない。むしろ逆だ。どうかこの率直さを信じてくれたまえ。とにかく貴女に伝えなければいけないのだ。己のみに起因する諸事情により、遺憾ながら貴女との知人関係を終了させてもらう。

最上の敬意を込めて、
ローベットより〟

わけがわからなかった。手紙を読んで不安になったけど、彼のことが心配になったわけじゃなくて、どちらかというと心底嫌な気分だった。そもそもこの人と話をしたことなんてあったかしら。絶対にないと思うわ。

それから、ある日美術史の講義に向かうために皆で校庭を横切っていると、ローベットがわたしを追いかけてきてこう訊いたの。「わかってくれたかい？」わたしは「うーん、あんまり……」と答えながら、きまりが悪かった。ローベットのほうはそのままわたしを追い越していってしまった。

でも、なんて答えればよかったの？　少しは説明してくれてもよかったんじゃないかしら。それもせずに——だって、人に対してこんな態度をとるものじゃないわよね？　まあわたしのほうも、訊けばよかったんだけど。

　間もなく、ローベットは絵画クラスのクラスメートに一人残らず手紙を書いていたことが判明した。どの手紙も、きわめて丁重な〝知人関係の終了宣言〟で締めくくられていて。わたしたちは手紙を見せ合ったりはしなかったし、そのことについて話し合ったりもしなかった。皆、ありもしない関係を終了するなんて妙な話だと思っただろうけど、口には出さなかった。すべてが今までどおり、まったく今までと同じように進んでいった。

　それから絵に署名を入れる時代がやってきた。そのすぐあとに、戦争も。

　戦争が終わってから、美術学校のクラスメートに偶然出くわし、カフェに入ったことがあった。ややあって、わたしはローベットのことを尋ねてみた。「彼が今どこにいるか知ってる？」

「それが、誰も知らないんだ。いなくなってしまった。境界を越えて」

「どういうこと？」

「まったく彼らしいんだが……」クラスメートは続けた。「ほら、あいつはとにかく、間違った方向に行ってしまうやつだっただろう？　戦争と戦争の間に、何も起きなくてただ待機していた時期の話なんだ。皆は木を彫ったりだとか、適当にやっていた。ローベットだけはスケッチブックを抱えて走り回っていた。森をうろついては何枚もスケッチを描いて、食堂に戻ってきていたんだ。あのときも、食堂に戻るつもりだったんだろうな。あそこには悪くないテーブルがあったから。だけど間違った方向に行ってしまった。方向音痴だったから」

ローベットのことはずいぶん考えたわ。特に、彼からもらった決別の手紙について。今では理解できたような気がする。あの手紙はあらがえない心の圧力によって書かれ、それによって彼は大きな安堵と解放感を得られたのだろうと。他の人――学校以外の人――にも同じような手紙を書いたのかな。自分の親にも書いたのかしら。そう、親にはきっと書いたでしょうね。自分の周りの人から距離をおく勇気があるなんて。それも全員を――手の届かない存在の人も、近づかせすぎたと思った相手まで⁉ 己のみに起因する諸事情により、遺憾ながら……。

でも普通、そんなことしないわよね。

# 猿

Apan

1978

朝五時に新聞が届いた。毎朝のことだ。男はナイトランプを灯してスリッパを履き、なめらかなセメントの床をとてもゆっくり進んだ。毎朝同じように、彫塑制作台の間を抜けていく。台の影は深淵のように黒かった。床は石膏取りをしたあとに磨いておいた。風が強く、アトリエの外では街灯が影という影を揺らし、追い散らしてはまたかき集め——まるで月明かりと嵐の森を通っているかのようだった。彼はそれが嫌いではなかった。猿が檻の中で目を覚まし、鉄格子にぶら下がっている。そして彼の機嫌をとるような声を上げた。「この愚猿め」彫刻家はそう言って、玄関に届いた新聞を拾い上げた。寝室に戻る途中に檻の入り口を開けてやると、雌猿は肩に飛び乗って強くしがみついてきた。寒いのだ。彫刻家は猿に首輪をはめると、リードを自分の手首に巻きつけた。それはありふれたタンジール産のオナガザルで、誰かが安く買って高値で売りさばいたのだろう。よく肺炎にかかりペニシリンを与えなければいけなかった。近所の子どもたちがセーターを編んでくれたこともあった。彫刻家はベッドに戻って新聞を開いた。猿は飼い主の首に腕を巻きつけたまま、身じろぎもせずに躰を温めている。しばらくすると彼の目の前に座りこみ、美しい手を腹の上で組み、じっと目を覗きこんだ。灰色の面長の顔には果てしない哀しみと忍耐の色が浮かんでいる。「見たいなら見ていやがれ、運の尽きたオランウータンめ」彫刻家はそう吐き捨てて、新聞を読み進めた。いつも二ページ目か三ページ目あたりで、猿が突然、稲妻のような速さと正確さで紙面に飛びかかるのだが、破るのは必ず読み終わったページだけだった。それが毎朝の儀式になっていた。新聞はびりびりに破れ、猿は勝利の雄叫びを上げ、眠るためにベッドに躰を横たえる。それに心が救われるほどだった。毎朝五時に世界のゴミの中でももっとも最悪な部類のゴミに目を通すわけだが、読めないほどめちゃくちゃにされるおかげで、やはりゴミなのだという確信を得られる。猿がゴミを忘れさせてくれるのだ。猿が今度は飛び跳ねている。「この猿め」彫刻家は悪態をついた。「このちんちくりんの老いぼれ虱《しらみ》猿！」こうやって毎朝、新しい呼び名を考案するのだった。猿を寝かせるために布団の中に入れ、ちゃんと空気を吸えているかどうか確認した。猿がいびきをかき始めたので、彼は新聞をめくって芸術欄を開いた。今日、自分が紙面でこき下ろされることはわかっていた。ところが、記事には予想だにしなかった恩着せがましい優しさがこもっていた。そうか、自分は気遣われるほどの年寄りになったのだ――。この猿がいなければ、まっ先に芸術欄を開いていただろう。しかし猿のおかげで、他のページとなんら変わりなくさらりと読み流すことができた。「寝ろ、この阿呆め」彼は猿に向かって言った。「お前など、何もわかっちゃいない。ただ人の気を引きたいだけだろう。あとは、物を壊すくらいしか能がない」猿も他の人間と変わらないというのは本当だった。ほんの小さなひびや汚点、欠陥がひとつでもあればそこに指が伸びていき、さらに広げて掻き壊すのだ。猿は何も見逃がさない――弱さの兆候がわずかでもあれば飛びかかり、爪を立て、引き裂いてしまう。猿というのはそういう生き物だが、何もわからうはずはないので許せる。しかし他の人間は許せない。彫刻家は新聞を床に放り投げると、壁のほうを向いて横になった。目を覚ましたときにはすっかり日が高くなっていて、いつものごとく恐ろしいくらい怠惰な気分で起きだした。ひどく疲れているのを感じる。まずは猿を檻に入れた。猿はじっとしている。檻の隅に座りこんで、毛糸編みのセーターを着た背中がとてもか細く見えた。外は車の往来が激しく、マンションのエレベーターは止まる暇なく働き続けている。彫刻家は粘土用のふきんを何枚かゆすいでから、床を掃いた。磨いてなめらかにしたセメントの床は掃くのが楽だ。長いほうきがシルクの上を滑るように、制作台の脚の間に入っていく。ショベルにごみを集め、バケツに捨てる。彼は掃き掃除が好きだった。何度か昔の癖で窓辺へ行ったが、外は見えなかった。光を調節するために、ビニールで目隠しをしてあるのだ。それから猿に餌をやった。シーツを替えようと思いつき、石膏の箱を中庭に出そうかとも思ったがやめて、また少し床を掃いた。ちびて使えなくなった石鹸をいくつも集めて瓶に入れ、水を注ぐ。小ぶりの彫刻からふきんを剝がし、眺める。回転台ごと半周させ、また元に戻す。それから猿の檻へ行って声をかけた。「この老いぼれ死体め。お前など、吐き気をもよおすほど醜いわ」猿が催促するような鳴き声を上げ、鉄格子の間から両手を伸ばした。彼はサヴォライネンに電話をかけたが、相手が出る前に切ってしまった。だって、食事をしに行けばいいだけのことなのだ。気分転換になるだろうと、猿も一緒に連れていってやることにした。

しかし猿は出かけたがらなかった。檻の中で前後に飛び跳ねているだけ。「お前はどうしたいんだ」彼は訊いた。「外に行きたいのか、それともこんな惨めなところに残りたいのか」彼は待った。すると猿もついに檻から出てきて、猫の毛皮を着せてもらう間おとなしく座っていた。あごの下でニット帽の紐を結んでもらうとき、顔を上げて彫刻家を見つめた。間隔の狭い黄色の目から、感情のないまっすぐな視線が発せられている。彫刻家は目をそらした。心動かされることのない動物の完全なまでの無関心さに、突然気分が悪くなったのだ。猿をコートの中に入れて、二人は一緒に外に出た。まだ風が強かった。遊歩道にたむろしていた子どもたちが彼の姿を見つけ、興奮して「猿だ！　猿だ！」と叫ぶ。猿はコートから飛び出して、首輪につながれたまま四方八方に飛び回り、子どもたちに向かって奇声を上げ、子どもたちが怒鳴り返し、次の角までずっとついてきた。角まで来たとき、猿が子どもの一人に嚙みついた。素早く、焼けるようなひと嚙み。「猿のバカ！　猿のバカ！」子どもたちは声を合わせて叫んだ。

彼は逃げこむように安食堂に入ると、猿を床に下ろした。

「また連れてきたんですか」ドアマンが言った。「前にどんな騒ぎになったか覚えているでしょう。動物はお断り」

「動物？」彫刻家はオウム返しに訊いた。「きみは猫や犬の話をしてるのか？　それとも、この酒場にいる人間の振る舞いのことを言っているのか?」

サヴォライネンたちは中で食事をしていた。

「猿といえば」サヴォライネンが口を開いた。「その破壊行為が有名だな」

「何を言うかと思えば」

「破壊衝動があるんだ。なんでも壊してしまう」

「それに思いやりがある」彫刻家は言った。「人を癒そうとする」

リンドホルムがにやりとした。「今日のきみは、まさに癒しを必要としているんだろ。だが、もっとひどいことを書かれてた可能性もあるんだ」

コートの中で、猿がずっと震えているのが感じられる。

「もっとひどいだって?」サヴォライネンが大袈裟に怯えた様子で叫んだ。「どういう意味だ、もっとひどいって」

「いいから、ちょっと落ち着きやがれ!」場が静まりかえったので、彫刻家は言った。「今のは、この中の猿に言ったんだ」

「まあ聴け」ペールマンが言う。「あいつらの言うことなんて気にするな。好き勝手言ってるだけなんだから、どうでもいいじゃないか。ただ、一般大衆がやつらの言うことを真に受けてしまうのは残念だな。要は負けたんだ。どん底だ。あとはそこから這い上がるだけ」

「歳を取りすぎてたらどうするんだ？」スティエンベリが指摘した。「なあ、猿は何を食うんだ。粘土か？　食いそうに見えるな。なんて名で呼んでるんだ？」

「クソ汚いブーツと呼んでる」彼は答えた。「あとは、あこぎな愚か者《ろくでなし》」

そのとき突然猿がテーブルに飛び乗り、グラスをなぎ倒し、スティエンベリの耳にがぶりと噛みついた。そして奇声を上げながら飼い主のコートに戻り、身を隠した。

「思いやりがある、か……」リンドホルムが言った。「さっきそう言ったよな？　実に思いやりのある動物だな」

彫刻家は立ち上がって、「だからそう言っただろう」と答えた。「ところでここの献立は気にくわないし、他にも用があるんだ」

「〈リッツ〉でターザンの映画をやってますよ」ドアマンが言った。「そこに向かうんでしょう？」

「当然だろう。きみはなんて利口なんだ」彫刻家はドアマンに多すぎるほどチップを渡した。単に軽蔑の気持ちから。

風が勢いを増していた。彫刻家と猿は遊歩道を歩いたが、子どもたちの姿はもうなかった。彫刻家は思った。これじゃあ割に合わない、もうこれ以上。猿はどうにも手がつけられない状態だった。コートの中で温めようとするも、そこから逃げ出し、首輪で首が絞まりそうになっている。あんまりうるさく叫ぶので、彫刻家はついに握っていたリードを放した。猿は一瞬、微動だにせずじっとしていた。それから彼の腕を飛び出し、するすると木に登った。木の幹にしがみつく姿はまるで小さな灰色のネズミで、ずいぶん怯えているように見えた。寒さに躰が震えている。長い尻尾が手の届く位置にあったので捕まえることもできたが、彼はそこに立ったまま何もしなかった。猿はあっという間に裸の木のてっぺんに登ってしまい、濃い色の果実のようにいちばん上の枝にぶらさがった。この惨めな悪魔め——と彫刻家は思った。凍えていても、お前はやっぱり木に登るんだな。

# 黒と白

Svart-vitt

1971

# エドワード・ゴーリーへのオマージュを込めて

彼の妻はステッラという名で、インテリアデザイナーだった。ステッラ――彼の美しい星《ステッラ》。その顔を描いてみようとすることもあった。いつも穏やかで率直で、とらえどころのない彼女の顔を。しかしうまくいかなかった。その手は白く、力強く、アクセサリーの類はつけていない。仕事は迅速で、ためらいなく進める。

二人が住む家はステッラが設計したものだった。ガラスと白木が使われていて、かなり開放感がある。稀に見るほど美しい木目の入った重厚な板は選び抜かれたもので、それを留めつなぐのは大きな真鍮の釘だった。素材の質感を隠してしまうようなものは一切なかった。夜が二人の部屋に忍びこむと、低い位置で灯る間接照明に迎えられる。ガラスの壁は夜を映しつつも、遠ざけておいてくれる。テラスに出ると、植え込みに隠された照明が光る。すると闇は這うように逃げ出し、二人は影も落とさずに寄り添って立つ。そして彼は思うのだった。完璧だ。何も変えようがない――。

ステッラは相手に媚びるような態度をとることがなかった。話すときは相手の目をまっすぐに見つめ、夜寝る前に服を脱ぐのも無造作にやってのけた。家はまるで、そんな彼女そのものだった。大きく見開いた目をもち、彼はときどき闇の中から誰かに見つめられているような不安を覚えた。しかし庭は塀に囲まれているし、門は閉じられている。

二人の家には多くの客が訪れた。夏には庭の木々にランタンを灯し、ステッラの家は夜の中に照らし出される貝のようだった。その絵の中で、楽しげな人々が鮮やかな色彩を纏い、群れになって、もしくは二、三人で連れ立って歩いている。ガラス壁の中でも、外でも。まるで美しい劇の一幕だった。

彼は挿絵画家だった。主に雑誌のイラストを担当していたが、本の表紙を手がけることもあった。

彼の唯一の悩みは、軽いとはいえ慢性的な腰痛だった。それは低すぎる家具のせいかもしれない。暖炉の前に敷かれた大きな黒い毛皮に、大の字になって寝そべりたい衝動に駆られることもあった。そこに顔をうずめ、犬のように転がって腰を休めたい。しかしそうはしなかった。壁はガラスでできていて、部屋と部屋の間に扉はないのだから。

暖炉の前の大きなテーブルもまたガラスだった。いつもそこに出来上がったイラストを並べ、クライアントに送る前に妻に見せた。それは彼にとって大事な瞬間だった。

ステッラがやってきて、夫の作品を見つめる。「いいじゃないの」と彼女は言った。「あなたの描線は完璧よ。あとは主調色《ドミナントカラー》がほしいけど」

「灰色すぎるということか？」彼は尋ねた。

「そう。もっと白が必要よ。明るさが」

二人は低いガラステーブルの前に立っていた。彼はそこから離れて自分のイラストを見つめた。確かにそれはとても灰色だった。

「必要なのは黒だと思う」彼は言った。「それに、これは近くで見るものだ」

その後、彼は長いこと黒の主調色について考えた。不安が募り、腰の痛みがひどくなった。

その発注は十一月に入ってきた。彼は妻のところへ行ってそれを伝えた。「ステッラ、面白そうな仕事が入ったぞ」嬉しげな様子で、興奮していると言ってもいいくらいだった。ステッラはペンを置くと、夫を見つめた。彼女はいつだって、苛立つことなく仕事を中断できるのだ。

「ホラー選集なんだ」彼は言った。「十五話ある。色は白黒で、挿絵も入る。うまくやれる自信があるよ。ぴったりだ、まさにぼくの作風だろう。そう思わないか？」

「もちろんですとも」彼の妻は答えた。「それで、急ぎなの？」

「急いでるかだって？」彼は思わず声を上げ、笑いだした。「これはやっつけ仕事とは違うんだ。でかい仕事なんだよ。フルページだぞ。数カ月の猶予をもらった」彼はテーブルに両手をついて身を乗り出した。「ステッラ」その声は真剣だった。「今回は黒を主調色にしようと思ってる。闇を描くつもりなんだ。あの灰色——わかるか、あれは息を止めている最中に使うもんだ。恐怖が湧くのを待っているときに」

妻は微笑んだ。「興味のもてる仕事がきて、本当によかったこと」

原稿が届き、彼はベッドに寝転んで最初の三話を読んだ。それ以上はあえて読まずにおいた。いちばん面白い部分はもっとあとに出てくるという気持ちで仕事を始めたかったし、楽しみをなるべく長く取っておきたかったのだ。第三話にちょっと触発され、デスクに座ると厚紙を破りとった。それは分厚い真っ白な紙で、端に品質保証のマークがエンボス加工されている。家の中は静かだった。今日は来客の予定はない。

これまではどうしてもその分厚い紙に慣れることができなかった。高価な紙だという事実が頭から離れないせいだ。安い紙のほうが、自由でいいものが描けた。しかし今回は違った。彼はその高貴な紙の表面に、ペンのインクが美しい線になって流れるのを楽しんだ。その線に命を与えるのは、気づかない程度の圧力なのだ。

真昼間のことだったので、彼はカーテンを引き、ランプを灯して仕事に取りかかった。

二人は一緒に夕食をとったが、彼はとても静かだった。ステッラは何も問わなかったが、ついに彼のほうが口を開いた。「できない。明るすぎるんだ」

「じゃあ、カーテンを閉めてみては?」

「閉めたさ。だがなぜか、それでも明るすぎるんだ。灰色にしかならない。黒にならないんだ！」彼は家政婦が食事をよそって出ていくのを待った。「この家には扉さえない！」彼は叫んだ。「扉を閉めることもできないんだ！」

ステッラはフォークを持った手を止め、夫を見つめた。「つまり、まったくだめってこと？」

「ああ、まったくだめだ。灰色にしかならない」

「じゃあ、環境を変えるべきだと思うわ」妻は言った。二人は食事を続け、緊張は和らいだ。食後のコーヒーのときにステッラが言った。「叔母の古い別荘が、今は空き家になっているの。でも屋根裏部屋にまだ家具があるはず。そこでやってみてはどうかしら」

ステッラはヤンソンに電話をかけ、屋根裏部屋に暖房器具を入れておいてくれるよう頼んだ。ヤンソンの奥さんが、毎日食事を階段に置き、部屋がきれいに保たれるよう気を配っておくと約束してくれた。それ以外は彼が自分で掃除をし、電気コンロもひとつ持っていくことにした。数分のうちに、すべての手配が完了した。

角の向こうからバスが姿を現したとき、彼は真剣な面持ちで言った。「ステッラ。ほんの数週間の話だ。残りは家で続ければいい。集中して描いてくるよ。だから手紙は書けないが、わかってくれるね。仕事だけをするんだ」

「もちろんですとも」妻は答えた。「どうか身体に気をつけて。何か必要な物があれば、近くの商店から電話をちょうだい」
二人はキスをし、彼はバスに乗りこんだ。それは午後で、みぞれが降っていた。ステッラは手は振らなかったものの、バスが木々の陰に消えてしまうまでそこに立っていた。それから門を閉め、自分の家の中へ入っていった。

バス停と唐檜《とうひ》の生垣には見覚えがあった。昔より高く育ち、色褪せてはいるが。斜面がこんなに急なことに驚いた。道はまっすぐに斜面を上っていき、その脇では枯れた植物がぐちゃぐちゃの塊になり、尾根から雨に流されてきた砂礫のせいで、えぐられたような深い傷がいくつもついている。別荘はその丘の頂のすぐ手前にあって、ありえない角度で丘にしがみついていた。柵、納屋、唐檜の木――そのどれもが必死に努力してかろうじて立っているように見える。彼は玄関の段で立ち止まり、別荘を見上げた。空に向かって長く細く伸び、窓は銃眼のように小さい。雪が解けつつあり、静寂に唐檜の枝々から水が滴り落ちる音だけが響いている。彼は裏に回ってみた。そちら側は軒の低い炊事場になっていて、無造作に捨てられた得体の知れないがらくたで斜面とつながっているように見えた。唐檜の木陰には、古い家が長い生涯の間に吐き出した物がすべて残されている。役目を終えて必要とされなくなり、人目についてはいけない物たち。冬の日暮れ時、それは完全に忘れ去られた景色であり、彼以外の人間にとってはなんの意味もない場所だった。しかし彼はそれを美しいと思った。おもむろに家の中に入り、屋根裏部屋まで上がる。そして扉を閉めた。ヤンソンが暖房器具を入れてくれている。赤い長方形の器具がベッドの脇で燃えていた。彼は窓辺に向かい、丘の斜面を見下ろした。家が谷側に傾いている気がする。まるで、丘にしがみついているのに疲れたみたいに。彼は大きな愛情と尊敬の念を覚えながら、妻に想いをはせた。いとも簡単に一歩踏み出させてくれた妻――。彼は自分の闇が近づいてくるのを感じた。

夢も見ない長い夜が明け、彼は仕事に取りかかった。ペンをインクに浸し、心穏やかに絵を描く。緻密で巧みな短い線を。灰色は、夜を辛抱強く待ちのぞむ夕暮れでしかないことがわかった。だから待つことができる。今はもう、絵を完成させるために描いているわけではなかった。描くために描いているのだ。

夕暮れが訪れると窓に向かい、家が谷側に傾いているのを確認した。そして妻に手紙をしたためた。〝愛するステッラ、フルページの挿絵がひとつ仕上がったぞ。いい絵が描けたと思う。ここは暖かいし、とても静かだ。ヤンソン夫妻が部屋を掃除して、午後には深鍋に入った食事を階段に置いてくれた。羊肉とキャベツの煮込みだ。それに牛乳。コーヒーは電気コンロで沸かしているよ。ぼくのことは心配しないでくれ。ちゃんとやってるから。余白をもっと曖昧にしようかと考えている。これまでは型にはまりすぎていたのかもしれない。まあとにかく、主調色を黒にというぼくの考えは正しかった。きみのことを想っている〟

暗くなってから商店へ歩いていって、手紙を投函した。戻る頃には少し風が出てきて、唐檜の枝がざわめいていた。まだ暖かい天気で、解けた雪が砂礫がつけた地面の傷にそって流れている。手紙はもっと長く、違ったふうに書くつもりだったのに。

静かな日々が続き、彼はひたすら絵を描き続けた。余白はより柔軟になり、絵は漠然とした灰色の影に始まり、そこから内へと向かっていく。闇を探し求めて。

ホラー選集は最後まで読み終えたが、たいした内容ではなかった。怖いエピソードは一話しかなくて、そこでは恐怖が白昼の光の中のありふれた部屋に据えられていた。その一話以外には、夜や夕暮れを描く機会があった。彼は巧みに、しかし無関心に、作家や読者に対する義務感から登場人物や話の筋を挿絵に再現していった。何度も何度も、黒いフルページの挿絵を描いている自分がいた。もう腰は痛まなかった。

興味を惹かれるのは、口に出されない部分だ。これまでは具体的に描きすぎていた。何もかも説明すればいいってもんじゃない。そういうことなのだ。彼は妻に宛ててこう書いた。〝あまりにも長い時間を描写することに費やしてきた気がする。今はぼくだけにしかできないことに新たに挑戦するつもりだ。そこに描かれているものよりも、それが示唆するもののほうがずっと大事なんだ。ぼくは自分の絵を現実——もしくは非現実——の一幕だと思っている。人間にはどうしようもない、長い経過の中から無作為に切り取られた一幕だ。ぼくが描く闇はいくらでも続いていく。そこに細い、危険な光を織り交ぜる……。ステッラ、ぼくはもう挿絵は描いていない。文章のない自分の絵を描いているんだ。いつか誰かが、それに解釈を与えてくれるだろう。絵がひとつ完成するたびに、ぼくは窓辺に行き、きみのことを考えている。

愛する夫より〟

彼は商店へ行き、手紙を投函した。帰りにヤンソンに出くわし、地下に水が溜まっていないかどうか訊かれた。

「地下には行ってない」

「じゃあ見ておいたほうがいい」ヤンソンが言った。「今年はずいぶん降ったから」

地下室の鍵を開け、天井の明かりをつけた。静かな水面に電球が映る。光沢のある黒い水は石油のようだった。地下の階段は水の中へと消えている。彼はそこに立ったまま、地下室を見つめた。壁には、黒い影のような穴がいくつも開いている。土壁が剝がれた部分だ。剝がれた石やセメントの塊が半分水に浸って、動物が泳いでいるように見えた。後ろ向きに進んでいるように思える。地下の部屋が奥で折れているほうに向かって。地下室はそこからさらに家の下を続いている。この家を描かなければ――と彼は思った。今すぐに。まだこの家があるうちに。急がなければ。

彼は地下を絵に描いた。裏庭も描いた。そこは、無造作にうち捨てられた破片の混沌《カオス》だった。機能を失い、名もなきまま、黒々と雪の中に横たわっている。それは哀しくも安らかな困惑を描いた絵になった。彼はさらに居間《サロン》を描き、ベランダも描いた。これほど頭が冴えわたっていたことは今までなかった。眠りは少年の頃のように深く、自然に訪れた。そして瞬時に目が覚める。半分目覚めたようなもどかしい境界の国――せっかくの休息を中断し汚してしまうそれは、もう存在しなかった。昼間に眠り、夜に絵を描くこともあった。ほとばしるような高揚の中に生きていた。次々と絵が仕上がり、その数は十五枚をゆうに超え、さらにその何倍にも膨れ上がった。本の挿絵のことなど、もうどうでもよかった。

ステッラ、ぼくは今、居間を描いている。すっかり擦りきれて古ぼけた部屋で、完全に空虚だ。ぼくは壁と床、くたびれたベロアのカーペット、それに柄のパターンが永遠に繰り返される壁のパネルだけを描いている。それはここを通った足音の絵であり、壁に差した影の絵であり、この部屋に残された言葉、あるいは沈黙の絵かもしれない。すべてがここに残されているのがわかるかい？　ぼくが描いているのはそれなんだ。絵が一枚仕上がるたびに、ぼくは窓辺に行き、きみのことを考えている。

ステッラ、壁紙がどんなふうに剝がれ、裂けていくのか考えたことがあるかい？　そこには厳密な法則がある。廃墟というものは、その中に身を置き、つぶさに観察した者にしか描けない。見捨てられたものこそが、恐ろしいまでの美を宿しているのだ。

ステッラ、ぼくはこれまでの人生でずっと、灰色で慎重なものばかりを見てきて、自分のベストを尽くしてはいても疲れてしまうだけだった。それがどんな気持ちだったかわかるかい？　だけど突然悟るものなんだ。理解できたことに揺るぎない確信がある。きみは今頃、何をしているんだろう。仕事かい？　楽しんでいるかい？　それとも、疲れているのかい？

きっとそうだ——と彼は考える。彼女は仕事をして、少し疲れている。家の中を歩き回り、夜になると服を脱ぐ。ひとつひとつ、明かりを消していく。彼女は何も描かれていない紙のように真っ白だ。その空っぽの表面が無邪気に挑んでくるかのような白さ。そして、そこで輝くのは彼女だけになった。ステッラ、ぼくの美しい星——。

この家が谷側に傾いていることはほぼ確信していた。窓からは玄関の段が四段見えるが、いちばん上の段は見えない。雪の地面に棒を何本も挿して、家の傾き具合の変化を追った。地下の水かさは増えてはいなかった。それになんの意味があるわけでもないが。彼は地下や家の外観も絵に描いた。そして今は、居間の破れた壁紙だけを描いている。郵便は来なかった。どの手紙を妻に送り、どれが頭の中で考えただけだったのかわからなくなった。妻は遠い存在となり、絵になっていた。軽いタッチで描いた美しい女の絵に。時折、彼女は裸のまま冷たく、あの白木の大きな部屋の中を動いている。もう妻の目を思い出すことができなかった。

昼が過ぎ夜が過ぎ、何週間もが過ぎていった。彼はひたすら絵を描き続けた。ひとつ仕上がるたびに脇へやり、即座にその存在を忘れた。そして直ちに新しい絵に取りかかるのだった。新しい白い紙。その空っぽの白い表面は、毎回同じ戦いを挑んできた。いつも同じ無限の可能性を秘め、外部の助けからは完全に切り離されている。絵を描く前には必ず、家じゅうの扉が閉まっているかを確認した。雨が降りだしたが、それは気にならなかった。彼を不安にさせているのは十話目のエピソードだけだった。作者が唯一、自分の恐怖を日の光に晒した話。そのことがますます頻繁に頭に浮かぶようになった。すべての法則に反して、恐怖を平凡な美しい部屋に閉じ込めたのだ。彼は少しずつ、その十話目に近づいていった。その話はもうそこらじゅうに存在していて、ついには、描くことでそれを討ち果たそうと決めた。彼は新しい白い紙を手に取り、目の前に置いた。選集の中で唯一真の恐怖に満ちた話に、絵を与えなければ。そしてそれを描くには、たったひとつの方法しかないこともわかっていた。それはステッラの居間——二人が共に暮らしてきたあの完璧な部屋だった。驚きつつも、彼には揺るぎない確信があった。あの低い間接照明を灯して回る。ひとつ残らず。窓が瞼を開いた。光に浮かび上がるテラスに向かって。見知らぬ美しい人々がゆっくりと、群れになって、もしくは二、三人で連れだって歩いている。彼はその全員を描いた。じっくりと着実に、短い灰色の緻密な線で。あの部屋を、扉のない恐ろしい部屋として描いた。部屋が緊張に歪み、白い壁に気づかないほどかすかなひびが美しい影を落とす。そのひびが伸び広がるにまかせる。その一本一本を描き留めていく。大きなガラスの壁が内からの圧力で割れる寸前なのを見て、それも全速力で描き留め、同時に床に裂け目が開くのを見た。真っ黒な裂け目だった。もっと早くもっと早くと描き続けたが、ペンが闇へとたどり着く前に、描いていた部屋は倒れ、谷側へと転げ落ちていった。

# 夏の子ども

Sommarbarnet

1987

丘《バッケン》の住民が誰もその子のことを好きになれないのは、のっけから決まったようなものだった。それは十一歳になる痩せて陰気な少年で、いつもお腹を空かせたような顔をしていた。それなら守ってやりたいという気持ちが自然に湧いてもおかしくなさそうだが、この少年の場合ちっともそうならなかった。それは少年が相手を見つめる目つき――いや、むしろ精査する目つき――が一因だった。相手の心に押し入るような、不信感を露わにした視線。それはまったく、子ども離れした視線だった。相手を精査し終えると、今度は独特のませた調子で意見を述べる。ああまったく、あの子の口から飛び出す言葉ときたら！

エーリスが貧しい家の子であれば、目をつぶることもできたかもしれない。でも彼は貧しい家の子ではなかった。洋服や旅行鞄はかけ値なしの贅沢品で、フェリー乗り場までは父親が車で送ってきた。すべては募集広告と電話によって手配された。フレドリクソン夫妻は、あくまで善意から夏の間子どもを一人預かることにしたのだ。もちろん多少の手間賃はいただくけれど。アクセルとハンナの夫婦はずいぶん前からそのことを話し合ってきた。きれいな空気や水や森、健康な食事を必要とする都会の子どもを預かってはどうかということを。二人は普通の人がたいがい言うようなことを全部言った挙句に、正しいことをして気持ちよく暮らすには答えはひとつしかないと確信するに至った。これから六月の繁忙期が待ち受けているとはいえ。夏にこの島の別荘にやってくる人たちのボートはまだ陸に上がったままだし、何艘かはまだ整備も終わっていない。

到着した少年は、お世話になる家の奥さんのために薔薇の花束を持参していた。

「あらまあ、そんな必要なかったのに」ハンナが礼を言った。「お母さまからかしら?」

「いいえ、フレドリクソンさんの奥さん」エーリスが答えた。「母は再婚していて、これは父からなんです」

「まあ、お気遣いいただいて。でも、お父さまはもう帰ってしまわれたの?」

「残念ながら、大事な会議があって。よろしくと言ってました」

「そうか、そうか」アクセル・フレドリクソンが言った。「では船に乗って、家に帰るとしよう。子どもたちがきみに会いたくて待ちかねているんだ。しかし立派な旅行鞄だな」

するとエーリスは旅行鞄が八百五十マルッカしたことを説明した。

アクセルの船はかなり大きいものだった。小さな操舵室までついた頑丈な漁船で、アクセルが自分で造ったものだ。少年はぎこちなく乗りこんだ。しかし最初の水しぶきがかかるやいなや、船の座板を強く摑み、ぎゅっと目をつむった。

ハンナが言った。「ねえちょっと、少しスピードを落としてちょうだい」

「操舵室に入ってればいいだろう」

しかしエーリスは座板から手を放すことができず、結局一度も海のほうを見ることはなかった。

桟橋では、子どもたちが今か今かと彼らの帰りを待っていた。トムにオスヴァルドに、ミアと呼ばれる小さなカミッラ。

「さあて」とアクセルが言った。「これがエーリスだ。トムと同じ年頃のようだから、仲良くやれるだろう」

エーリスは桟橋に上がり、トムに歩み寄って握手を求め、軽く頭を下げて「エーリス・グレースベックです」と名乗った。それからオスヴァルドにも同じ所作を繰り返したが、ミアのことはちらっと見ただけだった。ミアはくすくす笑いが止まらなくなってしまい、慌てて手で口をふさいだ。一同は家族が住む小屋へと向かった。アクセルが旅行鞄を運び、ハンナのほうは店で買った物が入ったバスケットを提げている。ハンナがコーヒーを火にかけた。サンドイッチはもうできている。子どもたちはテーブルにつき、エーリスのことを無遠慮に眺めた。

「どうぞお取りなさい」ハンナがサンドイッチをすすめた。「エーリスは初めてうちに来たから、最初に取っていいのよ」

エーリスは半分立ち上がり、小さくお辞儀するみたいにしてサンドイッチをひとつ取り、この時期にしては珍しいほど暑いですねと言った。子どもたちは魔法にかけられたように少年を見つめている。ミアが「ママ、このおにいちゃんへんだね」と言った。

「しーっ」ハンナが制した。「エーリスにも鮭を味見してもらいましょうか。木曜に、四匹も獲れたんだから」

するとエーリスはまた立ち上がり、水がこんなに汚染されているのにまだ鮭がいること自体が不思議だと述べた。それから、街では鮭一匹いくらするかを語って聞かせた。つまり、普段から鮭を食べられるような身分ならだが。少年の話に、なぜか皆嫌な気分になった。

夜になると、トムは生ごみのバケツの中身を捨てるために海へ歩いていった。エーリスもついてきた。そしてトムがやっていることを見て、汚染された海の話を散々して、そういう非社会的なやつらが地球を破滅させるんだと言った。

「ねえ、あの子おかしいよ」トムは母親に言った。「まともな話ができないんだ。汚染の話か値段の話しかしないんだよ」

「まあまあ」ハンナがとりなした。「あの子は一応お客さんなんだから」

「お客さんもいいとこだ！　ずっとぼくにくっついてるんだぞ！」

トムの言うとおりだった。来る日も来る日も、エーリスはトムがどこへ行くにもついてきた。ボート小屋にも、釣りをする海岸にも、薪置き場にも。とにかく、どこにでも。

例えばこんな調子だった。「ねえ、何作ってるの？」

「ボートから水をかき出すためのあかくみさ。見ればわかるだろ？」

「なぜプラスチックのあかくみを使わないのさ」

「そんなもの使うなんて考えられないよ」トムは軽蔑したように言った。「時間をかけて、ぴったりの形に作ってるんだから」

するとエーリスは真顔で同調した。「もちろんそうだろうね。きれいな模様もついてるし。でも、そんなに時間をかけてきれいなものを作ったのにもったいない」

「どういう意味さ？」

「つまり、世界が滅びるならプラスチックでも同じことだろ」

それからまたあの話を一から聞かされるのだった。核戦争から神のみぞ知るようなことまで、ぺちゃくちゃぺちゃくちゃ長いこと話し続けた。

台所の上の屋根裏部屋が二人の寝室だった。本当に小さくて、天井は屋根の形に斜めで、野原に面した窓があった。夜になると、エーリスは永遠かと思われるほど長い時間をかけて洋服を吊るしたりたたんだりした。右の靴をきちんと左の靴の横に揃え、それから腕時計のネジを巻く。

「なあ」トムが言った。「そんなことしてどうするんだよ。核戦争がいつ何時、いや明日起きてもおかしくないって、きみが言ったじゃないか。そうなったら何もかも、フリーベリのきゅうりと一緒に飛んでってしまうだけだろ」

「なんのきゅうりだって?」エーリスが訊いた。

「ああ、もういい。ただ、そういう言い方をするんだよ」

「なぜだい? フリーベリって誰なの?」

「もう寝ろよ。ばか話はやめだ。きみとは話したくない」

エーリスは壁のほうを向いた。じっと押し黙っているが、横になったまま何を考えているかは明白だった。間もなくそれがやってくることも。防ぎようがないのだ。そして、やはりきた。低い声で連祷のように。台無しになった海と、台無しになった空気と、それにあらゆる戦争と食べる物もない人たち。そこらじゅうでひっきりなしに人が死んでいく、どうすればいいんだ。ぼくたちはどうすべきなんだ……。

トムは起き上がった。「でも、そんなの全部ずっと遠くの話じゃないか! 一体なんなんだよ、きみは!」

「わからない」エーリスは言った。そしてしばらくして付け足した。「ぼくに怒らないでくれよ」

それでやっと静かになった。

トムは兄弟の中でいちばん年上であることには慣れっこで、普段からオスヴァルドやミアのために何かを決めたり、準備したり、二人のいちばんたちの悪いいたずらをあしらったりしていた。それは自然に身についたことだった。でも、エーリスの場合は何かが違った。同じ歳なのに、まともに行動させるのはまったくもって不可能だった。ただ腹が立つだけ。羨望のまなざしを向けられても、ちっとも嬉しくない。何もかもがまったく納得いかない状況だった。この間のカイツブリの件みたいに。カイツブリが網にからまったのはトムのせいではなかった。残念だが、そういうことは起きるものなのだ。トムがその鳥を海に投げ捨てると、それに対してエーリスが大騒ぎしたのだ。「トム、あの鳥は死ぬまで長いことかかるんだぞ。何十メートルももぐれるって知ってたかい？　彼女の気持ちを考えてみろ。どれほど長いこと息を止めていないといけないか……」

「きみはおかしいよ」トムは心底嫌な気分になった。

こんなことを言われることもあった。「きみたちが仔猫をどうしてるか知ってるぞ。水に沈めて殺すんだろう。ねえ、それが一体どういうことか……」そんな調子だった。口を開けば悲惨な話ばかり。我慢できたものではなかった。

エーリスは村道の脇の、以前火事で焼けて切株の間にヤナギランくらいしか生えていない場所にカイツブリを埋めた。こういう場所を見つけるとは、まったく彼らしい。そこに数字を書いた十字架を立てた。一という数字だった。その後も墓は増えていった。ネズミ捕りの犠牲者、窓にぶつかった鳥、毒を盛られたハタネズミ。すべて静かに葬られ、番号を振られた。通りがかりに、皆から見捨てられぽつんと立つ墓への批判を述べることもあった。「それで、きみたち一家の教会墓地はどこにあるんだい？　興味あるなあ。そこには親戚がたくさん眠っているんだろう？」

少年は相手の良心を痛ませるのも得意だった。たいていは、あの不安げで気味の悪い、大人みたいな目つきで相手を見つめればいいだけだった。そうすれば皆、即座に自分の犯した過ちをすべて思い出すのだから。

その日エーリスがいつもよりさらに張り切って予言を語っていると、ハンナがそれを遮った。

「エーリスは死んだ人や苦労している人たちのことにずいぶん興味があるようね」

エーリスは真剣な顔で答えた。「でも、ぼくがそうしなきゃ、他に誰もしないんですから」

その瞬間、ハンナは意外にもその子を抱きしめてやりたい衝動に襲われたが、例の辛辣な目つきを見て思い留まった。でもあとになってこう考えた。あの子をこんなに冷たく扱うべきじゃないのかも。もっと優しく接してあげよう。しかし優しくなる余裕は与えられなかった。というのもその直後に、ぞっとするような許せないことが起きたからだ。エーリスが小さいミアに、おしりを見せてくれたら三マルッカあげるともちかけたという。「おしっこするときに、おしりをみたいといわれたの」小さいミアは母親にそう言った。そしてそれと同じくらい不愉快だったのは、エーリスがこの家の主人にこう訊いたときだった。「ぼくを預かることで、いくらもらってるんですか？」

「なんだって？」

「ひと月、いくらもらってるんです？　それってヤミなんですか？　つまり税金はごまかしているの？」

アクセルは妻と顔を見合わせると、黙って台所から出ていった。

エーリスにはそれ以外にも、壊れたものを見つけてくるという不思議な能力があった。毎日のように壊れたものを持ち帰っては、トムに見せた。「ねえ、これ修理できる？　きみならなんでも修理できるだろ？　きっとずっと外で雨に打たれてたんだろうなあ。ほら見てよ、ここなんかカビだらけだ。でも、昔はきっと立派だったはず」

「そんなもの捨てろよ」トムは言った。「ぼくは新しいものしか作らない。壊れちゃったものなんてどうでもいい」

エーリスは自分の墓地の横に、集めたがらくたで山を作った。その山はどんどん大きくなり、まるでエーリスが自分の悲惨なコレクションを誇っているかのようだった。輝きを失い、使えなくなって捨てられたものがこれほどあるとは、誰も気づいていなかったのだ。しかしエーリスはあの鋭い批判的な目でそれを見つけた。一度相手を捕まえたら逃がさないまっすぐな視線。

それに見つめられると家の人たちは急に、自分の作業服や手が汚いことを意識するのだった。

一度、ハンナが少々威厳を込めてこう言った。「これからエーリスは食べることに集中して、他のことは考えすぎないようにすること。脚にもう少しお肉をつけなくちゃね。じゃないと秋になってお父さまが迎えに来たとき、恥ずかしいでしょう」

するとエーリスが尋ねた。「ぼくのこと、秋まで我慢できるんですか？」誰も答えなかったので、エーリスは続けた。「あなたたちは食べ物を無駄にしてますよね。食べる物が全然ない人たちのことを考えたことあります？　こんなこと言っちゃあ悪いけど、バケツに入れて、海に捨ててるのは知ってます」

「もういい！」アクセルが大声を出し、テーブルから立ち上がった。「ちょっと船を見てくる」

確かにフレドリクソン一家は食に関しては多少贅沢だった。出来立てのものでなければ食べない。それは魚でも肉でも、ハンナの焼くパンにしてもそうで、つまり大半がいわゆるフリーベリのきゅうり行きになっていたのだ。エーリスはすぐにそのことに気づき、冷蔵庫を開けて残り物を出すようになった。普段から、ちょっと腐るくらいまで冷蔵庫の中に放置されているのだ。そこまでくれば、良心が痛むことなく捨てられるから。エーリスはそういう残り物を救い出し、きれいさっぱり食べてしまう。例えばこんなふうに。「いえ、ミートボールは結構です。ぼくは残り物の魚介のスープをいただきますから」

「あはは」オスヴァルドが笑った。これまで見てきていろいろと思うところがあるし、夏の子のせいで兄を独り占めすることもできなくなっているのだ。「今じゃ、お前がうちの生ごみバケツってとこだね。そうだろ？」

「食べられる物を食べればいいんだ」父親が口を開いた。「だが、お客さんが何を食べるかに口を出すなんて行儀がいいとは言えんな。だいたい、何を食べるかなんて口にするもんじゃない。天下の回り物なんだから」

「天下の回り物なわけないじゃないですか」エーリスが反論した。「だって、食べ物がない人たちのことを……」しかしみなまで言う前に、アクセルがテーブルをどんと叩いた。「さあもう黙れ。全員だ。まったく、この家の平和はどこにいってしまった……」

家の外では、自然の中に完璧な平和が溢れていた。風が止み、軽い夏の雨が降り、下の野原ではリンゴの花が満開だった。何もかもがいちばん美しい季節。トムは例年なら明るい夏の夜に森や海岸を散歩したものだが、今年はそんな気分にはなれなかった。独りになれるとも限らないし。

「ママ」ある日トムは訊いた。「あいつはいつまでうちにいるの？」

「人というのは来ては去るもの」母親は答えた。「だから大丈夫。何事にも潮時があって、また変わるから」

腹立たしいのは、エーリスが反論の余地のない統計で理論武装している点だった。ニュースの時間になると必ずラジオにへばりつき、新しい悲惨な話を仕入れるか、古いのを再確認するかだった。ニュースは、彼が興味を示す唯一の番組だった。ただ、現実に起きた大惨事と未来の恐ろしい可能性に満ちた妄想を混同させてしまうこともあり、トムにはまったくお手上げだった。

とにもかくにも、エーリスがそばに寄ってくるたびに突如として最悪の事態が起きるのを覚悟しておかなければいけなかった。先日の、長いこと町の病院に入院している祖母の件のように。エーリスが走ってきて「たった今、彼女が死んでしまった！」と言ったのだ。しかしそれは祖母のことではなく、エーリスが一週間前から面倒をみていた一本足のカラスのことだった……。

ある日ハンナがバスで祖母の見舞いに行こうとしたとき、エーリスも一緒に行きたいと言いだした。断る理由は思い当たらなかった。確かに悲観的ではあるけど、苦境にある人々に激しく共感できる子なのだから。

しかし、もう二度とエーリスを祖母のところに連れていくことはなかった。祖母は、少年が横でため息をついたり、「ああ……」という声を洩らしたりするのが気にくわなかったのだ。悲しげに頭を振り、これが最期のように手を握りしめる。少しの間エーリスが外に出た隙に、祖母はとても怒った様子で言った。「なんなのよ、あんな不愉快な子を連れてくるなんて」

一家全員が、この夏の子どもの存在に影響を受けずにはいられなかった。その子のことをちょっと恐れているくらいだった。アクセルはもう食後にパイプを取り出すことはなく、すぐに大股でボート小屋に歩いていってしまう。口数が少なくなり、ある日エーリスがアクセルの年収や政治的意見について根掘り葉掘り訊き始めたときなど、魚介のスープを食べている最中だったのに家から出ていってしまったほどだ。小さいミアは子どもらしく無邪気で何もわかっていなかったが、それでも敏感に変化を感じとり、手がつけられないほどわがままになった。オスヴァルドにいたっては、嫉妬をむき出しにした。兄はもう自分と過ごす時間などなかったからだ。たまに二人で釣りに出かけても、以前のような穏やかで和気あいあいとした楽しい雰囲気にはならなかった。そしてオスヴァルドは辛辣な皮肉を繰り出すようになった。「本当に、そのかわいそうなタラを殺すの？」とか「やあ、今日は実にたくさんの死体が網に引っかかったな」など。何もかもが、それは悲惨なことになっていた。

アクセルとハンナは、夏の子どものことで長男のトムに負担がかかりすぎているのをわかってはいたが、どうしようもなかった。二人は日々の労働で手がいっぱいで、子どもたちにはある程度自分たちだけでやってもらわなくてはいけないのだ。

ある日アクセルが言った。「なあトム、お前はもう薪割りはしなくていいぞ。その代わりにエーリスと一緒にいてやれ」

「薪割りのほうがましだよ」トムが答えた。「でもあいつは薪割りにもついてくるから、どうせ変わらないや」

「お前のいいようにしなさい」アクセル・フレドリクソンはそれ以上どうしようもなく、歩きだした。そして振り返った。「お前には、すまないと思っている」

気の毒なよその子の世話をしてあげるはずだったのに。逆に、容赦ない視線を常に背中に浴びることになった。世界の悪や悲しみをいちいち意識させられるのだ。まったく都会人はなぜ、子どもたちに疑うことを教え、幼い子どもには理解もできないし背負いきれもしない罪悪感を与えるのか――。アクセルは妻にそう語り、ハンナも夫の言うとおりなのかもしれないと思った。少年には気分転換が必要なのだろう。海がこんなに穏やかで美しいのだし、子どもたちを連れてちょっと海に出るのはどうだろう。そうすればハンナもちょうどロヴィーサに住む親戚を訪ねることができる。アクセルはどのみち、あちこちの灯台にガスボンベを届けに行くことになっている。彼もそれはいい考えだと思った。ちょうどその朝、海上警備隊からヴェステルボーダ灯台が消えているという電話があったところだった。早速船にガソリンを入れ、ガスボンベを積みこんだ。ハンナのほうはお弁当を作り始めた。

エーリスはものすごく興奮していた。嵐が怖いので、気圧計を数分おきにこんこんと叩いて確かめる。そして灯台のある島のことを何度も問いただした。それは本当に本物の島なの？　つまり、ものすごく小さい島ってこと？

「ああ、ハエのフンみたいに小さいのさ」トムが言った。「それがどうしたんだよ」

エーリスは真面目な顔で、『幸福の島』という本を読んだことがあると言った。それに出てくる島はとても小さかったと。

「そうかい、そうかい」とトムは答えた。「さあ行くぞ、パパが待ってる」

「さあ乗れ！」アクセルが叫んだ。「旅に出るぞ。嫌なことはみんな忘れてな」

子どもたちが甲板になだれこんだ。ハンナは桟橋に立って、船がたちどころにスピードを上げて出ていくのを手を振って見送った。その日は太陽がまぶしく波は穏やかで、長い積雲が海に映り、水平線がどこにあるのかまったくわからなかった。エーリスは船のへりに摑まって島を探していた。ときどき振り返っては、トムの顔を見てにやりとした。今日ばかりは心から楽しんでいるようだ。「今日くらいは〝ひねくれエーリス〟から休みを取るといい」トムは心の中でつぶやいた。「どうせ今は、世界の破滅のことなんか忘れて、自分のことしか考えてないんだろ」そんな歪んだ考えが苦い波のように胸にこみあげてきたので、こいつのことなんか少しも興味をもつものかと思い直した。灯台に行って、家に帰ってくるまで絶対に。

ひとつめの灯台はとても低い岩礁に立っていて、中央の小さな林が、房になって風に揺れていた。船が着くとカモメが飛び上がり、鳴きながら岩礁の上を旋回していく。アクセルは替えのボンベを引きずりながら、灯台に向かって岩の上を歩いていった。

最初エーリスは棒立ちになったまま、あたりの様子を眺めていた。それから茂みに駆け上がり、また下り、ホンケワタガモが大きな音を立てて巣から飛び立ったが、そんなことにはまったく気づかない様子で、あっちに走ったりこっちに走ったり大声で叫んだりして、最後にはガンコウランの茂みに大の字に倒れこんだ。

「だから言ったろ。あいつ、おかしいよ」オスヴァルドが軽蔑したように言った。「あんなやつに朝から晩まで追いかけられるなんて。兄さんはまったく、いいお友達ができたな！」

トムはゆっくりとエーリスに近寄った。エーリスはそこで寝転んだまま空を見上げ、露骨に満足そうな顔をしている。

「ぼく、本物の島に来たのは初めてなんだ。見るからに島だとわかる島。こんなに小さいと、ぼくだけの島であってもおかしくないよね」

「よく言うよ。ここはホンケワタガモの島でもあるんだぞ」そしてトムはエーリスから離れた。アクセルが戻ってきて次の灯台に向かおうとすると、エーリスはそれを拒否した。「ぼくはここに残る。この島が気に入ったんだ」

「だが、またここに戻ってくるまで何時間もかかるんだぞ」アクセルは反対した。「これからずっと沖のほうにある灯台まで行くんだ。そっちのほうがずっときれいだ。高い岩山なんかがあって、きっとお前も気に入るさ」

「そんなのどうでもいい」エーリスが言った。「どうぞ行ってください。ぼくはここで待ってるから」

少年の考えを改めさせるのは不可能だった。アクセルは仕方なく、長男を少し離れたところに連れていった。「迎えに来るまで、お前も一緒にここに残ってくれるか。あの子が海に落ちたり、おかしなことをしでかしては困るからな。何かあったら、うちの責任なんだ」

小さなミアが叫んだ。「はやくいこうよ！　はやくつぎのとうだいにいこうよ！」

「パパ、そんな……」トムは言った。「この退屈な島で、あいつと何時間も一緒にいるなんて無理だよ！」

「無理じゃないだろう」父親は棒で海底を押して船を海に出した。「楽しくないことをしなきゃいけないときもあるんだ」

「死んで腐った鳥でも探してやれよ！」オスヴァルドが海の上から叫んだ。「兄さんは子守なんだから！」

次の灯台に着いてやっと、アクセルは少年たちに弁当を渡してこなかったことに気づいた。

ハンナなら絶対に忘れなかっただろう。だがまあ、それ以上の問題が起きたわけじゃない。

ところがそれから一時間後、本当に問題が起きてしまった。船の燃料パイプが外れたのだ。そうそうすぐに修理できるものではなかった。


「ねえ、知ってるかい?」エーリスが厳かなほどの声を出した。「この島は本当に素晴らしいよ。すごく遠くにあるからどんな危険も及ばないし、水もまったく汚染されていない」

「そんなの、お前が勝手にそう思ってるだけだろ」トムは話に水を差した。そして岬の先端まで歩いていき、海に向かって小石を投げ始めた。どう考えても、ただ時が経つのを待つ以外、何もすることがない。なんの楽しみも、得もない。まったく、素晴らしき幸福の島なんてよく言ったもんだ！ ああ、いけない。暗い考えが頭に浮かんでは消え、また浮かんでしまう。ぼくはこの夏じゅう、ひたすら監視の目と苦痛にさらされて生きていかないといけないんだ。まともに独りになれる時間もなく、世界一ばかばかしいお墓にごみの山に……。さらには、今日という日の不幸だけでは足りないみたいに、何もかもがもっと悪くなる明日の話まで聞かされる。こんなのひどいよ！

そのときエーリスが悟ったような顔で走ってきて、トムに向かって叫んだ。「大海に浮かぶ、忘れ去られた島！ 素晴らしい……。ここは本当にきれいだ。誰もいないし、なんにもない！」

「はいはい、素晴らしいこった」トムが言った。「それに、何もないわけじゃない。今年のホンケワタガモはすごい数だ」トムはそこで肩をすくめた。「でも、お前がそんなふうに走り回ってちゃ、ひなはあまり育たないだろうな」

「どういうことだい？」

「いやただ、ホンケワタガモのメスを怖がらせたら、もう巣には戻ってこないのさ。なにしろすごく繊細な鳥だから」

エーリスは何も言わなかった。ガンコウランの上を歩くエーリスを見ているのは意外と面白い。ひじをぴったり身体につけて、細い首を突き出し、ゆっくりと足を踏み出していく。今回ばかりは、誰かの発言によって良心が痛むのを自身で体験しているのだ。トムはエーリスのあとについていった。エーリスは立ち止まり、五羽のひながいる巣を見下ろしている。濃い色の毛が生えたひなはとても小さくて、微動だにしなかった。

「この子たち、どうなるの？」エーリスがささやいた。

「そんなこと、お前は考えなくていいさ。お前はただ、〝大海に浮かぶ、忘れ去られた島〟を満喫することだけ考えてればいいじゃないか。確か、さっきそう言ったよね？　こういう岩礁の島は、本当に忘れられてしまうことがあるんだ。そういう話ならお前も興味あるか？　またここに戻ってくるのは、すごく難しいんだ」

エーリスは黙ってトムを見つめ返した。

「信じないのかい？　でも、実際に起きたんだよ」トムはその場に座りこみ、ほおづえをついた。「怖がらせたくはないけど、あちこちの浜で骸骨が見つかってる。仕方のないことだから、忘れるしかないんだ。まあでも、考えてもみろ。そいつらは、待てど暮らせど誰にも迎えに来てもらえなかったんだ」

「でも、きみのお父さんは地図を持ってるだろ？」

「持ってたかな？　よく考えてみると、海図は家に置いてきたような……。ああ、どうしよう、困ったなあ」トムはため息をつくと、指の間からちらりとエーリスを覗き見た。笑いだしたいのを懸命にこらえながら。さあ、ついにお前にも災難が降りかかったぞ。もっと状況を悪くしてやることもできる。ちょっと待ってろ。

エーリスは大きな岩まで歩いていって、その陰に座った。太陽は午後に向かって進み、ブユの羽音が聞こえている。海鳥たちが静かに巣に戻ってきた。

空腹を感じたとき、トムはいいことを思いついた。そしてエーリスを探してこう告げた。「困ったことになったぞ、食べる物が何もない――まさに、世界じゅうにいる大勢の気の毒な人たちのように！」「ガンコウランの実は食べられるけど」トムは続けた。「でももちろんひどいはらいたを起こす。のどが渇いてるなら、お前のすぐ後ろに水が溜まってるよ。でも、その水は塩水だろうし、腐ってるだろうな。灰塵虫《アスカスコル》だって死ぬくらいだから」トムはさらに勢いづいた。「でも、虫の死体は歯でこせばいいさ」そう言ってすぐに、うっかり調子に乗りすぎたことに気づいた。芝居が過ぎて、自分らしさを失ってしまっていた。エーリスは長いこと鋭い目つきでトムを見つめていたが、そのうちに顔をそむけた。

海が温かな色合いを帯びてきた。あれから何時間も過ぎた。パパはもうずっと前に戻ってきていていいはずなのに。エーリスを怖がらせること以外、何もすることがなかった。なぜパパは戻ってこないの？　なんのためにぼくを不安にさせ、丸一日無駄にさせるの！　トムは胸騒ぎを感じた。身体じゅうがざわざわと落ち着かない。こんなの、耐えられない。

「エーリス！」トムは叫んだ。「どこにいるんだ。ちょっとこっちに来い！」

エーリスがやってきて、トムの前で立ち止まると上目遣いに見つめた。

「おい」トムは言った。「お前に言っておかなきゃならないことがある。この天気は普通じゃない。嵐になりそうだ」

「まるっきり穏やかに見えるけど……」エーリスは明らかにトムの言葉を疑っているようだ。

「これがまさに嵐の中心ってやつだよ」トムは言い訳した。「お前は海のことなんて何も知らないだろ。嵐は突然やってくるんだ。あっという間に。この岩礁も波に呑みこまれる」

「ふうん。でも灯台があるじゃないか」

「鍵がかかってる。だから中には入れないんだ」トムは勢いにまかせてしゃべり続けた。「それに、夜になるとヘビが現れ……」

「それ、でまかせだろ」

「そうかもしれないし、そうじゃないかもしれない。お前だっていつもそういう話をするじゃないか」

　するとエーリスがゆっくりと言い放った。「きみ、ぼくのことが嫌いなんだろ」


　何よりも最悪なのは、何もすることがないことだった。トムは鞘つきナイフを手に、トウヒの枝を切ろうと、風で倒れた木々に分け入った。枝で隠れ家を作ろうと思ったのだ。船で島に来たときによく弟に作ってやるようなやつを。枝を切っては引きずっていくうちに、背中に汗が流れた。そもそもこれはまったくと言っていいほど無駄な行為なのだが、エーリスにただじっと見つめられているのは耐えられないし、もう夕方なのに船はまだ戻ってこない……。そして今、エーリスが訊いた。のろしを上げる準備でもしているのかと。

「ちがう！　そもそもマッチがないだろ！」トムは屋根になる部分を持ち上げ、それをトウヒの下枝に通した。まったくばかばかしい。何もかもばかばかしいのに、船は戻ってこないし……。灯台の修理がうまくいかないのだろうか。いや、それだったらパパは先に迎えに来るはずだ。これは何か別の理由だ。何か大変なことが……。その瞬間屋根がなだれ落ち、トムはくるりと回ってエーリスのほうを向くと、大声で叫んだ。「嵐がどんなふうに始まるか知らないだろ！　お前は経験したことないからな！　何もかもが闇に包まれて……奇妙な音が聞こえてくるんだ。それがどんどん近づいてくる……。そして鳥たちが完全に静まりかえり……」それが効いたのは明らかだった。トムはさらに続けた。「悪天候の前は、海面が上がることもあれば下がることもある。ああもう最悪だ。海面がずいぶん下がったのがわかるだろ？　どこもかしこも緑の藻だらけじゃないか。壁のように波が襲ってきたら、ここには何も残らない。何もだ！」

「なんでこんなことするんだ？」エーリスがささやいた。

「どういう意味さ」

「なぜぼくのこと嫌いなの？」

「お前こそ、なんでいつもぼくに言い返すんだ！　もう何もかも疲れた！　全然面白くない！お前はもう黙ってどっかで寝てろよ」

「でも、ヘビが出るんだろ？　怖いよ！」

「わかったわかった、ヘビなんていやしないさ！」トムが我慢しきれずに叫んだ。「こんな小さな岩礁にはヘビなんていないんだよ。もう疲れたよ！　ぼくは頑張ったんだ。できる努力はすべてしたけど、ちっともよくならない。お前はおかしなことばかり言うし、こっちまでおかしくなりそうだ。おまけにパパは帰ってこないし。もうずっと前に戻ってきていいはずなのに！」

「怖いよ……」エーリスがまた言った。「なんとかしてよ……なんでもいいから！」エーリスは急にトムの服を摑み、何度も何度も怖いと訴えた。「きみが怖がらせたんだぞ！」エーリスは叫んだ。「なんとかしろよ、なんでもいいから！」

トムがあんまり勢いよく振り払ったので、エーリスは後ろに転んだ。そして苔の上に尻もちをついたまま、トムを見つめ返した。その大きな目が細くなり、ゆっくり、聞こえるか聞こえないかの声でこう言った。「そうさ。きみのお父さんはずっと前に戻ってきていていいはずだ。なのになぜ戻ってこない？　それはこの島を見つけられないからじゃない。あれはきみがぼくを怖がらせようとして言っただけだろうからな。そうじゃなくて、きみのお父さんに何かあったんだ」

エーリスは少し間をおいてから、勝ち誇ったように続けた。「脚を折って動けないのかもしれない！　待っても、待っても、おじさんは来ない……」

「いい加減なこと言うな！」トムは怒り狂っていた。「脚を折る可能性があるのは、冬に岩が凍ってるときだけだ」その瞬間、去年の秋にも別の島で長いこと待たされたときのことを思い出した。あのときは父親がオスヴァルドだけ連れて灯台を回っていたのだが、ガスに引火して灯台のレンズが割れ、それがまともに父親の顔に当たったのだ。父親は半分目が見えない状態で、なんとかトムのところに戻ってきた。泣きじゃくるオスヴァルドに方向を教えてもらいながら。

エーリスはトムの顔色をじっとうかがいつつ、同じ調子で話し続けた。「家のほうでは、何が起きたか誰も知らない。もう夜になりそうだ。最後には彼らも何かあったことに気づくだろう。そう思わないかい？」

「ぼくが思うのは、お前なんか意気地なしだってことだけさ！」トムが怒鳴った。「怖いんだろ！　お前から弱虫が匂ってきそうだ……」

そのとたん、驚くほど俊敏にエーリスが立ち上がり、トムに飛びかかった。エーリスの歯が光るのが見えた。絶望に歪んだ唇からのぞく、二列に並んだ小さな歯。トムは、怒りのあまり我を忘れたエーリスに強く抱えこまれたまま、一緒に地面に倒れた。そしてそのまま転がって、地面を這うトウヒの下に入ってしまうと、そこはすでに薄暗かった。枝葉のからまった低い天井の下での戦いになった。迷惑な夏の子どもめ、夏の悪魔め、ぼくを放すなよ。放したらぼくは何をしでかすかわからないぞ。お前を殴って殴って殴ってやる。トムの下にある骨ばった細い身体は、爆発しそうなくらい力が込められていた。ひとつだけ確かなのは、負けるなんてありえないということ。どちらにとっても、考えられないことだった。だから二人は続けるしかなかった。じっとおし黙ったまま、相手を殴り続ける。音もなく、喘ぎ声すら聞こえない。トムが相手を投げ倒し二人の身体が離れたが、場所がないので立ち上がることができず、二人はまた相手のほうへ這っていき、取っ組み合いを始めた。だって、それ以外に何をすればいいというのだ。

巣の中で、ホンケワタガモのメスは身動きひとつしなかった。それに、地面と同じ色をしていた。二人がその存在に気づいたときも、メスはやはりじっと動かなかった。二人の少年がなるべく静かにトウヒの下から這い出し、立ち上がり、別々の方向に歩いていったときも。

夜が訪れた。西の空はまだいちばん奥の水平線だけ薔薇色に燃えていたが、それでもこれはもう夜だった。トムはいつも父親が船をつける浜まで歩いていった。激しく震えながら。全身をがたがたと震わせつつも、何も考えまいとした。お願いだから落ち着け、落ち着くんだ。岩に座って、指の関節を強く目に押しつけ、冷静になろうとする。しばらくはうまくいっていたが、それから思い出がはじけた。抵抗せずにいると、あの記憶が戻ってきた。灯台でガスが爆発したときのこと。あのとき、ママがパパにこう訊いた。「爆発が起きたあと、どうしたの?」パパはこう答えた。「少し目が見えるようになるまでは、地面を這って進んだんだ。それからオスヴァルドを船に乗せて、落ち着かせようとした。とりあえず風がなかったのは不幸中の幸いだった。起きたことは受け入れるしかないんだ」そう言っていた。起きたことは受け入れるしかない――と。そしてぼくが言った。「パパはなんだってできるし、怖いことなんて何もないでしょ?」するとパパはこう答えた。「それは違う。あのときは人生で一度も経験したことがないほど怖かった」そう言ったのだ。人生で一度も経験したことがないほど怖かったと。

西の空の明かりが消え、東から昇る朝日に場所を明け渡す時間だった。恐ろしく寒かった。薄暗がりの中でトムが戻ってみると、エーリスは海を背景にしたシルエットになっていた。

「もうすぐ戻ってくるはずだよ。きっと何か大事なことがあったんだ。先にやらなきゃいけないようなことが」

「そうなのかい」

「ああ。とりあえず風はないから、それは不幸中の幸いだ。起きたことは受け入れるしかない」

二人はしばらく立ったまま、海を見つめていた。カモメが数羽、岬の上を飛び回り奇声を上げていたが、それからまた静かになった。

トムが言った。「少し寝てこいよ。船が戻ってきたら起こしてやるから」

アクセルは夜明けに戻ってきた。まず弱々しい脈のようなエンジン音が聞こえ、それが大きくなり、船が見えた。灰色の朝の海に浮かぶ小さな黒いしみのように。かと思うと、もう舳先《へさき》で海水が白いひげのように流れるのが見えてきた。父親は暗礁を回ってからスピードを落とし、島に船をつけた。そこで少年たちは無事に待っていた。しかし父親はすぐに気づいた。一人は鼻がありえなくいらいに腫れ上がり、完全に形が変わっていて、もう一人はまぶたがほとんど開いていなかった。というか、二人とも相当傷だらけだった。

「よかった、よかった」とアクセルは言った。「何事もなかったようだな。実はエンジンが止まってしまったんだ。燃料パイプが外れてな。すまなかったが、起きたことは受け入れるしかない。どうだ、楽しかったかい？」

「ええ」エーリスが答えた。

「そうか。では船に飛び乗れ。家に帰ろう。だが、子どもたちを起こすなよ。すっかりくたびれてるから」

二人はエンジンの近くに座った。そこのほうが少しは温かいからだ。そしてタープを身体にかけてもらった。

「ほら、ここにお母さんが作ってくれた弁当がある」アクセルが言った。「残りを食べてしまってくれ。じゃないとお母さんに怒られるからな。コーヒーは魔法瓶に入ってる」

船が湾を進む間、東の空が白んで薔薇色になった。水平線に、新しい太陽の燃えるようなかけらが顔を出した。まだ寒かった。

「寝てしまう前にひとつだけ」アクセルが言った。「エーリスが気に入りそうな物を見つけたんだ。ほら。こんなに美しい鳥の骸骨を見たことがあるか？　これなら盛大に葬れるぞ」

「まれにみる美しさだ」エーリスが言った。「ぼくのために、本当にありがとうございます。でもぼく、こういうのにはもう興味がなくなったんです」

そして少年はトムにぴったりくっついて床で丸くなり、二人とも瞬時に眠ってしまった。

## ある愛の物語

En kärlekshistoria

1971

彼は画家で、どんな類の美術展ももうずっと前に飽きてしまったか、観ると心が打ちのめされるかのどちらかだった。しかしヴェネツィアのビエンナーレ展を訪れた際に、展示室と展示室をつなぐ小間で不意に立ち止まり、やっと目が覚めた気がした。ある展示品に魅入られ、ただひたすら見惚れてしまったのだ。それは自然主義に近いような彫刻で、大理石に女の尻をかたどったものだった。桜色の大理石を使った美しい作品で、膝の上のあたりで切れているのがいかにも古典的な胴体《トルソ》だが、この彫刻については臍から上もなかった。つまり彫刻家は、独立したこの完璧な臀部にしか関心がなかったのだ。もちろんウェヌス・カッリピュゴス——〈尻の美しいウェヌス〉の存在は知ってのことだろう。肩越しに振り返りつつ衣服《ペプロス》をつまみ上げて尻をのぞかせるウェヌスからは、そこが自分の中でいちばん美しいという確信が伝わってくる。しかし彼の目の前にある尻は、小道具は一切用いずに、ただひとり桜色の大理石に安らいでいた。それは芸術家の愛と洞察の丸い果実だった。

彫刻は一メートルほどの黒い台にのっていた。部屋の壁は灰色で北向きの窓があり、二枚の扉に挟まれたほんの小さな空間だった。窓と反対側の壁、すなわち絵をかけることが可能な唯一の壁は、焼けただれた茶色のプラスチックの絵画が占めている。つまりその彫刻は、何に邪魔されることもなくそこにあるのだった。暗い色彩に囲まれ、冷たい昼間の光の中で、それは桜色の輝きを放つ真珠さながらだった。光が大理石を包みこみ、透かし、そして画家は思った

——この美しい尻は、自分が今まで目にした中で、女性というものをもっとも官能的に崇高に象徴している。時折そこへ人が通りかかるが、足を止めることはない。そのまま次の間へと進んでいく。その間にも、画家は深い物思いに沈んだまま立っていた。ついに芸術作品の虜になったのだ。これまでいつも、それはどんな感覚なのだろうと思い巡らせてきた。

この臀部はふくよかではあるがストイックな締まりもあり、桃のようなふくらみがふたつ、割れ目の両側に実っている。片側がわずかに、ウエストの曲線のほうにもち上がっている。そこにかかる影にはうら若き頬にかかるような柔らかさがあり、彫刻家の赤裸々な官能の悦びが表れていると同時に、手の届かない独特の雰囲気を漂わせていた。永遠を象徴するものであってもおかしくはなかった。

画家は大理石に手を触れようとはしなかった。長いこと立ちつくしているうちに影が彫刻の上を移ろってゆき、気づいたときには女性がこちらを向いたかのようだった。

画家はやにわにその部屋を出ると、値段を確かめに行った。

その結果わかったのは、彫刻家はハンガリー人で、相当値が張る彫刻だということだった。迷いなき純然たる欲望を感じるなどというのは人生でも稀だ。あまりに鮮烈で、すべてをかき消してしまうほどの欲望。たった一度だけ、比類なき渇望によってのみ叶えられるそれ。この大理石の尻を自分のものにして、フィンランドに連れ帰りたかった。

彼はホテルへと戻った。サンマルコ広場の裏の路地にある、とても小さなホテルだ。目のくらむような日差しのあとで、階段は暗かった。一段ずつゆっくり上りながら、どう説明すればいいだろうかと考えた。アイーナはベッドに寝そべっていた。とても暑い日で、何も身につけていない。

「どうだった？」とアイーナが尋ねた。

画家はこう答えた。「相変わらずさ。きみはどこかに出かけたのかい？」

アイーナはテーブルに手を伸ばし、片手いっぱいのアクセサリーや貝殻、光るガラスのかけらを夫に見せ、ほとんどただみたいだったと言った。ほとんどただみたいなものよ！　そう繰り返してネックレスを腹の上に置くと、くすくすと笑い声を立てた。

画家は案じた表情で妻を見つめた。

「高いものじゃないんだってば」とアイーナは夫を安心させようとした。「わたしが無駄遣いなんてしないのは知ってるでしょう」妻が近づいてきたので、彼はいつものように妻の身体に腕を回し、手が温かい尻の上に落ち着いた。桜色の大理石の彫刻のことはひと言も言いだせなかった。

日が落ちて涼しくなると町へ出た。二人はいつもサンマルコ広場を横切る道を選ぶ。アイーナはまた、この町での最初の数日に夫から聞いた話を繰り返した。古びた黄金と大理石の歴史を感じさせる趣き、この広場《ピアッツァ》をこんなふうに仕上げる勇気があったこと。それから夫に向きなおり、彼女独特の口調で言った。「その人たちは本気で自分の仕事を愛し、互いのことも愛していたんでしょうね！　じゃなきゃ、こんなふうに仕上がったはずがないもの」

彼は妻にキスをし、二人は歩き続けた。お気に入りの安食堂まで行くと、スパゲッティを注文して赤ワインを飲んだ。観光客も訪れる店だが、とりあえず本物のイタリア料理ではある。外では、夜が瞬く間に濃い青に変わっていった。

「あなた、幸せ？」アイーナが尋ねたので、彼は本気で幸せだと答えた。自分の手の中にあるものへの感謝と、憧れの存在を混同したりはしない。究極の願いには、特別な場所があってしかるべきなのだ。しかし夫婦で橋を渡り細い道を歩きながら、食事をして会話をして見つめ合いながら、夜じゅうずっと彼は頭の中で計算し、帳尻を合わせようとしていた。まだ自分たちが見ぬ町を数え、あの美しい尻を購入してしまったら、即刻家路につかなければならないのは承知していた。

「何を考えているの？」アイーナに訊かれて、彼は答えた。「別に何も」

二人はレストランを出ると、ヴェネツィアの同じ小道をたどり、同じ橋を渡った。この町は道がくねくねと曲がり、迷路《ラビリンス》へと分け入るが、結局いつも同じ場所に戻ってくる。自分がどこにいるのかもわからないままに。

「運河に宮殿が映ってるわ！」アイーナが声を上げた。少し酔っているのだ。「見て、建物の下から少しずつ緑の藻が這い上がってきてる。きっと腐ってるわね。この宮殿は目に見えないくらいゆっくり沈んでるのよ。窓が一列、また一列と水の中に消え……。ねえ、わたしのこと愛してる？」

「ああ」彼は答えた。

「でもあなた、ずっと何か考えてるじゃない」

「ああ」彼はまたそう答えた。

アイーナは夫の顔を見ようと橋の上で立ち止まったが、目の焦点を合わせるのが難しいようだった。「何を悩んでいるのか、教えてちょうだい」彼女はゆっくりと、大袈裟なほど厳かな調子で言った。その姿は真剣でもあり、滑稽でもあった。というのも、高いヒールのせいで普段よりも膝が突き出た姿勢になっているし、つけているのは観光客向けのアクセサリーで、ひとつひとつカーラーで巻いた額の巻き毛に、浅はかで小さなハンドバッグ――彼は妻の女臭さに言葉を失った。暖かい夜の中で、人々がのんびりと橋を渡っていく。ずっと不思議だったのはこれだ、と彼は上の空で考えた。ここには車の往来というものがない。歩く人しかいない。聞こえるのは人の足音だけ。「アイーナ」彼は言った。「わたしが考えているのはビエンナーレ展で見た彫刻のことなんだ。大理石でできた作品で、それを手に入れたいと思う。わかるかい、自分のものにしたいんだ。家に持ち帰りたい。だが、かなり値が張るんだ」

「彫刻を買いたいということ？」アイーナが当惑した顔で訊き返した。「でも、そんなことできるの？」

「美しいんだ」彼は声を荒らげた。「素晴らしい作品なんだぞ」

「なんてこと」アイーナはまた歩き始め、二人は階段を下りていった。

「高いんだ……」彼は苦しげに繰り返した。「遊学奨励金全額——全額に相当する額なんだ。もし買ったら、このまま帰国するしかない」

二人は、閉館した宮殿が連なって運河に足を浸しているところを通り過ぎた。提灯を吊るしたゴンドラが観光客を乗せて流れていき、船頭《ゴンドリエーレ》が歌っている。そこに月まで昇っている。アイーナは哀しくも朽ちかけた美を一身に受け止め、画家に対する日頃の愛情と混ぜ合わせた。すると急に、こう言うのが当然のように思われた。「でもあなた、そんなにその彫刻に激しく焦がれているのなら、買ったほうがいいんじゃないかしら。じゃなきゃずっとそのことばかり考えてしまうでしょう」彼女は立ち止まって、夫から感謝の意が返ってくるのを待った。夫に抱きしめられ、目を閉じて考える。人を愛するって、なんて簡単なのかしら。

「それで、あなたの彫刻はどんなものなの？」彼女は夫にささやいた。

「人間の胴体だ」

「胴体？」

「ああ、だが実際には尻だけだ。桜色の大理石の」

彼女は夫から身を離し、訊き返した。「尻？　たったそれだけなの？」

「きみも自分の目で観なくては」彼は説明しようとした。「観なければ理解できない」妻を引き寄せ、次の言葉を探す間も抱きしめていようとしたが、妻は耳を貸そうとしなかった。仕方なく、二人は黙ってホテルに向かった。サンマルコ広場を横切り、ホテルのある通りに戻ると、月が輝いていたが、なんの助けにもならなかった。なんて陳腐な展開だろう――画家は思った。妻がこれからどうするのかはわかっている。服はシェードの陰で脱いで、後ずさりでベッドへ向かうのだ。おれに尻を見せないように。ああ、何もかもばかばかしい。

二人はホテルの部屋に戻った。夜になっても部屋に明かりはつけない。広場の光がこの路地まで洩れ入ってきて、部屋に赤みを帯びた美しい薄明かりを広げてくれるからだ。下の道では人が行き交い、「麗しき《ベリッシマ》、麗しき《ベリッシマ》……」と歌っている。「なあ」と彼は妻に声をかけた。「あれは観光客じゃなくて、ここに住んでいる人たちなんだ。パーティーの帰り道というわけでもなく、ただ歌いたくなったから歌っているだけ……」それは妻に捧げたせりふだった。彼女が好きだろうと思って。しかし妻はただ「そうね」と答えただけだった。

まずい、と画家は思った。このままベッドの中で彼女に触れようものなら、まずいことになる。触れなければ触れないでかえってまずいだろう。あの彫刻をほしくないなんて嘘は言えないし、手の打ちようがなかった。画家は疲れ果て、ベッドの端に座ったまま動けなくなった。まったく、恐ろしいほどの疲れを感じていた。アイーナはシェードの陰で静かに素早く服を脱いだ。それから長いこと何かやっていた。部屋の中を動き回り、何かを用意しているようだったが、ついに夫のところにやってきたときには両手にワイングラスを持っていた。ガウンを羽織っている。彼女はグラスを夫に差し出すと、目の前の床に座りこんだ。そして厳しいほどの真剣な声で言った。「わたし、考えたんだけど」

「そうなのかい」画家は従順に答えた。もう安堵にうち震えながら。

アイーナは身を乗り出し、眉をひそめて夫を見つめた。「盗むのよ」彼女はそう言った。「忍びこんで、それを盗むの。わたしは怖くないわ」

広場からの光が揺れる中で妻の顔を見つめ、彼は相手が真剣なのを理解した。素早く考えてから、こう尋ねる。「おれたちにできると思うかい？」

「もちろんよ！」アイーナは叫んだ。「わたしたちなら、なんでもできる。知ってるわ、そこは一階でしょう。そして外は公園になってるのよね。窓ガラスをダイヤモンドで切りましょう。そのくらい買ってもいいでしょう、ほんの小さなダイヤモンドなら。あなた、その彫刻を独りで運べる？　それとも、手押し車を用意したほうがいい？」

「素晴らしいアイデアだ」画家は立ち上がり、窓辺に向かい道を行き交う足音に耳を澄ました。笑いだしたかった。突然こんな夜遅くに、何もかも投げ出し、愛する女を連れてどこでもいいから旅を続けたかった。彼は妻に向きなおると、真剣な面持ちで言った。「盗むのはやめたほうがいいと思う。彫刻はそのままにしておこう。あれをつくった彫刻家のことを考えてもみろ。ハンガリー人らしいが、自分の作品がフィンランドのおれたちのアトリエにあるなんてわかりっこないだろう。それにきっと金を必要としているだろうし」

「そのとおりね」妻は言った。「残念だわ」そしてガウンを脱いで椅子にかけると、ベッドへ向かった。

二人は並んでベッドに横たわった。アイーナが訊いた。「今、何を考えてるの？」

画家は答えた。「あの彫刻のことだ」

「わたしもよ」妻が言った。「明日になったら、一緒に観に行きましょうね」

# 人形の家

Dockskåpet

1978

アレクサンデルは昔気質な椅子張り職人だった。熟練した腕をもち、その仕事ぶりには昔ながらの職人魂が込められている。技巧と素材の美を理解する顧客からの依頼だけを引き受け、それ以外は部下に譲った。相手に軽蔑を悟られたくはないから。

年季の入った工房は、通りから外階段で下りた地下にあり、比較的広かった。仕事が途切れることはなかった。アレクサンデルは木彫りの装飾や椅子やソファの難しい張りを担当し、もっと簡単な作業は人に任せた。手彫りの装飾を望む客はまだいるのだ。数少ないとはいえ、確かにいる。彼らは壁紙を選ぶにしても非常に慎重だった。アレクサンデルはそんな客に充分に時間を与え、アンティーク風・家具の実情について丹念に説明してやることもあった。ときには工房を離れてオークションに出かけたり、一流のアンティークショップを巡ることもある。どの店へ行っても――何か買うにしても無言で断るにしても――貴賓として扱われた。そして、厳選された美しいものだけが彼のアパートメントに運びこまれるのだった。そこはごくわずかな人のみが訪問を許された場所で、町の南側の静かな通りに建っている。二十年前からそこに友人エーリックと共に暮らしていて、時間とアレクサンデルの審美眼によって集められた美しい品々に、二人とも同じ敬意を抱いていた。

時折、それも仕事中に、アレクサンデルは読書をすることがあった。読むのはもっぱら不朽の名作ばかりで、フランス文学やドイツ文学も好んだが、特にロシア文学の重厚な不屈の精神に魅了されていた。万事がなすすべもなく不変であるという感覚を与えてくれるからだ。太い眉をひそめ、小柄ながら逞しい身体に集中力をみなぎらせ、アレクサンデルはあえて孤独の内に籠り、仕事中に読書をした。その邪魔をする勇気のある者はいなかった。

　引退する際、アレクサンデルは冷静に熟慮したうえで賢く工房を売り払った。多種多様な商品サンプルは自宅に持ち帰った。クラシックなタッセルや飾り紐《パスマントリー》、壁紙の柄や装飾《オーナメント》に関する本なども。そのほとんどはひと昔前のデザインだったが、ごくわずかな人のみが理解できる美をたたえていた。ほぼ同時期にエーリックも銀行を定年退職した。二人はアレクサンデルが持ち帰った商品サンプルを棚に並べ、新しい門出を悦びシャンパンで祝杯をあげた。

　初めは辛かった。二人とも、一日じゅう何もせずに一緒にいることに慣れていなかったし、それはなんだか間違ったことのように思えた。エーリックがテレビの見すぎで目が痛くなる一方で、アレクサンデルは基本的にロシア映画しか観なかった。二人はステレオを購入し、ジャケットに惹かれて買った気がするカセットやレコードを次々と聴いていった。友人のヤニとペッカ〔どちらも男性名〕におすすめの音楽を教えてもらい、確かに素晴らしいとは思ったが、好きにはならなかった。ああ聴きたい、というほどではないのだ。

「レコードを消してくれ」アレクサンデルが言った。「読書の邪魔だ」しかしもう読書にもさして興味はなかった。仕事中という貴重な時間に読んだからこそ、心奪われていた可能性がある。

「だけどきみはちっともページをめくっていないじゃないか」エーリックが言った。「何か悩みでもあるのかい」いつものように穏やかで深みのある、配慮に満ちた声だった。分厚い眼鏡に光が反射し、瞳の表情を隠している。

「いいや」アレクサンデルは答えた。「悩んでなんかいない。聴きたいなら、聴いていてくれ」

「いや。聴きたいわけじゃないんだ」

家具の手入れはエーリックの担当だった。家具用のワックスで磨くのだ。そして毎朝のように掃除機が絨毯の上を走る。朝がいちばんよかった。窓をすべて開いて、コーヒーを飲みながら一緒に新聞を読む間に、エーリックが昼食と夕食の献立を考えた。ときにはアレクサンデルに意見を求めることもあったが、アレクサンデルは笑ってこう言うだけだった。「きみが決めてくれ。知らないほうがわくわくするから。今までだって、がっかりしたことはない」するとエーリックは角の店か、もう少し遠くにある屋内市場へ出かけていく。ヤニとペッカを晩餐に招いて、ステレオでレコードをかけることもあった。しかしそれ以外は一日一日が長かった。

九月のいつ頃からかわからないが、アレクサンデルは人形の家を作り始めた。というのも、始めたときには人形の家を作るつもりではなかったからだ。脚に彫りの装飾を施した楕円形の小さなマホガニー製のテーブルを作り、そのあとビクトリア調の椅子二脚に赤いサテン生地を張った。

エーリックが言った。「こんなに小さいのに、本物みたいだな。信じられないよ。だが、知り合いに子どもはいないが？」

「どういう意味だい」アレクサンデルが訊いた。

「だって、これをどうするんだ」

「ただ作っているだけさ」アレクサンデルが答えた。「コーヒーでもどうだい」

アレクサンデルはガラス戸のついた棚を作った。こぶのような木彫りの装飾がされた飾り棚も作った。作業が行われている居間のテーブルは新聞に覆われ、エーリックは一日に何度も絨毯に掃除機をかけた。ついに、アレクサンデルのおもちゃは台所に移動することで同意がなされた。毎朝居間でコーヒーを飲んだあと、彼はまっすぐに台所に向かい作業を続けた。詰め物をしたソファを作り、細い真鍮のパイプに丸いこぶのついた小さなベッドも作った。一瞬、ベッドのマットレスをエーリックに作らせてみようかとも思った。しかしマットレスというのは作るのが難しく、寸分の狂いも許されない。エーリックは数字や家事以外のことになると不器用で役に立たなかった。だからアレクサンデルはエーリックには声をかけずに、自分でマットレスを作った。

家具は増えてゆき、洗練されていった。居間用の家具、台所の家具、ベランダの家具。最後には、屋根裏に追いやったり階段の下に隠したりするためのセンスの悪い家具まで作った。アレクサンデルはそのどれにも同じだけ愛情を込めて、丁寧に仕上げていった。窓も作った。フランス窓に屋根裏の窓、大袈裟な装飾のついたカレリア様式の窓。実用的でつまらない窓。とにかくあらゆる種類の窓を。それからドアも。パネルをはめこんだドアもあれば、のっぺりしただけのドア、ウエスタンドアに、柱のついたクラシックな門まで。

エーリックが言った。「家具ならわかる。だが、なぜ窓やドアまで作るんだ。開けても、どこにもつながってないじゃないか。それになぜ、作業後に掃除をしない」

「いい考え《アイデア》だな」アレクサンデルが言った。「わたしにもいい考えがある」そしてすべてを放置したまま居間に入り、ステレオをつけた。「いい曲だ」そうつぶやいたが、実際には聴いていなかった。

「消してくれ!」エーリックが大声を出したので、アレクサンデルはステレオを消してさらに考えた。家を作ることを考えていたのだ。完全な家を。でも図面は引かない。生き物のように、一部屋ずつ自由に育ってほしいから。すると、地下から手をつけるのが当然のように思われた。アレクサンデルは建材を集めるようになった。郊外にある昔石切場だった場所へ出かけ、家の基礎にするために美しい石のかけらを拾った。木材——ヤマナラシやバルサ、それにパイン材も手に入れ、台所の調理台には様々な種類の接着剤や溶剤、ペンキの瓶や缶がいっぱいに並んだ。それはますます家事の邪魔になった。エーリックが、台所は趣味の部屋じゃないと言った。場所がないのに家事をするのは無理だし、食べ物に木屑が混ざったりしたら困る。二人は天井近くまであるベニヤ板で台所を二分することにした。台所の窓はエーリックの側にあったので、アレクサンデルは自分の巣のために明るいランプを購入した。木工台も持ちこんだ。台所の彼の側の棚は空っぽにして、食器類は一時的にあつらえた棚に積み上げられた。アレクサンデルは時間をかけ愛情を込めて、工具を台所の棚に並べた。すぐに取り出せるように、ひとつひとつに専用の場所をあてがったのだ。

地下が出来上がると、今度は大工部屋――工房のミニチュア――の制作が始まった。アパートの台所を二分する板の真ん中には小さな窓をつけた。そこを覗きこんで、こんなふうに言うのだ。「で、今日のランチは何かな?」もしくはエーリックのほうがその窓を覗いて訊くのだった。「今日はどんな作業をしているんだい?」するとアレクサンデルは世界一小さな仕上げ鉋《かんな》をそっとエーリックの手にのせ、賛辞と意見を待った。

大工部屋は天井が斜めになった、とても小さな部屋に仕上がった。わざと色褪せた木を使い、窓が正しく壊れて薄汚れて見えるように大変な努力を重ねた。大工部屋の中には薪割り用の丸太や木工台やとても小さな工具があり、そのひとつひとつが細部に至るまで精密にできていた。これまでの人生でこれほど心に平安が訪れたのは初めてだった。静けさも気に入っていた。たまにアパートの中で電話が鳴ったが、まるで別の世界から聞こえてくるようだった。

「電話はヤニとペッカからだったよ。あの二人をディナーに招かなければ」

「ああ、そうだな」アレクサンデルは答えた。「大工部屋さえ完成すれば」彼は夜遅くまでその家と戯れた。テレビのスイッチを入れることはなくなり、食事もそこそこに、そそくさと自分の巣に戻ってしまう。エーリックは新しいカセットを買い、日に日に音量を上げていった。夜になって寝室に入ってきても、アレクサンデルはうわの空で、優しい物腰ではあるものの、あっという間に眠ってしまった。翌朝も早くから作業が再開された。コーヒーは小窓から差し入れてもらうようになった。

「で、きみはどこにいるんだい?」エーリックは朝食の具をのせたパンとコーヒーを小窓から滑りこませた。長い鼻のついた顔が憂いを帯びているが、小窓からはほとんど見えず、眼鏡のせいで目も空っぽの鏡になっていた。

「なんだって?」アレクサンデルが訊き返した。

「どこなんだい?　近頃のきみはどこにいるんだ」

「地下が終わって、今はその上の階に取りかかったところだ」アレクサンデルが答えた。「台所だ。床の落とし戸というのは実に奥が深い。地下の階段とぴったり合わないといけないんだからな」

「ふうん」エーリックが言った。

「ふうんだって？　それに、なぜそんな声を出すんだ」

エーリックは黙っていたが、そのあとこう言った。「なんでもない。で、その落とし戸とやらは、どんな仕組みになってるんだい」

アレクサンデルはエーリックに落とし戸を見せた。台所の床に、極小のちょうつがいで留められている。細い鎖で戸が開きすぎないようになっていた。地下へと続く階段は闇の中に消えている。寸分の狂いもなく組まれた階段だった。

「美しい……」エーリックがつぶやいた。「しかし、どういうわけで人形の家を作ろうなんて思いついたんだ？」

アレクサンデルがすぐに否定した。「これは人形の家なんかじゃない。これは家なんだ」

「家って、誰の家なのさ」

「ただの家だよ。例えば、我々二人のための。自分の理想どおりに作るんだ。全部自分で決める。地下と一階は海に面していて、それから居間《サロン》だ」

「場所はどこなんだい？」

アレクサンデルはちょっと笑ってから言った。「ドイツのどこかだ。屋根裏はパリ。まあ、どうなるかな」

エーリックが台所を覗きこんで言った。「コンロが薪式じゃないか」

「当然だ。そのほうが趣があっていい」

「なんてこった。薪のコンロを使うなんて考えられない。無理だ。近代的な台所にすっかり慣れてしまったんだから」

「また慣れるさ」

アレクサンデルは結局作業場の掃き掃除をしなかった。鉋くずやおがくず、石を削ったときに出る埃が、厚い毛皮の敷物のように積もっていった。自らの労働が生み出した柔らかな床に足を踏み入れるのが好きだった。だからどんどん自分の周りに積もるがままにした。巣から出るたびにそれを家じゅうに撒き散らすものだから、エーリックは日に何度も絨毯に掃除機をかける羽目になった。

台所の天井が完成すると、電気照明のことを考えるようになった。家には絶対に電気が必要だ。アレクサンデルは材料を揃えた。細い銅線、ランプ、懐中電灯用の電池。そして長いこと地下と一階の配線に取り組んだが、うまくいかなかった。結局、天井裏に通した配線をすべて外すことになり、階段が壊れた。エーリックは外から照らせばいいのではないかと言った。

「そんなのだめだ」アレクサンデルは言った。「この家自体を輝かせたいんだ。内側から命を放つようにね。わからないのか？　我々二人は家の中にいて、他の皆は外を歩いている。なのにこの電池ときたら、あっという間に切れてしまう。それとも配線が間違っているんだろうか……」

ついにアレクサンデルはヤニに電話をかけた。ヤニには、ボーイと呼ばれている電気技師の友人がいた。ボーイが家を見にやってきた。「そんなおもちゃはトイレに流すんだな。箸にも棒にもかかりゃしない。地下に変圧器を設置させてくれ」ボーイはその詳細を説明した。二人は夕方が夜になるまで電気の配線のことを話し合い、夕食の間も照明の相談を続けた。

「余裕だ」ボーイが言う。「お前さんは何ひとつわかっちゃいないが、おれが教えてやろう。おれがいれば安心だ。だが、配線を替えるために天井はいったん外させてもらう。お前さんは自分の専門分野ではプロだろうが、電気については何も知らないんだから」

ボーイは毎晩のようにやってきた。ホビーショップや玩具店で見つけてきた小さなテーブルランプや壁燭台、シャンデリアなんかを携えて。仕事場から直接ジーンズのままやってきて、外の道の汚れが絨毯についたが、アレクサンデルは気にも留めなかった。ボーイが仕入れてくる品にひたすら感心し、家の改善案に真剣に耳を傾けた。

「わかるよな?」ボーイが言った。「この家は皆から賞賛されるようになる。だがお前さんがどんなに頑張ろうと、決め手になるのは照明だ。おれを信じろ」

ボーイは背が低く痩せた男で、動きも見た目もリスによく似ていた。よく笑い、しかも歯肉が上のほうまで見えるような笑い方をする。親しみを込めて人の背中を叩く癖があった。エーリックのほうは背中を叩かれるのが大嫌いだった。ましてやヒールの高すぎる靴を履いた小男に叩かれるのは。ボーイが来るといつも、しばらくは男三人で居間に座っておしゃべりをした。話題はなんでもよかった。というか、どうでもいいようなことばかり。帰りぎわに礼儀上、話をまとめようとするような会話だった。それからアレクサンデルが立ち上がって、ではそろそろ始めるかと言い、ボーイと一緒に巣に入ってしまう。すると二人の声のトーンが変わる。落ち着いた低い声になり、発言と発言の間隔が長くなる。立ったまま二人で考え、建築物の問題点を分析しているのだ。二人の関心は、電気のことから出窓の構造材やらせん階段に移っていった。エーリックは巣の外の台所で夕食を用意した。小窓は木屑が入ってこないように閉じられていて、二人が話している内容はわからなかった。ただ声が聞こえるだけ。端的な質問や提案を交わす声は落ち着いていて、そこには完全な相互理解があった。エーリックには聞こえない、時折中断される会話は、木々を吹き抜ける風を思わせた。弱まり、止み、また吹き抜ける。ボーイが笑い声を立てることもあった。それは、何かがぴったりはまったときの笑い声だった。

十二月、アレクサンデルはついに居間へとたどり着いた。フランス窓の枠を作り、いろいろな色のセロファンを複雑な弧を描く窓枠にはめた。エーリックが巣にやってきて言った。「なあ、地下室なんだが。薬棚を整理していたら、空の小さなガラス瓶がいくつも出てきた。それにジャムを入れてはどうだい？　つまり、何か赤い色をつけた塊を。瓶の蓋は紙で覆って、ラベルも貼るんだ」

「いいぞ！」アレクサンデルが思わず叫んだ。「素晴らしいアイデアだ！　では石膏で作ってくれるか？　石膏の混ぜ方を教えよう」

エーリックは台所の調理台でジャムのミニチュアを作り始めた。なかなかうまくできて、ひとつ仕上げてラベルを貼るたびに小窓から見せては合格をもらった。ついにアレクサンデルはもう見せなくていいと言ったが、それでもジャムの瓶が次々やってくるので苛立った。「我々は今、非常に難しい問題に取り組んでいるんだ」アレクサンデルは言った。「ジャムの瓶にかまってはいられない。他にやることはないのか？」

エーリックは台所を出ると、居間でテレビをつけた。金属工業に関するドキュメンタリー番組をやっていた。しばらくするとアレクサンデルが探しに来て、地下室にはリンゴも必要だと言った。「だが数があまり多すぎるのは困る。粘土で作ればいいが、湿らせすぎると大変だから気をつけてくれ」エーリックのリンゴはあまりいい出来にはならなかった。きゅうりもバナナも、メロンもだめだった。しかし色を塗って地下の階段の下に少し隠れるように置けば、それほど問題はなかった。

家は上へ上へと伸びていった。ついに屋根裏までたどり着き、ますます見事な家になっていた。アレクサンデルは夢中だった。自分の創作物にとり憑かれていると言ってもよかった。朝起きてまず頭に浮かぶのは〝家〟のこと。次の瞬間にはもう、補強構造や難しい階段、尖塔をどうしようかと考えていた。今までこれほど心が軽く、解放感を覚えたことはなかった。夜な夜な心配事や自己嫌悪に苛まれていたのも嘘のようだ。眼を閉じさえすれば家の中に入ることができ、すべてが理想どおりなのを確認できた。試しに批判の目を最大限に研ぎ澄まし、頭の中で部屋から部屋へと見て回ることもあった。階段を上り、バルコニーに出る。細部まで粗探しをしても、この家は完璧で全体が驚くほど美しかった。勝利の冠のように、彼の作品が塔を戴くのが目に浮かぶ。夜中に起きだして、エーリックを起こさないように静かにこっそりと台所――自分の巣へと向かうこともあった。懐中電灯だけつけて台所の椅子に腰かけ、家を見つめる。懐中電灯で窓から窓へとなぞると、まるで月光か灯台の光のようだった。アレクサンデルは完璧な存在に対する情熱に溺れていた。狂信的ともいえる完璧主義の危険性には気づかないまま。

エーリックは、窓枠にサンドペーパーでやすりをかけ、白く塗るという作業を請け負った。一度、階段の段に壁紙を貼ろうとしたら皺になってしまい、剝がさなくてはいけなくなった。複雑に入り組んだ屋根裏が形になってきたときには、〝家〟は二メートル近くなり、巣には収まらなくなっていた。アレクサンデルとボーイは長いこと相談し、寝室を明け渡すのが唯一の解決策だということになった。

「あそこならちょうどいい」アレクサンデルが言った。「窓の前に木工台を置けるし。居間じゃそういうわけにはいかないからな」

「どの居間のことだ」エーリックが口を挟んだ。「きみのか、わたしのか」

「一体どうしたんだ、エーリック」アレクサンデルが訊いた。「何を怒ってる。これは大事なことなんだぞ。これから塔に取りかかるところなんだ」アレクサンデルは折りたたみの簡易ベッドを二台借りてきて、廊下に置いた。大きなダブルベッドは寝室の壁に立てかけられた。家はきわめて慎重に運ばれ、回転台のついた彫塑制作台にのせられた。昼間の光の中で、家は趣を変えた。夢のような雰囲気が、戸惑うほどの臨場感を帯びるようになった。均一な冬の光が各部屋を満たしている。回廊の柱や欄干の長い手すり子が現実の柔らかな灰色の影を落とし、ステンドグラスの緑と赤と青が淡い虹になって床に広がっている。あらゆるディテール、家具という家具が真実味を増し、何代も前からそこに存在していたかのようだった。ゆっくりゆっくり、アレクサンデルは回転台にのった家を回した。

「いよいよだ」彼は言った。「屋根裏が完成した。次は塔だ」

ボーイも言った。「丸屋根がなかなか難しいな。左右非対称にしなきゃ、塔ともうひとつの回廊の場所がなくなってしまう」

「きみの言うとおりだ」アレクサンデルも言った。「これは難しい。どの部屋を狭めるべきだろうか、どう思う?」

「寝室だろう。もっとすっかり小さくしてしまえばいい」

「それは違う!」エーリックが叫んだ。「まったく間違ってる。わたしは反対だ。今でもこれ以上ないくらい小さいし、窓の高さが高すぎる!」

「で、丸屋根だが」アレクサンデルが続けた。「左右非対称にするというのは一理ある」

「だろ?」ボーイが言う。「そうすればおれたちの回廊のための場所ができる」そして二人は木工台に屈みこみ、複雑な屋根部分の図面を引き始めた。

その夜、エーリックは夕食の支度をしなかった。頭が痛いと言って。自分たちで料理をするか、パントリーから何かを出して冷たい夕食を食べてくれ。

「アスピリンは飲んだのか?」アレクサンデルが訊いた。

「ああ、もちろん」エーリックは答えた。居間のソファに横になり、足をひじかけにのせて天井を見上げている。靴も脱がずに。アレクサンデルは毛布を取りに行った。「足を上げてみろ」そう言って、ひじかけに新聞紙を敷いた。

翌朝、アレクサンデルはエーリックに〝家〟のためのカーテンを縫ってみないかと誘ったが、エーリックが縫い物などしたことがないのは承知のうえだった。テーブルクロスの端をかがったことすらないのだ。

　冬の日々が続き、〝家〟はさらに高さを増した。アレクサンデルとボーイは丸屋根を完成させ、今はいちばん高い塔を作っていた。そこに灯台のように回る明かりを取りつけるつもりだった。二人の〈ブラック・アンド・デッカー〉〔米国の電動工具メーカーで、電動ドライバーが有名〕は夜な夜な回り続け、寝室には電動ノコギリやドリルの地獄のような音が響き渡り、その合間に穏やかな静寂も流れた。エーリックはソファでテレビを見ていた。たまに近所の映画館に行くこともあった。アレクサンデルが「ヤニとペッカ、あるいは他の友人のところに遊びに行ってはどうだ」と提案したが、エーリックはそんな気分になれなかった。「それに、次はうちが招く番だ」と言った。

「ああ」アレクサンデルは答えた。「わかってるさ。だが〝家〟が完成するまでは無理だ。出来上がったら、二人を招いて見てもらえばいい。言っただろう、我々の作業に邪魔が入るのは困るんだ」

　ボーイは何かがおかしくなりつつあることに気づいていないようだった。食事どきも陽気によく話し、灯台の明かりを回転させることに夢中になっていた。

　ある晩、アレクサンデルがタバコを買いに駅へ行ったときに、ボーイが居間のドアをバタンと開いて叫んだ。「回ってるぞ！　回転してる！　おれたち、やったぞ！」

　エーリックはテレビを消した。暗い部屋の中でゆっくりとボーイに近づき、その横を通り過ぎて寝室に入る。部屋の中は、〝家〟の明かりしか灯っていなかった。各階ごとにランプが灯り、最後のいちばん上の塔がリズミカルに赤と緑の光をぐるぐると寝室の四方の壁に投げかけている。

「おれたちやったぞ！」ボーイがまた叫んで、大声で笑った。「アレクサンデルとおれで、ついにやった！　いちばん上まで完成して、狙いどおりに光ってる。なあ、どうだ。おれたちの家をどう思う？」

「これはきみたちの家じゃない」エーリックが言った。それはほんのささやき声にしかならなかった。

「いいや」ボーイが言い返す。「おれたちの家さ。それは認めてもらわなくちゃ。こっちに来て、反対側から見てみろよ。寝室の鏡に反射してるところを！」エーリックが動かないのを見て、ボーイは腕を摑んだ。

「触るな！」エーリックが叫んだ。

「何言ってんだよ」ボーイはエーリックの背中を叩いた。するとエーリックは軋んだような小さな叫び声を上げた。木工台の上を手で探り、暗がりの中で工具を一本摑む。手に硬く冷たい感触がある。そしてボーイに飛びかかり、やみくもに殴りかかった。手動ドリルが相手の耳に当たり、肩のほうにそれた。ボーイが人形の家のほうに身をかわすと、家が一瞬傾き、台の上で揺れながら元に戻った。灯台の光は回転を続けている。ボーイは家の向こう側に逃げこむと、わめいた。「やめろよ！　頭がおかしくなったのか！」

一歩一歩、エーリックがボーイに詰め寄る。目がよく見えない。回転する灯台の光が部屋を歪め、知らない部屋みたいだった。よろける。ボーイはいつの間にか静かになっていた。

「お前がどこにいるかはわかっている」エーリックは言った。「人形の家の陰に隠れているんだろう」そして手動ドリルを握りなおすと、さらに近寄った。「さあいくぞ。今度は外さないからな」

「やめてくれよ！」ボーイは隅に追いやられ、逃げられない状態だった。「一体何をしたいんだ！」

エーリックの身体が震えだした。今わかっているのは、こいつに一撃を加えなければいけないということだけ。一度——たった一度だけ。だが強い一撃を。眼鏡の具合がおかしかった。くるくる回り続ける灯台の光以外、何も見えない。「そのいまいましい光を消せ！」エーリックは叫んだ。

ボーイは微動だにしなかった。

「お前が見えるように消せ！　それとも塔を壊してやろうか！」エーリックは相手に一歩近づいた。「さあ、お前を壊すか塔を壊すかだ」エーリックはもう立っていられないほど震えていた。そしてまた繰り返す。「なあ、お前を壊そうか？　そうしてほしいのか?」

「やめてくれ」ボーイが答えた。「お願いだ」

エーリックは眼鏡を外した。邪魔だったのだ。曇ったせいで視界が遮られていた。しかし眼鏡を外してポケットに入れるという日常的な行動が、説明はつかないものの、すべてを変えた。

エーリックは大きな疲労感に襲われた。

「天井の明かりをつけてくれないか？　なんだか眼鏡がおかしくなってしまったらしい」

部屋が明るくなると、エーリックは手動ドリルを木工台に置いた。ボーイはそっと耳を触って、手を見つめた。「血だ。血が首のほうまで流れてる」

エーリックは床に座りこんだ。気分が悪かった。

二人にも、玄関のドアが閉まる音が聞こえた。間もなくアレクサンデルが姿を現し、寝室の入り口で立ち止まった。「一体全体、きみたちどうしたんだ」

「エーリックに襲われた」ボーイが言った。「見てくれ、血が」

「エーリックに?」アレクサンデルが声をかけた。「エーリック、なぜ床に座りこんでるんだ？　眼鏡はどうした」

「ポケットの中だ。気分が悪い」

「何をしたんだ」

「わからない。だが、わたしたちの塔は救ったぞ。壊されずにすんだ」エーリックはそう答えた。

アレクサンデルはタバコの箱をゆっくり開けると、一本取り出して火をつけた。「やあ、回ってるじゃないか」そしてボーイに向きなおった。「ボーイ、きみはさすが電気のプロだな。これで完璧だ。こんなのは今まで一度も建てられたことがないだろう——エーリックとわたしの家のようなのは」

# 軽い鞄ひとつの旅

Resa med lätt bagage

1987

ついに舷梯《タラップ》が引き上げられたときに感じた、果てしない安堵――それは到底言葉にはできない。それでやっと安心できたんです。いや実際には、誰の声も届かないくらい船が埠頭から離れてからか。住所を訊かれたり、何か恐ろしいことが起きたのを知らされたりする可能性がなくなって、やっと。ぞくぞくするような解放感がどれほどのものか、あなたには想像もつかんでしょうね。ぼくは上着の前を開け、パイプを取り出した。手が震えて火がつかない。それでもパイプを口にくわえたのは、そのポーズのおかげで周囲と距離をおける気がしたから。街が視界に入らない船首の先まで行って、そこで手すりにもたれた。誰が見ても羨ましくなるような、屈託のない旅行者を気取ってね。空は薄いブルーで、気まぐれな小さい雲が楽しげにさまよっている。ああ、これで何もかも終わった！　すべては過去。過ぎ去ったこと。もうなんの意味ももたない。あれもこれも、誰も彼も、重要ではなくなった。電話が鳴ることはないし、手紙も来ないし、玄関の呼び鈴も鳴らない。ああ、ぼくがなんの話をしているのか、わからんでしょうな。いや、どうでもいいことなんです。ただ、できる限りのことはちゃんと処理しておいたと言いたかっただけで。細かいところまで、きっちり片づけてきたんですよ。手紙も、どうしても書かなければいけないものは書いておいた。そう、昨日のうちにすませておいたんです。理由は説明せずに急に旅立つことだけ知らせ、そんな行動をとることの言い訳も一切しなかった。結構大変で、丸一日かかりましたよ。もちろん、どこに向かうかも書かなかったし、戻る時期を匂わせることもしなかった。だって、戻るつもりなんてこれっぽっちもないんだから。植木は管理人の奥さんが水をやってくれることになった。どれほど手をかけてもちっとも溌剌としない、元気のない植物たち。見るたびに不快な気分になっていたところだった。ああ、やっともうあれを見なくてすむんだ。

鞄に何を入れたかは、あなたも興味があるかもしれませんね。必要最小限のものだけにしたんです。軽い鞄ひとつで旅をするのが夢だったから。小さな鞄をおもむろに肩にかけて、足早に――といっても慌てているわけじゃなく、飛行場のターミナルなんかを闊歩する。緊張しながら重いスーツケースを引っ張る大勢の人の間をすり抜けてね。今日こそ、生まれて初めて本当に必要な物だけを持って旅に出たんです。先祖代々の家宝を前にしても、ぼくは躊躇しなかった。すっかり愛着の湧いた品々も――それは人生にちりばめられた感情のかけらでもあったけれど――いやいや、そんなのいちばん要らないから！　そういうわけで、ぼくの旅行鞄はその心と同じように軽く、ありふれたホテル泊に必要な物だけを入れてきたんです。

アパートについては一切の指示を残さずに出てきたけど、掃除はしておいた。それも、かなり丁寧に。実は掃除はすごく得意でね。最後に電気を切り、氷式冷蔵庫の扉を開けておいた。そして電話線を抜いた――それが最後の最後、決定的な瞬間だった。これであいつらとはもうなんの関わりもなくなった。そういえば、その間じゅう電話は一度も鳴らなかったね。これは幸先がよさそうだ。だって一本もかかってこないなんて。あいつらのうち、一人もかけてこなかった。あいつら——いや、今はその話はしたくない。あいつらのことなんて、もう気にしなくていいんだから。そう、一瞬たりともぼくの頭の中に存在させてやるものか。とにかく、ぼくは電話線を抜いた。そして、大事な書類がすべて札入れに入っているかどうかをもう一度確かめた。旅券、切符、旅行小切手、年金受給者証。それから窓辺に行って通りを見下ろし、角にタクシーが並んでいるのを確認してから玄関を出て、鍵は郵便受けから中に放りこんだ。昔からの習慣で、エレベーターは使わない。嫌いなんです。階段を四階まで下りたところでつまずき、慌てて手すりを摑んだ。しばらくそこに立ちつくし、全身に熱いものが広がるのを感じていた。だって、考えてもみてください。本当に階段から落ちていたら、脚をくじいたり、もっと大変なことになっていたかもしれない。そうしたら、何もかも台無しだ。致命的。もう取り返しがつかない。また意を決して一から出奔に備えるなんて、考えられないのだから。タクシーに乗ると気分が高揚してきて、運転手に勢いよく話しかけ、今年はすでに春の陽気ですねなんて言ったり、タクシー運転手という職業について根掘り葉掘り質問したりもしたが、ほとんど答えが返ってこなかったので、これはいかんと思い直した。これはまさに、もうやめようと思っていた行為じゃないか。今後は、誰にも一切興味をもたない人間になると決めたのに。そのタクシー運転手の人生の問題は——問題を抱えているとしてだが——ぼくが気を揉むことではないのだ。タクシーが港に着いた。まだだいぶ時間が早かったが。運転手が鞄を運んでくれたので、ぼくは礼を言って多すぎるほどチップを渡した。なのに笑顔が返ってこなかったので少し腹が立ったが、切符を確認した係員はとても感じがよかった。

とにかく、ぼくの旅は始まったんです。しばらくすると甲板はひんやりしてきた。あまりひと気がないので、他の乗客は食堂へ向かったのだろう。ぼくはというと、おもむろに自分の船室へ向かった。しかし船室に着いてみるとすぐに、ここでは独りになれないことを悟った。というのも、片側の寝台にコートと書類鞄と傘が置かれていたからだ。床の真ん中にはエレガントな旅行鞄がふたつ。ぼくはそれをそっと端に寄せた。一人部屋にしてくれというのはもちろん事前に要請して――いや、正確には所望して――おいたのに。ぼくにとって、独りで眠るのはとても大事なことだったし、特にこの旅においては、なんの邪魔もされずに新しい自由を味わうという意味でも重要だった。でもパーサーに苦情を言いに行くなんて論外だ。どうせこの船は満室で――とでも言い訳され、手違いがあって申し訳ないと謝罪されるだけだ。万が一その手違いを正してもらえたとしても、今度は同室だった人が今頃椅子席で寝ているのだということが一晩じゅう頭から離れず、一睡もできないだろう。その人の洗面用具は実に高級そうだった。特に水色の電動歯ブラシと、A.C.というモノグラムの入ったグルーミングキットが目を引いた。ぼくも自分の歯ブラシや、禁欲的に考えてもさすがに必要だろうと思って持ってきた物を出して、寝間着を空いているほうの寝台に置き、お腹が空いているかどうか考えてみた。しかし、食堂の混みようを想像しただけで嫌になり、夕食は抜いてバーで一杯やることに決めた。夕方早い時間とあって、バーは客がまばらだった。ぼくはバーカウンターの背の高いスツールに腰かけ、中央ヨーロッパならどこのバーにもあるような、伝統的なメタルのレールに足を置いた。そしてパイプに火をつけた。

「ブラック&ホワイトをいただけますでしょうか」ぼくは飲み物をオーダーし、軽くうなずいてバーテンダーからグラスを受け取り、今は話したい気分じゃないというのを態度で示した。そしてこの旅の意義《イデー》について思いを巡らせた。何に縛られることもなく旅に出ることについて。残してきた物になんの責任もないし、目の前に広がる未来を準備することも見通すこともできない。そこに存在するのは大いなる自由だけ。それでは今までの旅はどうだったかと、ひとつひとつ記憶をたどってみた。すると驚いたことに、自分は一度も一人旅をしたことがないのに気づいた。いちばん初めは母との旅行。マヨルカにカナリア諸島。それからまたマヨルカ。母が亡くなると、いとこのヘルマンとリューベックやハンブルクに旅をした。いとこは美術館にばかり行きたがり、そのくせ行くと落ちこんだ。結局一度も絵の勉強をさせてもらえなかった過去を、いまだに乗り越えられていないのだ。だから全然楽しい旅行じゃなかった。それからヴァールストレーム夫妻との旅行。あの二人は当時離婚すべきかどうか悩んでいて、旅行するなら三人のほうが気楽だと思ったのだろう。あのときはどこへ行ったか……ああそうだ、ヴェネツィアだった。あの二人は毎朝けんかをした。そう、あれも全然いい旅行じゃなかった。あとは？　レニングラードへの団体旅行。あそこは恐ろしく寒かった。それから、気分転換はしたいが一人で旅をする勇気のないヒルダ叔母さんと。でもたかだかマリエハムン〔フィンランドとスウェーデンの間に位置する島で、フィンランドの自治領〕までだった。海洋博物館に行ったのは覚えている。わかってもらえるかな、これまでに経験した旅を頭の中で反芻していくうちに、ぼくの行動につきまとっていたかもしれない躊躇がすべて消えたんです。ぼくはバーテンダーに向かって言った。「もう一杯、お願いします」そして、心からくつろいだ気分でバーを見回した。客が増えている。満腹になり楽しげな人たちが、自分の席にコーヒーやカクテルを注文したり、バーカウンターに座るぼくの周りで押し合ったりしている。基本的にぼくは人の群れが大の苦手で、可能な限り近づかないようにしているんですけどね。バスや路面電車も苦手で。でも今夜ばかりは、大勢の中の一人になるのが楽しくて、ほっとするほどだった。人付き合いも悪くないんじゃないかという気にさえなった。葉巻をふかした年配の紳士が控えめな仕草で、ぼくの前にある灰皿を使いたいと伝えてきたときなど、「もちろんですとも」と答えてから、あやうく自分の気の利かなさを謝るところだったが、すんでのところで思い留まった。そういうのはもうやめにしたんだから。だからぼくはごく事務的に、多少そっけなく、男性のほうに灰皿を押しやり、並んだ酒瓶の後ろの鏡に映る自分をのんびりと眺めた。バーってものには、なんだか独特な雰囲気があると思いませんか。偶然と可能性が存在する場所。〝やったほうがいいこと〟と〝やるべきこと〟の間を通る険しい人生の道に現れる避難所のようなもの。でも誓って、ぼくは普段はあまりバーには来ないんです。今こうやって鏡を見つめていると、急に自分の顔がわりと好感のもてるものに思えてきた。これまで、時とともに変化した自分の顔を観察する余裕もなかったのかもしれない。細面で、ちょっとびっくりするくらい美しい瞳。髪は確かに白髪だが、風流なまでに豊かだ。額にかかる髪が、ある種の表情を与えている。なんだろう……不安そうな警戒？　それとも用心深い気がかりの表情？　いや、単なる警戒心か。グラスを空にすると、急に人と会話したい欲求に駆られたが、自分を押し留めた。いや、でもこれはついに、人の話を聴くのではなく、自由奔放に自分の話をさせてもらういい機会なのでは？　とあるバーに居合わせた男同士。そんな相手に、ついでみたいに、例えば自分が郵便事業に甚大な貢献をしてきたことを打ち明ける――いや、そんなの絶対によくない。謎めいた存在でいるほうがいい。相手と打ち解けるのではなく、かすかにほのめかす程度で……。

わたしの左では、若い男が非常に落ち着かなげな様子で座っていた。ひっきりなしに体勢を変え、椅子の上であっちへこっちへ身をよじり、バーの中で起きるすべての事象を注視している。だからわたしは右の男に話しかけた。「やあ、ずいぶんな混みようですね。船旅自体は穏やかなものになりそうだが」右隣の男性は灰皿で葉巻をもみ消すと、この船は満員で、今のところ風速は八メートルだが、夜にはさらに風が強くなるらしいと教えてくれた。ぼくは彼の端的で落ち着いた話し方が気に入り、心の中でこの人は定年退職者なのだろうか、なぜロンドンに向かっているのだろうかと考えた。言っておくが、そんなことに興味をもったのには我ながら驚いた。というのも、他人への好奇心や同情というものにはすっかり疎遠になっていたから。それは嫌悪を催すような、なんとしてでも避けたい感情だ。悩みを話すという抗いがたい衝動を、周りの人たちに促すことだけはしてはいけない。だってぼくは、もう充分すぎるほど知っているんだから。長い人生で、たいていの悩みは聴いてきた——自分のせいでね。でもさっきも言ったとおり、ここはバーだし、ぼくは新しい自由へと旅立ったのだ。なのに、軽はずみな行動をとってしまった。

右隣の男性が訊いた。「ロンドンにはご旅行で？　お仕事ですかな？」

「いえ、船旅が好きで」

男は好意的にうなずいた。鏡に映る彼の顔は重々しく、疲れた目に垂れ下がった口髭、くたびれた顔だった。上品な雰囲気で、高級な装いがいわゆる中央ヨーロッパ風——ぼくの言う意味がわかってもらえるなら——に見えた。

「若い頃に知ったんだが」男は言った。「常に船旅をして暮らすのも可能なんですよ。食事を入れても、都会に住むよりずっと安い値段で暮らせる」

　ぼくは感心して相手を見つめ、次の言葉を待ったが、彼はそれ以上何も言わなかった。どうやらありがたいことに、この男は他人を信用するタイプではなさそうだ。柔らかな音楽が、天井のどこか上のほうから絶えず聞こえてくる。人々の話し声はますます活気づき、グラスを満載した盆が、感動するような速さと正確さでテーブルの間を運ばれていく。ぼくは考えた。今自分は旅の経験が豊富な男と話をしている。最高の人生を享受し、発言をわきまえている男だ。そのときだった。男が札入れを取り出して、家族と犬の写真を見せてきたのは。危険信号が灯った。鋭い落胆がぼくの胸を刺した。でも、ぼくの旅の連れが他の人たちと同じように振る舞って何が悪い。今のぼくを打ち負かせるものなど何もないのだ。だからぼくは写真を見つめて、ありふれた褒め言葉を並べた。奥さん、子ども、孫、それに犬。格別に元気そうなこと以外は、だいたいどこの家とも変わらない。男はため息をついた。この騒音の中でもちろん音は聞こえないが、広い肩がため息に上がって下がるのが見えたのだ。何もかもうまくいっているわけではないのが明らかだった。

　そう、結局は皆同じなのだ。今まで出会った中でいちばん上品な、金のライターで葉巻を吸い、自宅にプールがあってその前に家族が勢ぞろいするような旅行者——この男でさえも！

ぼくは慌てて、まず頭に浮かんだことを話しだした。軽い旅行鞄ひとつで旅することの利点を。

そして、すぐに切り上げようと心に決めた。つまり、唐突に思われない程度に、可能な限り早く。そろそろ引き上げるつもりだというのを示すために、ぼくは船室の鍵を手に取り、自分のグラスの脇に置いてバーテンダーの注意を引こうとしたが、もちろんうまくいかなかった。カウンターの混みようはますますひどくなり、客たちは苛立って声が大きくなり、気の毒なバーテンダーは狂ったように働いていた。

「ブラック&ホワイトをふたつ」とぼくの旅の連れが言った。抑えた声なのに、落ち着きと威厳があり、即座に効果を発揮した。男は重いまぶたをぼくに向け、グラスを上げた。ああ、もう逃げられない。

「やあ、すみませんね」ぼくは言った。「嬉しいな、寝酒か。だってもう結構な時間だから」

「気にしないでくれ、ミスター・メランデル。わたしはコノーです」彼はそう言って、自分の船室の鍵をぼくの鍵の隣に置いた。

「いやまったく、信じられないような偶然だ！」ぼくは思わず声を上げた。心底嫌な気分で。

「とんでもない、きみが船室を出ていくのが見えたからね。鞄にはきちんと名札がついていたし」

そのとき突然、左にいるあの若い男がぼくにぶつかってきた。カウンターに身を乗り出して、けんか腰でキューバ・リブレを要求している。これで三回目なのだ。しかし、誰も彼もが我先にとバーテンダーに話しかけていた。まったくありがちなことだ。こういうシーンは今まで何度も……。コノー氏は冷やかな目で若造のほうをちらりと見た。「そろそろ引き上げたほうがよさそうですな」でも、ぼくの安堵はコノー氏の次の言葉でかき消された。「船室に戻ればウイスキーがありますから。夜はまだ長い」

どうすればよかったんでしょうか。夕飯がまだなので、とでも言えばよかった？　そんなことをしても、この男は船室で待ちかまえているはず。立ち上がったコノー氏は迫力のある頑強な身体つきで、背中が石のように固い決意を放っていた。ぼくは当然、勘定は半分払うつもりでいたが、コノー氏は手を振ってそれを却下し、バーの出口へと向かった。ぼくもそれに従い、一緒に満員のエレベーターに乗りこんだ。船内はどこもかしこも黒山の人だかりで、スロットマシンの周りに群らがったり、階段に座りこんだり、子どもが叫び声を上げながらあっちへこっちへ走り回ったりしていた。ぼくは久々に群集恐怖症を起こし、やっと船室に戻れたときには頭のてっぺんから爪先まで震えていた。コノー氏は自分の鞄を移動させ、ウイスキーの瓶を取り出すと、窓の下の小さなテーブルに置いた。銀のコップもふたつ持参していた。彼が座ると寝台がみしりと音を立て、ずいぶん貧弱で幅が狭いように感じられた。船室は一等で――それは、独りになれるはずだった今回の旅のための贅沢だったのだが――カクテルキャビネットがついていた。エレガントな小さい棚の中に、ソフトドリンクやポテトチップス、塩のかかったナッツなどが入っている。ぼくはその扉を開けた。

「だめだ」コノー氏が言った。「ヴィシー〔フランス産の微炭酸ミネラルウォーター〕なんて飲むもんじゃない。スコットランド人のように、水でウイスキーを飲みたまえ。わたしの父はスコットランド出身だった」

ぼくは慌てて洗面所に入り、歯磨き用のコップに水を満たした。そのときに敷居でちょっとつまずいた。珍しいほど高い敷居だったのだ。

「氷は？」ぼくは訊いた。

コノー氏は首を横に振った。そしてウイスキーにわずかに水を入れると、後ろにもたれて黙りこんだ。ぼくの船旅は急に様相を変えた。平和はどこかへ消えてしまった。

この男はあと数時間は寝るつもりがない。ぼくにはその確信があった。

「きみに《トゥー・ユー》」コノー氏がコップを掲げた。「すべては繰り返す」

「あなたに《トゥー・ユー》」ぼくもコップを掲げた。

「旅行、旅行で行ったり来たり。だが、どこに着くかはわかりきっている。毎回そうなんだ。家に帰ってはまた出かけ、出かけてはまた家に帰る」

「必ずしもそういうわけでは……」ぼくは反論しようとしたが、「例えばこういう事例もある」とまで言ったところで相手に遮られた。ぼくが言おうとしたのは、少なくともぼく自身は最終的にどこにたどり着くか予測もつかないし、ホテルも予約していないということだった。自分の新しい自由、そしてちょっぴり大胆な一面を相手に見せたかったのだ。しかし相手はすでに自分の悩みを話している最中だった。奥さん、子ども、孫、家、それにどうやらすごく悲劇的な状況で死んだ犬。ぼくは完全にスイッチを切った。生まれて初めてかもしれない。こんなに手際よく同情という恐ろしい感情を遮断したのは。それは、ぼくや周囲の人々にあまりにひどい迷惑をかける感情——そう、ひどい迷惑だと言わせてもらおう。これで、なぜぼくが旅に出たのかわかったかもしれませんね。ぼくの疲労の程度がいかほどのものだったか感じてもらえるかもしれない。常に誰かを気の毒だと思ってしまうことに、へどが出そうなほど疲れきっていたんだから。

そりゃあ確かに気の毒は気の毒なのだが。誰だって内なる秘密を引きずっているものだ。乗り越えられていない出来事、落胆、なんらかの不安や恥。そしてぼくの匂いを嗅ぎつけるや否や……。そう、彼らにはわかるのだ。ぼくを嗅ぎ出すことができる。だからぼくは逃げ出した。

コノー氏の話を耳半分で聞き流しながら、心の中に今まで感じたことのない怒りがこみあげた。ぼくはコップの中身を飲み干すと、乱暴に相手の話を遮ってやった。「で、あなたは何を待ってるんです。どう考えても、あなたがご家族を甘やかしすぎたせいだ。でなけりゃ、怖がらせて遠ざけた。家族を自立させ、やりたいことをさせてやりなさい！」ウイスキーのせいだったのかもしれない。とにかく、有無を言わさずこう言ってやった。「こだわるのはやめなさい。家族全員に対してだ。なんだったら家も!」でも相手はまったく聴いちゃいなかった。それどころか、また札入れから写真が出てきた。

人の悩みというのは、いつも似たような顔をしているように思う。特に、なかなか解決しない日常的な問題というのは。雨漏りがしているわけでも、食べる物がなくて困っているわけでも、生命の危険にさらされているわけでもない。ぼくの言いたいことをわかってもらえるだろうか。ぼくが見てきた限りでは、明らかな大惨事以外は、不幸というのは単調な繰り返しであることが多い。男もしくは女のほうが浮気をするか、相手に飽きてしまう。仕事への熱意が尽きてしまう。それ以外にも、野心や夢という風船が割れてしまうこともある。時間があっという間に流れてしまう。家族の態度が理解不能だったり、恐ろしかったりする。ほんの些細なことで、友情が壊れてしまう。どうでもいいことに必死に取り組んでいる間に、取り返しのつかないことが起きてしまう。義務と責任に少しずつ身を削られていく。そのすべてが、よくわからないままに〝精神的な不安〟というラベルを貼られ、その苦痛をきちんと定義するための時間も勇気もない。ぼくは知っている。生きるのが辛い理由は数えきれないほど存在するし、それはすでに見てきた。しかも必ず戻ってくる。様々な苦痛が、それぞれの箱にきちんと納まった状態で。ぼくはすっかり見慣れているわけだから、正しい答えを見つけられてもいいはずなのに、見つけられていない。そこには役に立つ答えなど存在しないのだ。そんなもの、あると思います？　だから仕方なく、相手の話に耳を傾ける。ところで、誰も解決策など見つけようとはしていない。ただ自分の話をしたいだけで。また戻ってきて、同じ話を繰り返す。聴いてくれる相手を、絶対に手放そうとしない。そして今ぼくはコノー氏と二人きりで船室に座り、相手を気の毒に思わないよう必死に努力している。かなり長い旅になりそうだった。

そのときコノー氏は、周囲から理解されなかった子ども時代のことを語り続けていた。大きくではないが、船が揺れだした。ぼくは船酔いには絶対にならないのに、はっきりとこう言ってのけた。「ミスター・コノー、ぼくはちょっと気分が悪くて……」

「ミスター・コノーなんてやめてくれ。アルベットだ。そう呼んでくれと言わなかったかな？　つまりだ、この不安が……」

「アルベット。悪いが、甲板に出てくる。新鮮な空気を吸いたいんだ。気分が悪くて……」

「そんなことなら、簡単に解決できる。ウイスキーをストレートで飲みたまえ。今すぐにだ。それに、新鮮な空気ならいくらでも吸わせてやろう」コノー氏は船室の窓に摑みかかった。船の窓というのは一体どんな工具を使ったのかと思うほど固く締めつけられているものだが、コノー氏はなんと窓を開けることに成功し、ぼくは海水の混ざった氷のように冷たい空気に攻撃されて心臓が止まりそうになった。カーテンが水平に流れ、ぼくのコップは床に転がり落ちた。

「悪くない」コノー氏が言った。「これで一気に気分がよくなっただろう。どうだ？　なあ、わたしは昔、ボクサー志望だったんだ。ああ、きみはずいぶん具合がよくなったようだな」

ぼくは上着を取りに行った。

「アルベット。あなたはどんなお仕事をなさってるんです？」

「商売だ」コノー氏はそっけなく答えた。その質問にまた気分が落ちこんだのは明らかだった。長い沈黙が流れた。ぼくたちは乾杯し、テーブルはときどき潮水のシャワーを浴びた。酒におまけの水が入ったと冗談を言おうとしたとき、恐ろしいことに気づいた。コノー氏の目に涙が浮かんでいたのだ。顔が歪み、こんな言葉が洩れた。「きみにはわからんだろう。わたしの気持ちなど、わからんよ……」

最悪なのは、泣かれることだ。そうなればもうお終い。ぼくはなんでも請け合ってしまう。永遠の友情でも金でも（今回はもちろん違うが）。自分のベッドを明け渡したり、もっとも不愉快な任務を引き受けてしまったり。しかも泣いているのが大の男ともなれば……。ぼくは寝台から飛び上がり、必死になって、なんでもいい——ナイトクラブでも、プールでも、なんでもいいから誘ってなぐさめようとしたが、船が揺れてバランスを崩してしまい、そのままコノー氏のほうに倒れた。彼は溺れかけた人のようにがっしりとぼくにしがみつき、その大きな頭を肩にもたせかけた。なんてこった。ぼくの体勢は、いろいろな意味で、非常に不快だった。

さすがに今までこんな目に遭ったことはない。ちょうどそのとき、不幸中の幸いで船が大きく傾き、窓から大量の海水が入ってきた。コノー氏は稲妻のような速さでウイスキーの瓶を救うと、なんとか窓を固く締めつけようとした。ぼくは廊下に飛び出し、やみくもに逃げた。騒がしい船内を走り回り、完全にエネルギーが切れてやっと立ち止まった。そこは人がまばらで、静寂が流れていた。開いたままの扉の中を覗きこむ。ああ、ここは椅子席だ。部屋じゅうに低い椅子が並んだ大部屋。その椅子のほとんどが、就寝のためにもう倒されていて、乗客の多くがすでに毛布をかぶって眠っていた。ぼくは中に入るとそっと毛布を取り、いちばん壁ぎわの椅子に身体を横たえた。素晴らしい、眠れるなんて。すべてを忘れ、沈黙に包まれて——。ひどい頭痛がして、服もかなり濡れていたが、そんなことはどうでもよかった。ちっともかまわない。ぼくは頭から毛布をかぶると、完全なる無関心という安らぎの中に消えていった。

目を覚ましたとき、自分がどこにいるかまったくわからなかった。誰かがぼくから毛布を引き剝がそうとしていて、これは自分の椅子だと繰り返している。座席番号三十一番はあたしの席です、と。切符もあるとか。ぼくは混乱したまま起き上がり、反射的に謝った。いやこれはまったくの誤解でして。暗かったものだから。本当にすみません……。

「そうでしょうよ」女性は不機嫌に言った。「誤解にはうんざり。いつもそればっかりなんだから」

頭痛がますますひどくなり、ぼくは激しく震えていた。見渡す限りどの椅子もすでに人が眠っていたので、ぼくはなすすべもなく床に座りこみ、首の後ろをもんだ。

「あんた、切符はないの？」女性が厳しい声で訊いた。

「ええ」

「失くしたの？　船は満席だよ。ここも」

ぼくは黙っていた。床になら寝かせてもらえるだろうか。

「どうしてそんなにびしょ濡れなの」女性がさらに訊いた。「あんた、ウイスキーの匂いがするね。うちの息子のヘルベットもウイスキーを飲むんだ。一度なんて、湖に落ちてね」女性はこちらを見つめながら、さっきまでぼくが使っていた毛布をあごまで引き上げた。痩せて小柄な、白髪の女性だ。よく日に焼けて、鋭い小さな目をしている。帽子が足元に置かれている。

「あそこにあたしの旅行鞄があるんだ。できたらこっちに持ってきてもらえないかね。こういう場所では、荷物はすぐそばに置いておくのがいちばん。ケーキの箱に気をつけておくれ。息子へのお土産なんだから」

それからさらに人が入ってきて、白分の席を探していた。船はかなり揺れ、少し離れたところで船酔いした人が袋を握りしめている。

「ロンドンにさえ着けばなんとかなる」老婆は旅行鞄を引き寄せながら言った。「ヘルベットが今どこにいるか突き止めればいいだけだ。どこに行けば住所を調べられるか、あんた知ってるかい？」

「いいえ。でももしかするとパーサーが……」

「朝まで床で寝るつもりなのかい」

「ええ。すごく疲れてるんです」

「わかるよ」それから付け加えた。「ウイスキーは高い」さらにまた少しして「夕食は食べたのかい？」

「いいえ」

「そんなことだろうと思った。グリルレストランがあったけど、あたしには値段が高すぎてね」

ぼくは床の上で丸くなった。上着のボタンを留めて眠ろうとしたが無理だった。この人は息子の住所もわからないのに、一体何を考えてロンドンに向かっているんだ？　上陸時に止められるに決まってるじゃないか。船から下りるためには、現地に身元引受人がいることと、一定の金額を持っていることを証明しなければいけない時代なのだ。まったくこの婆さんはどこの田舎から出てきたんだ。息子のためにケーキまで焼いてくるとは。こんなどうしようもない、ありえないことをする人がいるなんて！

しばらく眠ったが、また目が覚めた。老婆は椅子の端から腕を投げ出して、いびきをかいている。その手には疲労がにじんでいた。よく日に焼けた皺だらけの手に、太い結婚指輪がはまっている。今は部屋のあちこちに嘔吐している人がいて、ひどい臭いだった。ぼくは甲板に出ることにした。さっき昔の嫌悪感がよみがえったエレベーターは使わずに階段を上り、まだ食事している人がいるグリルレストランを通り過ぎ、一瞬躊躇してから大きなサンドイッチをいくつかとビールを一本買った。それからまた階段を使って下り、見事に元の場所に戻ってきた。

例の老婆は目を覚ましていた。

「あらまあ、ご親切に」彼女はそう言って、即座にサンドイッチにかじりついた。「あんた、半分食べないのかい?」しかしぼくはもう空腹を感じておらず、そこに座ったまま、この人がロンドンで上陸するためにはいくらぐらい必要だろうかと考えていた。困り果てた旅行者の世話をしてくれる、キリスト教系のホテルなんかはないのだろうか。とにかくパーサーに伝えなくては。パーサーなら……。

「あたしの名は、エマ・ファーゲルベリですよ」老婆が言った。

隣の人が、毛布から顔を出した。

「うるさい!　眠れないじゃないか」

老婆は枕の下からハンドバッグを取り出した。「あんたはとても親切にしてくれたから」エマ・ファーゲルベリ夫人は小声で言った。「息子の写真を見せようかね。ヘルベットはこんなに可愛かったんだ。そう、これは四歳のとき。ちょっとピントが合ってないけども。他にもっといい写真が……」

# 砂を降ろす

Lossa sand

1971

砂荷船が岩に着岸し、セメントの袋が陸に投げ降ろされていく。それから今度は砂を降ろし始めた。手押し車を押す役には、力持ちの男を用意したようだ。その男が何度も何度も、手押し車を押して往復する。初めはゆっくり、それから大股の重い足取りで長い木の板をたわませていく。岩に着くとぐいっと手押し車を押し、車輪を次の板にのせる。あとは勢いよく板を駆け上がり、中身を地面に空ける。砂が流れ落ちる間、男は海のほうを向いて髪をくしゃくしゃっとやる。このすべてがなんでもないこと、ただ楽しいからやっているとでもいうように。背中と腕が日差しに輝いている。ズボンは身体にぴったりしていて、頭の脂ぎった小さな帽子はたまたま髪に舞い下りた一葉のようだった。最後に片腕を伸ばし、手押し車をゆすって空にし、それから傾けて一気にくるりと回すと、またがらがらと音を立てて岩から船へと下りる。手押し車が板の上を進んでいる間は、彼の軽快な足音しか聞こえてこない。それから船の手すり越しに唾を吐く。この世界全体を有しているような態度、だけどそんなことまったくどうでもいいみたいに。他の男たちが彼のために、砂の入ったドラム缶をウインチで引き揚げ、中身を空ける。彼はなんて素晴らしいんだろう。

少女はセメント袋が積み上がった脇に立ち、その様子を見つめていた。宙返りして海に飛びこめるようになって以来、取り立てて面白いことは何も起きなかったのに、今度は何もかもが一気に起きてしまうみたいだった。船からは砂を降ろしているし、海中ではダイナマイトを爆発させている。ふたつの場所に同時にいることはできない。そんなの不可能だ。初めは全然何も起きなくて、今度はどちらか選ばなきゃいけないなんて。人生って大変だ。

時間を無駄にしたくないのと別荘を独り占めしたいので、少女は朝四時に起きた。朝日が壁や床に新しい線を引いている。その日もう二度と戻ってはこない線だ。まだ眠っている家は早朝の光に溢れ、夏の壁はニスを塗った黄色で、ひたすら静寂に包まれている。サンルームの窓を開けると、カーテンが大きなゆっくりした動きで内に向かって膨らみ、外の冷たい空気が感じられた。パントリーには、ミートボールが二個しか残っていなかった。少女はそれを素早く皿のふちから口の中へ転がし、固まったソースも舐めた。さらに、ステンレスの箱からパンを一切れつまみ出した。

庭は朝の匂いがした。ひんやりして期待に溢れた香り。砂利は濡れていて、足が痛かった。一歩一歩、少女は別荘から離れていく。走りながら、パンをかじりながら、海岸へと、そして岩の上を進んでいく、正確に、ひとつ跳んではツーステップ。その間じゅうずっとパンを食べながら。

男が体勢を整えて、また板の上で手押し車のバランスを取った。四歩目で速度を変え、大股でぐらぐらと走りだす。それからぐいっと押し、岩の上を進む間はかちゃかちゃという硬い音が響く。新しい砂が波のように流れ、男は海のほうに顔を向けた。

少女はセメント袋の後ろに立ったまま、その男のことがどうしようもなく羨ましかった。やるなら今だ。今やらなければ、もう二度とできない。少女は船まで走っていくと、腰を屈めて貨物室の中へと叫んだ。「あたしにも、手伝わせてもらえませんか！」声が割れてしまい、恥ずかしくなった。

中の暗闇には二人のおじさんがいた。彼らは答えなかった。一度だけ顔を上げたものの、またショベルで砂を掻き続ける。ドラム缶はもう満杯に近かった。少女は甲板に座り、おとなしく待った。手押し車の男が戻ってきて、また砂が手押し車に注がれる。男はそれから二度戻ってきたが、少女は彼のほうを見る勇気がなかった。三度目に、おじさんたちが貨物室に入れてくれた。

ドアを閉めたみたいに昼間の光が消え、広い空間は濃く冷たい影の中にあった。ドラム缶がまた下ろされてきた。少女は砂にショベルを突き刺し、自分にできる限りの速さで持ち上げたが、他のショベルとぶつかって金属音が響き、手に焼けつくような痛みが走った。「リズムだ」おじさんが言った。「動きをよく考えろ」少女はおとなしく待ち、男二人がドラム缶を満杯にしてまた引き揚げる間、考えていた。砂を掻くのは、飛び石の上を渡るのと似ている。テンポよく、動きが全部ぴったりじゃなきゃいけない。それなんだ。絶対にタイミングを外しちゃいけない。あの手押し車の男のように。ドラム缶がまた下りてきた。少女はショベルを砂に突き刺し、持ち上げ、ぴったり自分の番に振り、他の二人とテンポを合わせながら空にした。三本のショベルが貨物室の薄闇の中で三拍子に光る。完璧だった。足が湿った赤い砂に深く沈んでいく。ドラム缶がいっぱいになると、三人は同時に砂を掻くのをやめ、ショベルにもたれて休む間、ドラム缶が回転しながらウインチに引き揚げられていくのを見守った。上ではあの男が手押し車で行ったり来たりして、板を揺らしている。その後、何度も何度もドラム缶が下りてきた。船の竜骨《キール》の右側と左側から交互に。

ひとつめの爆発音は湾の中で轟いた。ああ、向こうにもいるべきだった――。あっちにもこっちにもいたいのに。いつもふたつのうちどちらかを選ばないといけないなんて、どうやって生きていけばいいの。

「二度目の朝飯だ」おじさんが言って、砂にショベルを投げ捨てた。

甲板に上がると、明るくて目を開けていられなかった。少女は手すりまで行くと、海に向かって唾を吐いた。まったく落ち着き払った様子で。そのとき、また爆発音が聞こえた。森の裾から水柱が立った。信じられないほど高く。長いこと空中に留まってから、やっと沈んだ。真っ白な柱だった。ちょうどそのとき、一列に並んだ白鳥が岸に向かって飛んできた。飛んでいる白鳥を見るのは初めてだ。しかも鳴いている――歌ってるじゃない！　またひとつ、水柱が空に向かって放たれ、鳥の列と交差した。長く感じられたその一瞬、青空に巨大な白い十字架がかかった。

少女は板の上を走った。軽い足取りで、木の板をたわませながら。ぐいっと身体の向きを変え、さらに走り続ける。セメント袋の脇を駆け抜け、森のほうへと。森は静かで、夏の暖かさに溢れていた。六月のすべてが萌え、美しい輝きを放つ雨のように降り注いでいる。でも沼のあたりには朝霧が立ち込めていた。少女はその涼しい霧に駆け入り、また暖かさの中に走り出て、またひんやりした中に入り、ヤチヤナギの濃い香りを抜けた。苔の上に倒れこむと、下敷きになったヤチヤナギがひしゃげて沼の水に浸かった。少女が幸せな大人になるのは、まだ途方もなく先のことだ。

# クララからの手紙

Brev från Klara

1991

親愛なるマティルダ

太古の昔に生まれたあなたの誕生日を忘れたからといって、傷ついているのですか。それは理不尽というものです。はっきり言わせてもらいますが、わたしのほうが三歳年下だからって、これまでずっとわたしに誕生日を祝ってもらって当然だと思っていたでしょう？　でも今回こそ言わせて。歳を取ること自体《An Sich》は、なんの自慢にもなりません。

神のお導きを待っているということですが、それもいいでしょう。でもお導きに預る前に、いくつかの悪い習慣について一緒に考えてみませんか。わたしも心当たりがないわけではないので。

ねえマティルダ、ひとつだけ覚えていてほしいのだけど、愚痴を言うのはできる限りやめておいたほうがいいですよ。でなければ、あっという間に手玉に取られてしまうから。あなたは驚くほど健康よね——その幸運に感謝なさい。だけど、愚痴を言っては周りの人たちの良心を痛ませるという才能をもち合わせてもいる。それに対して彼らは復讐する。天真爛漫になり、あなたを取るに足りないような存在として扱うことでね。わたしはそれを目の当たりにしたんだから。あなたが何を望むにしても——もしくは望まないにしても——大声で叫ぶわけにはいかないのですか。相手に活を入れるような言葉で揺さぶって、なんだったらちょっと怯えさせて。あなたにそれができたのは覚えてる。そうよ、あの頃は泣き言を言うことなんてなかった。

それから、夜眠れないという件ですが。昼間に八回も昼寝をするからではないですか？　ええ、わかりますとも。夜になると記憶が過去へと遡り、どんな小さな点も見逃がさずに、いちいち噛みついてくる。勇気がなくてできなかったこと、間違った選択をしたこと、機転が利かなかったこと、感情が湧かなかったこと、犯罪まがいにうっかりしてしまったこと。あらゆる不幸にあらゆる面恥《つらはじ》、取り返しのつかない愚かな発言――それも、自分以外の全員はもうとうの昔に忘れているのに！　夜こんなに遅い時間になってから明瞭な記憶力を授かるなんてひどいじゃない。それも遡る記憶なんて！

親愛なるマティルダ、あなたが難問にどう対処しているのか、返事に書いてちょうだいな。わたし、なんでも知ってますという顔をするのはやめるから。いやいや、そんなことしてないなんて言わないでよ。あなたがそう言ったんですからね。でもわたしはぜひとも知りたいのです。例えば、同じ人に何度その話をしたか思い出せないとき、どうしていますか？「だから言ったとおり……」とか「前にも言ったかもしれないけど」と前置きして切り抜けるの？　それとも、他にいい方法がある？　ただ黙っておく？

他の人たちの会話についていけないときは？　まともなコメントを考えている間に、話題がもう全然別のことに移ってしまっているときとか。どうせこの人たちは愚かな無駄話しかしないんだからと自分をなぐさめる？　そもそも、わたしたちに興味というものは残っているの？　好奇心は？　残っていると言って！
もし返事をくれるのなら、例のノアの洪水以前の万年筆は使わないでね。あれで書いた字は読みづらいし、時代遅れもいいところ。フェルトペンを買ってもらいなさいよ。ミディアムポイントの〇・五ミリ。どこにでも売ってるから。

あなたのクララより

追伸　フェルトペンで書いたものは四十年かそこらで読めなくなると、どこかで読んだ。それについてどう思う？　正直言ってせいせいするわよね。もしあなたが自伝を書くつもりなら──ほら、〝五十年経つまでは読むことを禁ずる！〟って（笑ってもらえるといいけど）。

親愛なるエーヴァルド
お手紙をいただき、本当にうれしい驚きでした。よくぞ思いつきましたね。

そうですね、わたしのほうもお会いできれば嬉しいです。あなたの言うとおり、最後に会ったのはかなり前のことですから。六十年前くらいでしょうか。

いろいろ素敵なことを書いてくださってありがとう。でも、ちょっと褒めすぎじゃありませんか？　まさかもうセンチメンタルな年頃になってしまったの？

バラの栽培はとてもいい考えだと思います！　わたしの記憶が正しければ、ラジオで庭づくりに関するとても実用的な番組をやっています。毎週土曜日の朝、再放送は日曜日。ぜひ聴いてみてください。

お暇なときに、電話をください。電話機にたどり着くまで少し時間がかかるかもしれませんが。そのとき忘れずに、まだベジタリアンかどうか教えてくださいね。わたしたちの再会を祝して特別なディナーを用意するつもりです。

その写真アルバム、ぜひお持ちになってください。必ず〝これ覚えてる？〟というせりふが出てくると思いますので、助け合いながら解決していきましょう。そのあとは、そのときに頭に浮かんだ話題で会話を続けましょう。

お元気で

クララ

ステッフェへ

木の皮で作った船をどうもありがとう。とてもきれいだったし、嬉しかったです。浴槽に浮かべてみたけれど、完璧なバランスでしたよ。

成績のことを気にすることはありません。自分の手で何か美しいものを創りあげることのほうがずっと大事。パパとママにもそう伝えてちょうだい。

猫のことは残念でしたね。でも十七歳にもなればすっかりくたびれてしまい、あまり元気じゃなかったのではと思います。あなたが考えた墓碑の句は悪くないけど、リズムにもっと気を配らなくてはね。それについては、会ったときに詳しく話しましょう。

あなたの名づけ親のクララより

エランデル様

二十七日付の手紙によれば、わたくしが貴殿のごく初期の作品をどうやら不正に所持していて、回顧展のためにそれを至急必要とされているということですね。

貴殿の姪孫様のお宅にお邪魔した際、当該の作品を〝まんまとせしめた〟覚えはございません。より事実に近いのは、姪孫様から一切の躊躇なく、その絵をここから持ち去ってほしいと依頼されたのです。

わたくしが有している作品の署名をひとつひとつ念入りに確認いたしました。作業は難航しましたが、貴殿の物とおぼしき作品をひとつ発見しました。モチーフは室内画と風景画の中間のようなもので、半抽象絵画的な要素が感じられます。

サイズについては伺っていませんでしたが、伝統的なフランス規格の五〇×六一になります。

貴殿の作品は至急返却いたしますので、今後はコレクションに加えていただければ幸甚です。

クララ・ニィゴード

親愛なるニクラスへ

どうせあなたの言う〝某所〟とやら（ほぼ確実にマヨルカ島だとは思っていますが）からは、まだ戻ってきていないんでしょうね。とにかく、また遺言状の内容を少し変えようと思っているのです。ため息をつかないでちょうだい。あなたが内心この紆余曲折を楽しんでいるのはお見通しなんですから。

何を考えついたかというと、わたしがまもなく入居を予定している老人ホームに、毎年決まった額を寄付しようと思うのです。ここで肝心なのは、寄付はわたしが生きている間のみということ。銀行や債券の利子など、わたしはなくてもやっていけるものすべて――そのあたりはあなたのほうがよくわかってると思うけれど。すべて老人ホームがいいように使うといいわ。なぜそうするのか、抜け目のないあなたならもちろんおわかりね。ホームはこの収入を当てにして、可能な限りわたしを長生きさせようとするに違いない。わたしはホームのマスコット的存在になり、当然ながらある程度の自由も許されるはず。没後に残った物は、以前決めたとおりに分配されます。

それ以外は元気にしています。あなたも元気であることを願って。

クララ

親愛なるセシリア

わたしが昔書いた手紙を送り返してくれてありがとう。たいそう大きな箱だったけれど、投函するのを手伝ってくれるような人なんていたの？　あなたが手紙をすべて取っておいてくれたことに（しかも通し番号まで振って）とても感動したわ。でもダーリン、それを全部読み返すとなると……わかるわよね？　切手が切り取られていたから、切手を集めている子がいたんでしょうね。他にも今世紀初頭に文通していた相手がいたのなら、封筒ごと取っておくことをおすすめします。そのほうが、例えば切手蒐集家なんかに引く手あまたなのよ。特に四枚ブロックの切手なんかは、大事にしたほうがいい。

きっとあなたも家を整理しているのでしょうね。当然であり立派な行為よ。わたしもそれをやって、かなりいろいろと学んだわ。例えば、最近の若い人たちは骨董品をあげても迷惑がるだけだって。態度がどんどん丁寧になって、ますます迷惑そうなの。あなたもそれに気づいたかしら。ねえ、ご存じ？　近頃は土日になるとサンドヴィーク広場で蚤の市をやっている。そういうの、どう？　そこへ行けば、誰を傷つけることもなく感謝を強いられることもなく、彼らの好きに選べるんだから。とてもいいアイデアだと思います。

　最近メランコリックになったと書いていたわね。でもセシリア、人生ってそういうものだから、悩む必要なんてないのよ。どこかで読んだけれど、それは生理的な現象なんですって。そう言われると、ほっとしない？　つまり、人はメランコリックになるものなの。座りこんでこんなふうに考えてしまう。ああこれじゃだめだわ、わたしにはどうしようもないけど、こうなってしまう、ってね。そうじゃない？

　他に何を書きましょうかね……。ああそうだ、わたし、植木鉢の植物を手放したから、少しフランス語でも勉強しようかと思っているのよ。ほら、あなたがフランス語を完璧に操るのをいつだって羨ましく思ってたんだから。エレガントに手紙の最後を結ぶには、どうすればいいんだったかしら。シェール・マダム、貴殿の従順なる……いや、〝貴女〟かしら。まあいいや。どうせわかるでしょ？

　まだ始めたばかりだから勘弁して。

　シェール・プティット・マダム、ときどきあなたが恋しいです。

あなたのクララより

スヴェン・ローゲル様

感謝の意とともに、コンロが直ったことをご報告いたします。ただ、また役所の人がやってきてこれが違法だと言い張るなら、弁護士に連絡を取るつもりです。このコンロには歴史的価値がある――それはもちろんあなたもおわかりですよね。

休暇から戻られたら、上の階のファーゲルホルム夫人が屋根裏の物置の中身を必要以上に処分したことに気づかれるかと思います。取るに足らないような品をわたしの物置の前に置いたものだから、当然すべて廊下に移動させてもらいました。

以前、別荘に観葉植物がほしいとおっしゃっていたので、庭の共同ごみ箱の脇にわたしのコレクションを並べておきました。ご自由にお持ちください。要らないのはごみに捨ててください。それまでは念のため、毎晩水をやっておきます。一見心無いこの行動を弁明させてもらうと、命尽き果てるまで植物に責任を負わなければいけないのが重荷なのです。水はいつも足りないか多すぎるかのどちらかで、一度もうまくいったためしがない。

ところで、窓の掃除は待ってもらえますか。今ちょうどおぼろげに曇った窓が美しいので、それを壊したくないのです。

素敵な夏をお過ごしください。

K・ニィゴード

追伸　ファーゲルホルム夫人には何も言わないでください。あの人のがらくたを放り出すのは、実はなかなか楽しかったです。

カミッラ・アリエーンの〈女同士ここだけの話〉

親愛なるミス・アリエーン

ご親切なお手紙をありがとうございます。しかしわたしは、あなたにお誘いいただいた〝老いにおける問題点や幸せの要素〟の調査に回答する資格はないように思われます。

確かに面倒なことも多々あります。しかし、それが面白くもあるのです。人として当然の成り行きを、なぜ特筆する必要があるのでしょうか。その興味深い部分の分析は、わたしにとってはプライベートな行為であり、はっきりと口に出すのが憚られます。
親愛なるミス・アリエーン。遺憾ながら、貴女の調査にはあまり正直な回答は返ってこないのではないかと思う次第です。

かしこ
クララ・ニィゴード

## 春について

Om våren

1971

早朝、まだ明るくなる前に、除雪のショベルが近所を回る。幅の広い刃が鈍い音を立てて地面を引っ掻き、歩道に通り道を掘っていく。この雪かきの音を聴くときほど、深い休息と温かさを感じる瞬間はない。寝ぼけまなこで寝返りをうち、また眠りに落ちる。ときどき、大きなベッドの上で真横になったり、斜めに寝たりすることもある。周りにたっぷり空間があるのが好きだから。

闇の中で雪がどんどん降り、除雪が果てしなく続く。昼間は海から霧が上がってくる。ここのところずっと霧雪が立ち込めていて、わたしたちは薄暮の中を歩き回っている。

昨夜は雷が鳴っていた。多分、あれは雷だった。何度か激しく落ちた。雷鳴は聞こえず、震動だけが家を貫くような感じだった。朝になると空が真っ青に澄み渡り、鋭い光がいっぱいに溢れていて、そのうちに雪が解け始めた。雪は水を含んだ重い塊になって屋根からずしんと落ちてくる。外では何もかもが絶え間なく動き、変化を遂げていく。水滴がトタンをぱたぱたと叩き、水が流れていく。そして常に、誘うような鮮明な光がある。わたしは外の道に出てみた。そこでは勢いよく流れる水の音がうるさいほどで、こぽこぽと音を立てながら道路や歩道を流れている。ひっきりなしに、雪がどすんと落ちる重い音がする。

この赤裸々な光の中であらゆる冬の名残が、人々の顔にも残っている。何もかもが鮮明になり、外向きになり、光にさらされ露わになる。皆、自分の穴から這い出してくる。一冬を群れで、もしくは独りで――好むと好まざるとにかかわらず――やり過ごしたのだ。とにかく皆出てきて、海に向かっている。毎年そうなのだ。

人の脇を通り過ぎるなら、寒さと暗さにまぎれてのほうが簡単だ。わたしたちは立ち止まり、春が来たねと言葉を交わす。わたしは「たまには寄ってちょうだいよ」と言ったが、本気ではなかった。すると彼は「どうしてたんだい？」と訊いてくれたが、深い意味はなかった――と思う。彼もそこの角まで行くので、並んで一緒に歩くしかなかった。とりあえず、そこまでは曲がる道もないし。どこもかしこもぽたぽた滴り、さらさら流れ、明るいしまぶしいし、また育ち始めているのだ――すべてがまた。よくそんなことができるなと思う。必ずまた新しい可能性があるなんて、本当に素晴らしいことだ。わたしは訊いた。「恋人はできたの？　それともまだ独り？」「ああ、誰もいないよ」彼はまったく普通にそう答え、わたしは「それは残念ね、せっかく春なのに」と付け加えた。つまりわたしたちは、すごくわずかとはいえ意味のある情報を交換し、威厳を崩さずして別れた。わたしはさらに先へと歩いて広場を横切り、さらさらと流れていくものや、ゆったりと流れていくものを見つめた。溝を流れる水は澄んでいるほどで、埠頭の板床の下では日差しが氷に差しこみ、それを焼き割って、針のように鋭く美しい模様をつけている。雷が氷を割るという話を聞いたことがあるけど、それがなぜだかは知らない。彼に電話することだってできた。そうすれば一緒に海岸まで来たかもしれないし、やはり来なかったかもしれない。下水道から大きな水たまりが溢れて、そこにごみやくずや街の汚物や廃棄物が浮いている。ぶくぶくと泡立ち、日差しを照り返しながら。それらは希望に満ちて埠頭を目指し、自由な水に優しく押し流されていくが、そのうちに沖へ流され、離れ離れになり、大きな波にさらわれるのだろう。その可能性は充分にある。

自分の住む街を縁どる海岸を歩き、いちばん奥の岬までやってくると、そこにいた——皆が。黒い冬の人たち全員が、とんでもなくまぶしい春の日に。一人ひとり、それぞれに、岩の段に座り、顔を空に向けている。鳥のように厳かにこわばった様子で。やっぱり彼も来ればよかったのに。栈橋の先端に立っている人たちもいる。ただじっと、それぞれに立っているだけ。氷は真っ暗で、柔らかくてぐらぐらしているように見えた。景色全体が台か、ひょっとすると波の上にのっているように見える。流されていく準備が整ったような。決心する心の準備も——。わたしは一瞬、なんとなくそんなことを考えた。そして明日電話してみようと決めた。今日じゃなくて。

夜にはまた雪かきの音が聞こえてきた。朝、目を覚ますと曇っていて、とても寒かった。わたしは電話をしなかった。そもそも、何を言うつもりだったのだろう。また雪が降り始めた。部屋は心地よい薄闇に包まれている。雪がどんどん積もり、わたしを取り囲み、すべての音を呑みこんでいく。聞こえるのはただ、下の道路で雪かきの刃ががりがりがりいう音だけ。わたしはまた眠りに落ちた。ここ――わたしの住む国の長い春は、こんなふうに進んでいくのです。

# 大旅行

Den stora resan

1978

「じゃあ、着いたら何をする?」ローサが訊いた。「二匹のちっちゃな白ネズミは、到着したら何をするの?」

エレーナはベッドの反対の側にあるタバコに手を伸ばした。「まず何よりも先に、荷物を預けましょ。そうしちゃえば自由になるから。まだすごく朝早いけど、もちろん太陽はすでに輝いてる。しかも暑いの。急ぐ必要なんてないんだから、どこかでコーヒーでも飲みましょうよ。そのあと、いい感じの通りを見つけたらそこでホテルを探すの」

「わたし、小さいホテルがいいわ」ローサが言った。「ホテルの人と交渉するのはあなたよ。人と話すのは大きいネズミの役目」

「わかったわよ。念のため、二泊だけって言うわね。そうしておけば、もし移りたければ他のホテルに移れるでしょう。それから旅行鞄を取りに行きましょ。ホテルまではタクシーで戻らないといけないかもね」

「それからどうする?」

「また出かけて、フルーツを買いましょうよ。お花と、フルーツをたくさん。ほとんどただみたいなもんなんだから」

「オレンジ摘みにも行きましょう。昨日インドに旅したときに摘むのを忘れちゃったし。それに、あそこは暑すぎた。次はわたしが国を選ぶ番よ。選ぶのは小さいネズミの役目」

エレーナはあくびをし、灰皿を引き寄せた。そして訊いた。「で、本当の旅にはいつ出るわけ?」

ローサは答えずにちょっと笑っただけだった。

「だめよ、こっちを向きなさい。本当に一緒に旅行するのはいつ?」

「そうね、いつか……時間ならいくらでもあるじゃない」

「そうなの? あんた、三十を超えてるくせに一度も旅行に行ったことがないでしょう。あんたの人生初の旅行は、あたしとの旅であってほしいのよ。新しい街や景色を見せて、新しい目でものを見たり、よく知らない場所でも勇気を出して生きていくことを教えたいの。あんたに命を吹きこみたいのよ。わかるでしょ?」

「何、その命を吹きこむって……」

「銀行に仕事に行って、お母さんの待つ家に帰って、また銀行に行って家に帰って……ってロボットみたいに生きてほしくないの。慣れたことだけやって、慣れたことだけ考えてるでしょう。好奇心がなさすぎるわよ。目を覚ましなさい!」

うつぶせになったローサは、枕に顔をうずめたまま何も言わなかった。

エレーナが続けた。「もちろんお母さんのことがあるでしょうよ。でも、大惨事になるわけじゃないでしょう? あんたが一カ月、いや数週間いないだけで。よく考えてごらんなさいずよ」

「怒らないでよ。できないのはわかってるでしょ。ともかく無理だし、それは前にも言ったはず」

「そう。わかったわ。無理なのね。その話をするのもだめと。そこは立入禁止ってわけね」エレーナはラジオをつけ、音楽に合わせてゆっくりと口笛を吹き始めた。ローサは布団をはねのけるとベッドから出た。「なあに、帰るの？」

「ええ。もう十一時を過ぎてるもの」

エレーナの部屋は大きくてがらんどうのようだった。家具が嫌いなのだ。壁には何もかかっていないし、普通ならいつの間にか集まってしまうような雑多な品々もまるっきり見当たらない。テーブルクロスやクッションもなくて、空ろな部屋に本が積まれたり紙が重ねられたりしているだけ。しかもほとんどが床にある。電話も、まるで引っ越してきたばかりのように床の上に置かれている。初めはローサもその仮住まいのような無頓着な雰囲気に感動したものだが、しばらく経つとなんだか挑戦的で格好つけているだけのように思えてきた。とにかく、そこは無慈悲な部屋だった。ローサはたまらずに叫んだ。「どうして全部床に置くのよ！」そして勢いよくストッキングを引き上げたものだから、足首のところがびりっと破れてしまった。

「そんなふうに引っ張っちゃだめだって言ってるじゃない」エレーナが言った。「電話でタクシーを呼びましょうか？」

「いい。歩いて帰るから」

「紅茶くらい一緒に飲もうと思ったのに。外は雨よ。小さいネズミはレインコートを着てきてないでしょう。あたしのを使いなさい」

「このままでいい。何も着たくないの」

「そ。じゃあ明日は？　来る？」

「わかんない」ローサは言った。「明日のことはわからないわ。多分、電話する」

エレーナは腕時計のねじを巻いた。濃い色のまっすぐな髪が顔にかかる。「わかったわ。好きにしなさいよ」


アパートに着くと、ローサはゆっくりゆっくり、できるだけそっと玄関のドアを開けた。鍵を抜いて、音を立てないよう暗い玄関に立つ。一度、この玄関の外の階段で父親と出くわしたことがあった。父親は脱いだ靴を手に持っていたけれど、その作戦はあまり効果がなかった。どっちみちハンガーにぶつかって床へ落としたのだから。あの人は、静かにしようとするときに限ってハンガーを落とした。ちなみに父親も、そのとき母親がベッドの中で起きていることはわかっていた。

父親の服は救世軍に寄付した。すべて。もうずっと前の話だ。

錠がカチリと音を立てて閉まった。ローサは脱いだ上着をそのまま床に落とし、靴を脱ぐと、音がしないよう気をつけながら床の上で揃えた。

「わたしの可愛いローサ」母親の声がした。「台所に、少し食べる物を用意しておいたよ。今夜は楽しかったかい?」

「すごく楽しかったわ。でもママ、用意なんてしなくてよかったのに……。起こしちゃった?」

「いいや、そういうわけじゃないよ」

ローサは大きく開いた寝室のドアから、中の温かい暗闇を覗きこんだ。「まさか、どこか痛いわけじゃないわね?」

「いやいや、まあ平気よ。こんな時間まで本を読んでたんだよ。このマーガレット・ミラーという作家は素晴らしいねえ。心理サスペンスというのか、ただ殺人が起きて警察が捜査して……っていうんじゃなくてね。すごく面白いよ。ねえ、この作家の本をもっと手に入れられるかい?」

「もちろん」ローサはそう答えてから、台所に入った。天井の明かりをつけ、自分のために用意されたパンと具を見つめる。ソーセージ、チーズ、マーマレード。ビールにタバコ。それに花を活けた花瓶。ローサはテーブルについたが、食欲は湧かなかった。ミラーの本をもっと仕入れなくちゃ。月曜に、仕事のあとで。明日はあの映画のチケットを買いに行こう。それともどこにも出かけず夜じゅう家にいようかしら。

今夜誰と出かけていたのか、ママは訊かなかった。もう長いこと、そういうことは訊かれていない。疲れた。すごく疲れた。気持ちが悪い……。ローサは氷式冷蔵庫にパンと具を戻し、電気を消した。娘が服を脱ぎベッドに入る間、母親は黙っていた。そのあとやっと、いつものせりふを言った。「おやすみ、愛しい娘」そしてローサも答えた。「おやすみなさい、大好きなお母さん」二人はこれまで、ずっとそうしてきたのだ。

日曜日。ローサの母親は白髪をふたつに分けて細い三つ編みにし、首の後ろでおだんごにまとめた。まっすぐに背筋を伸ばして座っている。開いた本をコーヒーメーカーに立てかけて、ページをめくるたびにヘアピンで固定した。ヘアピンはいつものように口にくわえている。年老いて深い皺の入った口だ。母親はガウンを使わず、いつも起きたらすぐに服に着替える。コルセットとストッキングのあとに少し休憩をはさみ、最後に髪に取りかかる。ローサはよくこう言った。「ママは若いとき、自分の髪の上に座れたんですって。今でも、わたしが見たことのある中でいちばん美しい髪よ」するとエレーナが答える。「わかってるわ。お母さんに関することなら、いつだって見たことのある中でいちばん美しいんでしょう。完璧――彼女のやることなすこと、すべてが完璧なんでしょ?」するとローサが言う。「あなた、焼きもち焼いてるんでしょう! そんな言い方ひどいわ。母はわたしが自由を感じられるためならなんだってするんだから」「あらあ……だとしたら、おかしいわよねえ……」エレーナがゆっくりと言葉を発した。「だって、あんたはちっとも自由を感じてないんだから。おかしいじゃない? それって、あたしたち二人にとっても残念なことよね」

初めのうちはエレーナがローサの家に来てお茶を飲んだり、夕食をとることもあった。三人で映画を観に行ったこともあって、そのときエレーナは母親の腕を取り、しっかりと支えた。「まあ、頼りになるのね」母親は笑った。「本物の男の人みたいに牽引してくださるなんて!」その夜、母親は娘にこう言った。「いいお友達ができて本当によかったわね。しっかりしてて、信頼できそうな子じゃない」

でもエレーナが最後に家に来たのはもうずっと前だった。

髪を結い終えた母親はそこに座ったままひと休みしていたが、唐突に、最近エレーナはどうしているのかという質問を投げかけた。

「元気にしてるわよ」ローサは答えた。「今、新聞社の仕事がすごく忙しいみたい」

母親は自分のベッドに戻って布団をかけると、大きな地図帳を開いた。「ローサ、すまないけど、またどこかに忘れてきてしまったみたい。バスルームだと思うのだけど」老眼鏡を探しに行ったローサを、母親の声が追いかけてきた。「お前はママの天使だよ。眼鏡に紐をつけて首から提げておけばいいんだろうけど、そんなのみっともないでしょう」母親は地図帳を膝にもたせかけ、沿岸ぞいの地名を読みあげた。今日は南アメリカだった。

母親が大旅行をするには、もう間もなく手遅れになる。二十年前から計画はしているのに。いや、もっと前からだ。子ども部屋でひしと抱き合って誓い、計画を練り始めたあの日から。ママを遠くへ連れていってあげるからね。パパから奪って。ジャングルとか地中海とか……。ママに大きなお城を建ててあげる。ママはそこで女王様になるのよ――。そして二人はお城の中と外をどんなふうにするか考え、一部屋ずつ代わりばんこに内装を仕上げていったが、玉座の間だけは一緒に考えた。

歳月が流れ、その間に旅行のことは何度も話題にのぼったが、実現できない理由はいくらでもあった。それにほら、パパのことも。

窓ぎわに座っていたローサは、振り返りもせずに訊いた。「ねえ、どこでも選べるとしたら、どこに旅したい？」

「そうねえ、ガフサかしら」

「ガフサ？　それどこ？」

「北アフリカだよ。ガフサという名前の場所があるの」

「やだわママ、なぜよりによってそんなところに！」

母親は笑った。愉快そうにくすくす笑う、彼女特有の秘密めいた笑い。「だって、楽しそうじゃないか。よくは知らないのよ。ただ思いついただけで」

「でも、本当にそこに行ってみたいと思ってるの？」

「そんな心配そうな顔しなさんな」母親は言った。「旅行に行く必要なんてないんだから」

「でも、行けたらきっと楽しいでしょう」

「ええ、もちろん。もちろん楽しいとは思うよ」

ローサは唇を噛みしめた。その瞳が見つめているのは、日曜の空っぽの街路ではなかった。自分の内側へ、過去へと遡り、困惑しきっていたあの時期のことを考えていた。母親が急に、決断したり責任をもったりするのをやめてしまったのだ。ローサはまるで、基礎をすべて失ったような、摑めるものが何もないような気分だった。母親はいきなり身を引き、何も決めてくれないし助言さえもしてくれなくなった。しつこく問いただすと口をすぼめて部屋を出ていってしまう。「でも、お前のほうがよく知ってるだろうから」そうじゃなければ「どうだろうね、わたしにはよくわからないから……」と言うか、何も言わずに話題を変えてしまう。それは恐ろしいくらいに母親らしくなかった。

「そんなママを見てると怖くなるのよ」ある晩ローサがそう言ったので、エレーナは肩をすくめた。「当然じゃない。もちろんあんたは怖いでしょうよ。これまでの人生ずっと、お母さんがあんたが何をすべきか、何を考えて何を望むべきなのかを指示し、すべてお膳立てしてきたんだから。その結果、あんたは自分一人では一歩も踏み出せないし、自分の考えをもつことさえできなくなった。そしてあっという間にお母さんは歳を取って引退し、お父さんは死んでしまった。お母さんは娘から手を引いたのよ、わからないの？　今度はあんたの番なの。これは衛兵の交代みたいなもの。お母さんのやっていることはまったく正しいと思うわ。遅かれ早かれ必ず起きること。人生ってのはそういうものなのよ」エレーナは相手の当惑した細い顔と不安げな口元を見つめ、遠慮なく言った。「女王様はもうあんたのために決断する体力は残っていないの。その現実を受け入れなさいよ」それから口調を和らげた。「さあこっちにおいで。そんな顔しないの。あんたには自由に、自信をもって生きてほしいのよ。お母さんのことはしばらく忘れなさいな」するとローサは身を引き、攻撃に転じた。「で、今はあなたが女王様ってわけね！」

「なんてこと」エレーナはあきれた。「まったく、歳をくった母娘ってのは……。どんなに待っても、変わりそうにないわね。鈍いうえに化石化してて、ほんとにどうしようもない」

そしてローサは泣きだし、慰めてもらった。

初めてエレーナが家に訪ねてくることになったとき、ローサは怖かった。しかしうまくいった。それも、出だしからいきなり。エレーナが母親の陽気な一面を引き出し、母親ははしゃいでいると言っていいくらいだった。いつもとは全然違った話し方をしていた。三人は一緒にたくさん笑い、ローサはものすごくほっとした。感謝と安堵で息ができないくらいだった。エレーナが帰ってからも母親はまだ昔の出来事を話し続けていて、それは娘であるローサが今まで何度も聞いたことのある話とは違っていた。母親の話が突然、色を纏ったのだ。あの出会いや彷徨、あの仕事や愛における失望や驚愕。それらが迫力を増し、生き生きとよみがえった。それに命を与えたのはエレーナだった。しかるべき方法で母親に接したのだ。ちょっとぞんざいな優しさと秘密の合意を匂わせるような笑顔を見せて、母親を喜ばせた。エレーナは帽子の中からなんでも出せる魔法使いみたいだった。本人がその気になればの話だが。でも今はその帽子を棚にしまいこみ、家には来なくなった。

「あたしは表に出ないほうがいいと思うから」エレーナは言った。「ところで、お母さんはどこまで知ってるの?」

「何も。ママはそういうことは何も知らないの。ただ、あなたが全然来ないものだからがっかりしてる」

エレーナは肩をすくめ、もうネタ切れなのよ、同じネタを繰り返すのは嫌だし、と言った。

それに、最後に家に来たときに気まずくなってしまった。ローサにもそれはわかっていた。あの夜、三人はソファに座ってテレビを観ていた。画面が空っぽになってからも三人でぴったりくっついたまま座っていて、急に気まずい沈黙が流れた。それはテレビ番組のせいではまったくなかった。沼鳥に関する淡々としたドキュメンタリー番組だったから。エレーナは背筋を伸ばすと、母親の背後でローサの手を握ろうとした。ローサは思わず身を引いた。するとエレーナは手をそのまま母親の肩に置いた。「あの鳥たちって……」エレーナはゆっくりと話しだした。「人間が近寄りもしない沼に棲んでいる。何十キロ進んでも、ただ水と葦ばかりの場所。その鳥たちのことを人間は知りもしないし、なんの関わりもない。不思議ですよね、ずっと自分たちだけの世界に暮らしていられるなんて……」

母親はじっと動かなかった。そして急に立ち上がって言った。「あなた静電気がすごいわよ。手がぴりぴりしてる」そして独特のくすくす笑いをした。ローサは顔が赤らむのを感じながら、二人を見つめていた。エレーナは微笑を浮かべてソファにもたれ、母親は立ったまま肩越しにエレーナのほうを見つめていた。それはなんでもない出来事だった。まったくなんでもないようなこと。ただ、すごい緊張感に包まれていた。そのあとすぐにエレーナは家路についた。

ママを約束どおり旅行に連れていってあげなきゃ。そのためには急がなくてはいけない。もうそのうちに時間がなくなる。いちばんいい場所を見つけてあげたい。刺激的だけど休養もできて、美しくて暖かくて、本物の旅行らしくちゃんと遠くて、でも体調を崩したときのことを考えるとあまり辺鄙な場所でもいけない。余裕をもって予約をして、休みを取れるかどうか銀行に確認して、暑すぎてもよくないから気候をよく調べないと……。列車はひどく疲れるし、飛行機は年寄りには危険だ。降下するときに心臓発作を起こす可能性がある。降下が急すぎると。

「ねえエレーナ、ガフサという場所に行ったことある？」

「なんですって？　どうしたのよ。お母さんがそこに行きたいって言ってるの？」

「うーん、本人もよくわかってないみたいなんだけど……。北アフリカにあるガフサとかいう場所の名前を口にしたのよ」

「気の毒な小さいネズミさん」エレーナが言った。「何よ、あたしにあんたたちの旅行を計画しろっての？　ねえ、恐ろしいことを教えようか。あたし、外遊の奨学金に応募したんだけど、どうやら受かりそうなの」そして目をそらさずにローサを見つめていたが、最後にはこう言った。「顔が縮んでるわよ。あんたの顔って、選択や決定を迫られると小さく灰色になってしまうのね」

「でも、わたしたちには時間があるじゃない。いくらでも」ローサが小声で言った。

「そんなふうに思いこまないほうがいいわよ」それからエレーナはまったく別のことを話しだした。悩みなどなさそうな軽い口調で。危険なものはカプセルに閉じ込め、自分から遠ざけたのだ。それを友人に差し出した。なんと無慈悲な贈り物――。

そして今、冬の終わりのよく晴れた空っぽの日曜日に、母親はベッドに横になり南アメリカ沿岸の地名を読みあげている。「フロリアノポリス、リオ・グランデにサン・ペドロ。モンテビデオ。ああ、ここにラプラタ川が流れている。それからサン・アントニオ……」母親は町の名前を次々と声に出してつぶやいた。

「ねえ」ローサが声をかけた。「ママはその町について何か知ってるの？　何も知らないでしょう。まったく何も。その町に関する本を読んだりして、もっと知りたいと思わない？　読むなら旅行記を読めばいいのに。推理小説ばっかりで」ローサの声は意地悪で、自分でもそれに気づいた。

「どうしてだろうね」母親は答えた。「ただ、すごくきれいな名前だから……。どんな町なのか、想像するのが楽しいのかもしれないね。推理小説は……読んでると、すごくほっとするんだよ。書斎で種明かしが始まる前に犯人を突き止めるのも楽しいし」母親はくすくす笑って付け足した。「でもときどき、結末をこっそり覗いてみることもある。作家というのは読者を騙すために信じられないほどの努力をしてるね。たいていははらはらする。ああわかった。バイーアだ。バイーアに行ってもいいねえ」

まるで湖が溢れるみたいに、ローサの心にどうしようもなく母親への愛が溢れた。「行きましょう、ママ。どこかに行きましょう、今すぐに。でも、ガフサに行きたいっていうのは確かなの？」

母親は老眼鏡を外して微笑んだ。「ローサ。そんなに心配しなくていいんだよ。こっちにおいで。森で迷子になったのかい？」

二人はいつもの遊びを始めた。ローサは母親の首に顔を押し当てた。近づける限りいちばん母親のそばにいる。「ええ、わたしは森で迷子よ」

「誰かがお前を見つけてくれた？」

「ええ、誰かがわたしを見つけてくれたわ」

その間、母親の手がずっとローサの首の後ろを撫でていた。ローサは急にそれに耐えられなくなり身を離した。一瞬、ローサの頬が赤く燃え上がったが、何も口には出さなかった。母親はまた地図帳を取り上げると、身体を少し壁のほうに向けた。

二人は午後二時に食事をとった。日曜の雌鶏〔チキンのクリーム煮込み〕と野菜だった。

ローサは売店まで歩いて、電話をかけた。

「行ってもいい？」

「どうぞ、来れば？」エレーナが答えた。「事前に警告しておくけど、機嫌はよくないからね。あたしが日曜を嫌いなの知ってるでしょ？」

その空虚でストイックな部屋に入るたびに、ローサは期待と不安で身体がうずくようだった。いつ襲われてもおかしくない無法地帯に足を踏み入れるような気分になるのだ。部屋には誰もいなかった。

「あら、いらっしゃい」エレーナが台所から出てきた。手にグラスをふたつ持っている。「お酒が必要なんじゃないかと思って。どうして上着を着たままなの？　寒い？」

「ここはちょっと寒いわ。もうしばらくしたら脱ぐから」ローサはグラスを受け取り、座った。

「で、小さいネズミは考えたわけ？」

「何を？」

「ううん、なんでもない。大いなる旅に乾杯！」

ローサは何も言わずにグラスに口をつけた。

「そうやって上着のまま椅子の端に座っていると」エレーナが続けた。「なんだか鉄道駅にいる人みたいね。何時の電車なの？　それとも飛行機かしら」エレーナはベッドに身を投げると、目を閉じた。「ああ日曜なんて大嫌い。タバコある？」

ローサは自分のタバコの箱を投げたが、強く投げすぎてエレーナの顔に当たってしまった。

「ああそう」エレーナは起き上がりもせずに言った。「ネズミも怒ることがあるわけね。ライターは？　さあもう一度当ててみなさいよ」

「わかってるでしょ！」ローサがたまりかねて叫んだ。「母を置いて自分だけ旅行に行くなんて無理なのは、あなたもよく知ってるじゃない。論外なのよ。それについてはもう話がついてるはずよ。わたしが留守の間一緒に住んでくれるような親戚はいないし、知りもしない人を家に置くわけにもいかないし！」

「はいはい、わかったわよ。その話はもう終わりってわけね。お母さんは家に知らない人がいるのは嫌。あんたじゃなきゃ嫌だと。はい、これでこの話は終わり」

ローサは立ち上がった。「もう帰る」そう言って、相手の反応を待った。エレーナは寝転んだまま火のついていないタバコをくわえ、天井を見つめている。アパートのどこかで、誰かがピアノを弾いていた。ほんのかすかにだが、聞こえてくる。日曜になると必ず流れてくるのだ。それも毎回オペレッタの曲。ローサはベッドへ近づくと、自分のライターを点火した。そしてまた言った。「じゃあ帰るわね」エレーナは頭を持ち上げ、身体をひじで支えながらタバコを火に近づけた。「好きにしなさいよ。ここにいたって面白くもなんともないでしょ」

ローサが訊いた。「もっとお酒入れてこようか？」

「ええ、ありがと」

ローサはグラスを手に台所に入った。台所はカーテンも家具もなく、ただ何もかもが白いだけ。部屋の真ん中に立ったまま、ローサは吐き気に襲われた。大惨事が近づいてきているという感覚。何か恐ろしいことが、避けられないことが起きようとしている。わたしには耐えられない……誰にだって無理だ。でもわたしはなんの約束もしていないわよね？　まったく何も。あれはゲーム、ほら、よくある言葉遊びみたいなもの。エレーナはわたしが本気で言ったわけじゃないとわかっているはずよね？　わたしはどこにも旅行に行くつもりなんかないわ！　誰とも――。

「どうしたのよ」いつの間にかエレーナが隣に立っていた。

「気持ちが悪いの。吐きそう」

「ごみ箱はここよ」エレーナが言った。「ここに屈みなさい。吐く努力をして。指をのどに突っこむのよ」力強い両手がローサの頭を支え、エレーナが繰り返すのが聞こえた。「言うとおりにしなさい。吐くのよ。まともに話ができるように」

終わってからエレーナが言った。「ここに座りなさい。あたしのことが怖い？」

「あなたを失望させるのが怖いの」

「あんたが本当に怖がっているたったひとつのことは」エレーナが言った。「自分のせいになること。生きてる限り、何もかもあんたのせい。だからあんたと一緒にいても誰も永遠に楽しくないのよ。あんたが本当は別の場所にいなきゃと思っている限り、あたしはあんたと旅行なんてしたくない。あんたのお母さんだって、そんなこと望んでないはずよ」

ローサは答えた。「母はわたしの気持ちなんて知らないわ」

「もちろん知ってるわよ。あの人はばかじゃない。全力を尽くしてあんたを突き放そうとしたのに、あんたのほうががっしりしがみついちゃって、自分の罪悪感にくるまって隠れてる。一体、どうしたいのよ」

ローサは答えなかった。

「わかってるわよ」エレーナが続けた。「あんたは、あたしとお母さんの三人で旅行したいんでしょう。そしてそれがどんなに悲惨な旅行になったとしても、自分のせいじゃないからあんたは満足なの。そうじゃない？　そうすれば心穏やかに暮らせるんでしょう」

「でも、そんなの不可能でしょ」ローサはつぶやいた。

「ええ、不可能よ」エレーナは台所の中を行ったり来たりしていたが、最後にローサの後ろに立ち、その肩に手を置いた。「たった今、いちばんほしいものはなんなの？　よく考えてみて」

「わからない」

「わからないの？　じゃああたしが代わりに言ってあげましょうか。あんたはお母さんとカナリア諸島に行きたいの。あそこなら暖かいし、適度にエキゾチックよ。お医者様もいるしね。だから明日、飛行機とホテルを予約しなさい」

「でも飛行機は……」

「飛行機はゆっくり降下するから大丈夫。お母さんだってそのくらいは耐えられるでしょうよ。さあ、これですべて完了。あんたはもう旅行のことで思い悩む必要はない。何も決断する必要ないのよ。あたしが決めてあげたんだから」

ローサは椅子の中で振り返り、エレーナを見つめた。「でも、あなたは？」

「さあね。今のところ、あんたの相手をする心の余裕は残ってないわ。もう家に帰りなさい。お母さんに報告するのよ」エレーナは目の前の女の顔が、言葉にできないほどの安堵にほころぶのを見た。それは美しいほどだった。エレーナは彼女から離れた。「そんな感謝のこもった目で見ないでよ。あんたはネズミでしょう。しばらくテーブルの上で踊ってればいいわ。踊ってる間くらいはせいぜい楽しむことね」

「で、それから？」ローサが訊いた。「そのあとはどうなるの？」

「知らないわよ。あたしたちがどうなるかなんて、わかるわけないじゃない。女王様はみんな、それはそれは長いこと君臨するんだから」

# 自然の中の芸術

Konst i naturen

1978

夜、夏の美術展が閉園して最後の客が帰ると、この島はとても静かになる。少しすると海岸からボートが一艘、また一艘と出ていき、対岸の村へと戻っていく。夜の間この島に留まるのは警備員だけだった。木立ちの間に彫刻が立ち並ぶ草地を海のほうに下りていくとサウナ小屋があり、そこで寝泊まりしている。警備員はかなり年寄りで、腰が悪かった。とはいえ孤独な長い夜を好む後継者を探すのは簡単なことではないし、保険をかけるためには夜の見回りがどうしても必要なのだ。

それは、〈自然の中の芸術〉と銘打たれた大規模な美術展だった。朝、警備員が門を開くと、美しい会場に客がなだれこんでくる。内陸のあちこちから、なんと首都からも、車やバスでこの島にやってくるのだ。家族で大がかりなピクニックに来たみたいに、日がなスイレンの花の間を泳ぎ回り、コーヒーを飲み、白樺の下をそぞろ歩く。子どもたちが回転ブランコに乗り、ブロンズの大きな馬に跨った様子が写真に収められる。そして、さらに多くの客が〈自然の中の芸術〉展を観にやってくるのだった。

警備員はこの美術展をとても誇りに思っていた。一日じゅう、絵画とグラフィックアートを展示した巨大なガラスの箱の中に座り、何百という足が目の前を通り過ぎるのを眺める。腰を庇って、その人たちの顔を見上げることはほとんどなかったが、代わりに足を観察するようになった。その足にくっついているもの、つまりその人間の残りの部分がどんなふうになっているのかを想像する遊びを楽しんだ。ときどき首を伸ばして自分の予想が正しいかどうかを確認すると、たいていは当たっていた。客の多くがサンダルを履いた女性で、つま先を見ればすごく若いわけではないのが一目瞭然だ。ほとんどの足は礼儀正しい動きをしていた。ガイドが同行している場合、足たちは同じ方向を向いたまましばらくじっと立ち止まる。それから一斉に向きを変え、別の作品を観に行くのだった。独りでやってくる足は、初めは戸惑いつつも次第にゆっくりと歩きだして会場を斜めに横切り、止まり、足を交差させて立ち、くるりと回り、ときには片足を上げて掻くこともあった。ここは蚊が多いのだ。それからまた歩き始め、最後の壁の前は素早く通り過ぎる。歩きやすい靴を履いた足をたくさん見かけた。そういう足はたいていじっと立ち止まっていたかと思うと、興味なさげにさっさと通り過ぎ、またかなり長いことじっと立ち止まる。警備員はいつも、履き古された靴の先っぽがどちらを向いているかに注目した。年寄りは外向きで、若者はちょっと内向きで、子どもたちは平行のまま走っていく。それが面白かった。

ある日、一足の古い靴と一本の杖が彼の前で立ち止まった。警備員にはその女性がとても疲れているのがわかった。

「ちょっと伺いますが」女性は警備員に声をかけた。「三十四番の作品が何を表しているのかご存じ？　紐のかかった箱のように見えるけれども。開いてみろということかしら」

「そうではないと思いますよ」と警備員は答えた。「ガイドによれば、あの類のアートを始めたのはどこいらの外国人らしい。それを皆が真似しだして、彫刻まで包装するようになった。ついには山を丸ごとひとつ――それは確か、アリゾナの話だったかな」

「どこかに座れる場所はないですかね」老婆は訊いた。「ずいぶん大きな展覧会だから」

警備員は自分が座っているベンチに場所を空けてやり、二人はしばらく隣り合わせで座っていた。

「まったく感心しますよ」老婆がまた口を開いた。「こんなにいろいろと思いつくなんて。そもそもこんなことをする気力があることや、信念を失わないでいられることに感心するわ。彫刻は、また別の日に来てゆっくり観ましょうかね。こんな展覧会は、一度では理解しきれやしない。時間をかけてじっくり観ないことにはね」

警備員は、自分は彫刻がいちばん好きだと答えた。

彫刻は芝生に生えていた。巨大な黒いモニュメントで、つるんとして摑みどころのない形のものもあれば、何度も斧で打たれたみたいにぎざぎざのものもあり、挑戦的で不安を掻き立てる。白樺の林のいたるところに、地面からにょっきりと突き出すように立っている。夏の夜が更けて海霧が上がってくると、切り立った岩か朽ちた木のような静謐な佇まいだった。

警備員は会場の門を閉めて回り、そのまま海岸に出てバーベキューグリルの残り火を消し、すべてをあるべき状態に戻した。願いの泉では、子どもたちが岩からはがして投げ入れた苔を取り除き、コインを拾い集め、広げた新聞紙の上で乾かす。灰皿がどれもくすぶっていないことを確かめ、中身を丁寧に、彫刻でできたストーヴの中に捨てた。

静かな六月の夜で、鏡のような海が小さな島々を余すことなく映し出している。警備員は夜の戸締まりのための散歩をこよなく愛していた。門のあたりでは、周辺の牧草地から干し草と肥料の匂いが漂ってくる。海岸では草と海底の堆積物、それからサウナ小屋から湿った煤の匂い。石膏の彫刻の脇を通るとタールの匂いが鼻をついた。彫刻はどれも、雨ざらしでも平気なように一度タールに沈めてあるのだ。彼自身も、その作業に携わった。昼間はこういった匂いには気づかない。声や足音が聞こえるだけで。

警備員は夕方と夜が好きだった。それほど睡眠を必要とはしないし、静寂と安らぎに包まれて、何時間も海岸に座っていることが多かった。何も思い出さず、心乱されることもなく、ただそこに座っているのだ。唯一の懸念は、秋には美術展が終わってしまうことだった。ここでの暮らしにすっかり慣れてしまい、それ以外の生活を想像できないでいた。

ある晩、警備員はいつもどおり会場内を見回っていた。門をすべて閉め、すべてをあるべき状態に戻したはずだった。ところがそのとき、煙の匂いに気づいた。火が燃えている匂い——。火事だ、どこかで燃えている！　気が動転し、よろめきながらも走ろうとする。あっちへよろよろ、こっちへよろよろ、そしてやっと、誰かがバーベキューグリルを使っているのだと気づいた。会場のどこかに隠れひそんでいた曲者が、海岸でソーセージを焼き始めたのだろう。ほっとしたとたん、今度は怒りがこみあげてきた。草地を横切り、海のほうへと下りる。可能な限りの速さで、しかし音は立てぬように。間もなく声が聞こえてきた。それは男と女の声で、口論をしているようだった。警備員は姿を隠したまま近寄り、どんなやつらだろうかと顔を覗いた。するとそれは、美術展の規則を守るという良識くらいもち合わせていてもよさそうな中年の男女だった。男のほうは生白く、アメリカ人みたいにラフなシャツを着て、帽子に挿したトラウトフィッシング用の疑似餌がカラフルな羽根のように見えた。女のほうはわりと肥えていて、小花模様の服に身を包んでいる。二人はソーセージが焼き上がるのを待ちながら、ビールを飲んでいた。警備員はしばらく二人の会話に耳を澄ましてみたが、それは典型的な夫婦喧嘩だった。彼は二人の前に姿を現し、杖で地面を突きながら叫んだ。「こら、お前たち！　閉園後に火の気があってはいけない、全面的に禁じられているんだ！　閉園だと言ったら閉園だ。お前たちはもうここに用はないだろう」

「まあ大変！」女が叫んだ。「アルベット、だからやめておこうと言ったのに」

男も驚いて立ち上がり、慌ててグリルに海水をかけて火を消そうとしたので、警備員はまた叫んだ。「やめないか！　水なんかかけたりしたらグリルが割れてしまうだろう。自然に火が消えるのを待つんだ」警備員は急に激しい疲労に襲われ、石の上に座りこんだ。男と女は黙っていた。

「責任……」警備員が口を開いた。「責任という言葉を聴いて、何を思う？　お前たちは責任の意味などわかっていないだろう。わしは毎晩この広大な美術展とそれを取り巻く森の警備に責任を負っている。ここには国じゅうでもっとも優れた芸術家たちの作品が集められていて、そのすべてがわしの肩にかかっているんだぞ」

「スヴェア」男が口を開いた。「この方にソーセージとビールを差し上げて」しかし警備員はそれを断った。そんなもので懐柔されたくはない。夏の宵が白く暮れかかり、海には薄霧が流れ入ってきて島々を隠した。白樺の幹がさらに白くなった。

「自己紹介をしたほうがいいでしょうね」男が言った。「ファーゲルンドといいます」

「ラサネンだ」警備員も言った。

ファーゲルンドの妻はピクニックバスケットに荷物を詰め始めた。もう食べたり飲んだりする勇気はないようだ。

「で、それはなんなんだ？」ラサネンが杖で、石の上に置かれた茶色の包みを指した。妻が即座に、これは自分たちで選んで買った絵画だと説明した。生まれて初めて芸術品を買ったから、祝杯をあげずにはいられなかった。そして、絵はシルクスクリーンだという。

「そんなことは言い訳にはならん」ラサネンが言った。「それに、正式には孔版画というんだ。大量生産品には違いないが、一応芸術のうちに入っておる。で、なんの絵なんだ？」

「抽象画なんですが」ファーゲルンド氏が答えた。「二脚の椅子を少し離して置いてある絵だと思います」

ラサネンがそんな椅子の絵など記憶にないと言うと、妻がこう言った。「いちばん奥の右手のほうにかかっていた絵です。なんの変哲もない台所用の椅子が二脚、それが壁紙の前に置かれている絵」熱心な話し方で、自分も会話に混ざろうとしているのが明らかだった。

「違う」と夫が反論した。「あれは折りたたみ式の椅子だ。一瞬でたためるような。それに、椅子には深い意味はないんだ。大事なのは背景だ」そしてラサネンに向きなおった。「わかりますか、絵は外に向かって開いてるんです。その外にある人生が見えているんだ。そこは大都会かもしれない。キッチンの壁紙なんて、全然関係ない」

妻は笑い声を上げた。「まったく、想像力だけは豊かなんだから。あれは壁紙よ。誰が見たってそうよ。あなた、自分は人と違うんだって思いたいだけでしょう。座っていた人たちは部屋から出ていき、そのときに相手とは反対の方向に椅子を押しのけたのよ。口論になったのかもね。あなたもそう思わない？　けんかしたのよ」

「お互い相手に飽きたんだろう」ファーゲルンドが言った。「すっかり飽きてしまい、出ていったんだ」

「まったくそのとおりでしょうよ」妻が言った。「そして一人は角の酒場に向かったんだわ」

ラサネンはしばらく待ってから、芸術とは不思議なものよとつぶやいた。人それぞれ自分にだけ見えるものがあり、そこに意義があるのだ。だがなぜもっと美しくて、わかりやすい作品を買わなかったのだ？　例えば風景画とか。

夫婦は答えなかった。妻は二人から顔を背け、海のほうを向いた。目をこすり、鼻をすすっている。

「例えば、こんなふうに考えることもできる。芸術作品というのは基本的になんでもありだし、見る人はそれぞれ自分の見たいものだけを見る。だったら、包装を解かずに包みのまま壁に飾ればいいのではないか？　そうすれば口論にならずにすむだろう」警備員はそう言って、杖の先で赤くくすぶる炭をつついた。グリルの火はほとんど燃えつきている。

しばらくして妻が尋ねた。「どういう意味です、包みのままって」

「だから、紐や包装紙のままということだ。この美術展でも、包みに入ったままの絵を見かけただろう。最近はそうするのが流行りらしい。中身はどんなだろうと考えれば、常に違ったものが見えてくるかもしれんぞ」

妻は警備員のほうを振り返った。「それ、本気でおっしゃってるんですか？」

ファーゲルンドが口を開いた。「スヴェア、ラサネン氏はお前をからかってるだけだ。さあ、そろそろ帰ろう」

妻は立ち上がり、ピクニックバスケットやセーターなど、持ってきた物を勢いよく集め始めた。

「ちょっと待ちたまえ」警備員が口を開いた。「わしは本気だ。たった今、思いついたのだ。その絵をもう少し体よく包み直せばいい。もっと紐を使って——例えば係留用のロープや靴屋で使う糸なんかで。紐はふんだんに使うんだ。どういうふうに包めばいいのか、わしは何度もこの目で見てきた」ラサネンは杖で砂の上に描いてみせた。「ここをこうやって、ああやって……。きっちりとだぞ。最後に、全体をガラスで覆うんだ」

「でも、すごく高い絵だったんですよ！」妻が思わず叫んだ。「紐を巻いた包みくらい、誰だって家で作れるじゃない！」

「いいや」と警備員が答えた。「わしはそうは思わん。そんなことをしたら、全体を包む謎めいた雰囲気が失われてしまう」彼は満足していた。芸術作品を包むことの意義をやっと理解できたことに、興奮さえ感じていた。「さあもう帰りたまえ。門はよじ登って越えてくれ。またあそこまで歩いていって、お前たちのために錠を開けるつもりはないからな」

「アルベット」スヴェアが言った。「絵はあなたが運んでちょうだい」まるで触ると火傷しそうなものを見る目つきで、包みを見つめた。

ファーゲルンドは包みを持ち上げたが、また石の上に下ろした。「いや、この絵は今ここで包んでしまおう。どういうふうにするか、ラサネン氏に決めてもらうのだ」

するとスヴェアが叫んだ。「やめてちょうだい！」そして今度は本気で泣きだした。「そんなこと、知りたくもないわ。自分が見たいように見るんでいいじゃないの？　騙されたくなんかない」

警備員はしばらく黙っていたが、最後にこう言った。「もう暗すぎる。どうせ何も見えん」

彼は立ち上がり、客に別れを告げた。二人が帰ったあとも、彼はしばらくそこに座ったままグリルを見張り、それから彫刻の間を抜けてゆっくりと小屋のほうに戻った。夏の夜がかろうじて暗くなる時間帯、彫刻は巨大な、力強い形をした影にしか見えなかった。警備員は考えた。わしはまったく正しいことを言ったじゃないか。謎めいていることが大事なのだ。なぜかは知らんが、とても大事なのだ――。彼はサウナ小屋に入り、横になった。空っぽの四枚の壁。それを見つめながら眠りに落ちるのは心地よかった。昔から幾度となく頭をよぎる思念に追いつかれることもなく。

# リス

Ekorren

1971

風のない十一月のある日、夜明け近くに、ボートの浜に一匹のキタリスがいるのが見えた。リスは水ぎわで微動だにせず、薄暗がりでよく見えなかったが、彼女にはそれが生きたリスだというのがわかった。最後に生き物を見たのはずいぶん前のことだ。カモメは数には入らない――すぐに旅立ってしまうから。波や草を揺らす風となんら変わらない。

彼女は寝間着の上から上着を羽織り、窓辺の椅子に腰をかけた。寒い。各面に窓のついた四角い部屋に、冷気が立ち込めている。リスは身動きひとつしなかった。彼女はリスについて知っていることを何もかも思い出そうとした。リスというのは板切れに乗り、追い風に吹かれて島から島へと渡るらしい。ときに海が凪いだら――とちょっと残酷な考えが浮かぶ。風が完全に途絶えたり方向が変わったりすれば、リスは沖に流されてしまう。思い描いていたのとはまったく違った結末を迎えることになる。そもそもリスはなぜ海を渡ろうとするのだろう。好奇心を抑えきれないのか、単に空腹に苛まれてか。それとも勇敢な動物だからだろうか――いや、結局のところ浅はかなだけだろう。彼女は双眼鏡を取りに立ち上がった。動くと上着の中に冷気が押し入ってくる。双眼鏡はなかなかピントが合わなかったのであきらめて窓枠に置き、ただ待つことにした。リスはまだ浜にいる。何をするわけでもなく、そこにいるだけ。彼女は目をそらすことなくリスを見つめ続けた。上着のポケットに櫛が見つかったので、待ちながらゆっくりと髪を梳かした。

と、リスがすごいスピードで岩の斜面を上がってきた。そして小屋のすぐ近くまで来たかと思うと、急に立ち止まった。彼女はそれを批評するような目つきでじっと見つめた。リスは前肢を垂らして背伸びをするように立っている。ときどきその躰が不意に怯えたように動き、這うように跳ねる。小屋の角を曲がった。彼女も隣の窓、つまり東向きの窓へと移動し、さらに南の窓まで進んだ。しかし斜面は空っぽだった。それでも、リスがどこかそのあたりにいるはずだという確信があった。この小屋からは島の全方向の浜を見渡すことができるのだ。島には木も生えていなければ、茂みもない。つまり、島にやってくるものと出ていくものすべてを眺めることができる。悠然とした足取りで、彼女はコンロの薪に火をつけに向かった。

まずは板切れを二枚、両端に並べ、その上に焚きつけ用の細い薪を交差させる。その隙間に白樺の皮、そして長く燃える薪を差し入れる。薪が燃え始めると服に着替えた。ゆっくりと、順序立てて。

彼女は毎朝、日の出の頃に着替えをする。今日という一日を念頭に置きながら、暖かく着こむ。セーターやカーディガンを重ね、広い腰回りにモールスキンのズボンのボタンを丁寧に留めていく。ブーツを履き耳当てを下ろしたら、誰にも邪魔されない幸福を感じながらコンロの前に座る。何も考えずに、膝を温めながら。こうやって毎日同じように新たな一日を迎え、苦々しい気持ちで冬を待つのだった。

海ぞいの秋は予想とは違っていた。一度も嵐にはならず、島は静かに枯れていった。雨に草が腐り、岩肌は水面よりずっと高いところまで濃い緑の藻に覆われて滑りやすくなった。十一月の日々は灰色の景色の中で進んでいくのだ。彼女はチェストの上に置いた鏡の前に立ち、自分の顔を見つめた。今まで気づかなかったが、鼻の下に柵のように垂直な短い皺がきれいに並んでいる。肌は十一月の地面のようなあやふやな灰茶色だった。リスも冬になると灰茶色になる。しかし彼らは色を失うわけではなく、新しい色を得るのだ。彼女はコーヒーを火にかけ、口に出してつぶやいた。「でもとりあえず、賢い動物ではないわね」そう考えると愉快な気分になった。

焦ってはいけない。まずはリスをこの島に慣れさせなくては。とりわけ、この小屋に。動かない灰色の物体にすぎないことを理解させるのだ。でも小屋――窓が四方についたこの部屋は、まったく動かないわけではない。その中で動き回る人間を、鋭く恐ろしげなシルエットで描き出す。リスは小屋の内部の動きをどのように把握するのだろうか。外からどうやって、空ろな部屋の中の動きを感じ取るのだろう。彼女にできるのは、とにかくゆっくり、決して音を立てずに動くことだった。まったく音を立てない生活は魅力的に思えた。島が静かだからではなくて、自主的にそういう生活を送るということが。

テーブルの上には白い紙が厚く重ねられている。ペンの横に、いつも同じようにある。文字を書きこんだ紙は伏せてある。こうやって顔を伏せておけば、言葉が夜の間に変化するかもしれない。それを新しい目で見られるようになるのかもしれない。ちらりと見ただけで、一瞬の洞察を得られるのかも。そんな可能性が充分に考えられる。

リスがここで一夜を過ごす可能性はある。ここで冬を越す可能性もある。

彼女は床の上をゆっくりと進み、部屋の角にある棚の両扉を開けた。今日の海は動きがなく、すべてが止まったように見える。棚の扉を摑んだまま、何を取りに来たのだったかと考えた。そしていつものように、思い出すためにはコンロまで戻らなくてはならなかった。そうだ、砂糖だ。それから、砂糖なんかないことを思い出した。砂糖は太るからやめたのだ。記憶が遅れてやってくるのには本当にがっかりさせられる。彼女は頭の中で自由に考えを巡らせ、砂糖から犬を連想し、ボートの浜に現れたのが犬だったらと夢想したが、そこで考えを止めて頭から追い出した。あのリスの存在価値を下げるような気がしたから。

彼女は床掃除を始めた。丁寧に、心穏やかに。掃くという行為が好きだった。それは平穏な一日——人と会話する必要のない日だった。弁解すべきことも、非難すべきこともない。すべてと断絶したのだから。他の言い方をしたほうがよかった言葉も、気軽に口に出されて大きな変化を起こしてしまった言葉も。でも今ここには、朝日に溢れる暖かい小屋、掃き掃除をする自分自身、そしてコーヒーが沸く優しい音だけが存在する。四方に窓のついたこの部屋は、あるべくしてある権利の象徴だった。安全で、閉じこもったり追い出したりすることとは無縁の場所。彼女はコーヒーを飲んだ。何も考えずに、ただ休息を楽しんだ。

ちょっとした考えが頭に浮かんだ。あのリスはなんとまあご苦労なことだ。リスなんて何百万匹といるし、特に興味深い動物でもない。そのうちの一匹、一個体が偶然ここにたどり着いただけのこと。ああ気をつけなければ――最近は何ごとも大袈裟に考えすぎる。独りで過ごす時間が長くなりすぎたのかもしれない。こんなの、ふと頭をよぎっただけで、誰だって思いつくような筋の通った考察だ。彼女はコーヒーカップを置いた。岬に三羽のカモメが止まり、同じ方向を向いている。また少し吐き気がした。コンロの前が暑すぎるせいだ。朝のコーヒーのあとはいつも吐き気がする。マデイラがちょっと必要だ。効くのはマデイラだけだった。

いつもこうやって一日が始まる。火をおこし、服を着て、火の前に座る。床掃除、コーヒー、朝のマデイラ。時計のねじ巻き、歯磨き、ボートを見に行き、水位の計測、薪割り、労働後のマデイラ。そしてやっと一日が始まる。夕暮れになるとまた儀式が始まる。日暮れのマデイラ、旗を下ろし、尿瓶《しびん》に生ごみバケツの処理、ランプを灯し、食事。長い夜がやってくる。暗くなる前に日々を書き留める。水位、風向き、気温。柱に貼った紙に必要な物をメモする。新しい電池にちくちくしない靴下、各種野菜、モビラート〔関節痛用の軟膏〕、オイルランプの予備のホヤ、鋸刃、バター、マデイラ、スプリットピン。

彼女は朝の薬を取りに玄関のクローゼットに向かった。マデイラはなるべく玄関に近い冷気の中に保管されている。冷やして飲むのが好きだから。常々、酒瓶には専用の場所を与えるべきだと思っているが、地下室の階段は急だから上り下りしづらいし、小屋の外に隠すように保管するのは意気地がないように思えた。瓶はもうあまり残っていない。ちなみにシェリーは数には入らない。飲むと悲しい気分になるし、お腹にもよくない。

朝日が強さを増しても、外は相変わらず無風だった。ボートでバス停まで行き、そこから町に出てマデイラを手に入れなくては。今すぐにでなくてもいいが、もう間もなく、寒くなりすぎる前に。ボートはエンジンがおかしくなっていてどうにかしないといけないのだが、今回の原因は点火プラグではなかった。エンジンについてわかるのは、点火プラグとスプリットピンのことだけだ。ガソリンを抜いて、ガーゼで濾してもみた。しかし結局麻袋をかぶせて小屋の壁に立てかけたままにしている。もちろんオールで漕いでいくこともできるが、ボートは重いし、風にあおられる。それに遠すぎる。何もかも嫌になり、そのことを考えるのはやめた。

彼女は音を立てないようマデイラの封を切った。瓶を膝に挟んで支え、手のひらでキャップを押しながら回す。メタルのスクリューキャップが破れた瞬間に、咳をした。瓶を正しい角度に傾けてマデイラを注いでから、どれも必要のない配慮だったことを思い出す。それに朝のマデイラを飲む権利はあるのだ。少し吐き気がするのだから。彼女はグラスを手に部屋に戻り、テーブルに置いた。窓からの光に、ワインは深い緋色だった。グラスが空になると紅茶の缶の陰に隠した。それから窓辺でリスを探した。窓から窓へとゆっくり移動し、リスが現れるのを待つ。ワインのせいで身体が火照っているし、コンロでは薪が燃えている。彼女はくるりと向きを変えて、今度は時計回りではなく反時計回りに進み始めた。焦りのない足取りで。今日も風はなく、海は空と溶け合って灰色の空白になっていたが、岩肌は昨夜の雨のせいで黒く見えた。ああ、あそこにリスが現れた。彼女が心を落ち着けてすべてを遮断したことへのご褒美みたいに。その小さな動物は、緩やかなS字を描くように岩の上を跳ね、島を横切り水ぎわまで下りていった。またボートの浜に戻ったのだ。この島を去るつもりなのだろう。ここには居場所もなければ食べ物もない。他のリスもいない。嵐が来たときにはもう手遅れなのだ。彼女は苦心して膝をつき、ベッドの下からパンの箱を引っ張り出した。動物は去るべきタイミングを知っている。船ネズミのように。泳いでなのか、何かに乗ってなのかはわからないが、運の尽きたものから去ることは決まっているのだ。彼女は岩場を這って進んだ。できる限りそっと動いた。硬いパンを細かく割って、岩の割れ目に撒く。ついに、リスが彼女に気づいた。波打ちぎわぎりぎりまで移動すると、身じろぎもせずに立っている。しみか影のようにしか見えないが、それでも輪郭が警戒心と不信感を露わにしていた。さあ、どうせもう出ていくつもりなんでしょう？　ついに怯えだしたのね！　彼女は自分にできる限りの速さでパンを潰した。速く、もっと速く――。パンを膝の上に置き、握ったこぶしで割る。粉々になったパンを地面に投げつける。それからまた四つ這いのまま急いで小屋に戻り、窓に駆け寄った。しかしボートの浜は空っぽだった。彼女は窓から窓へと動きながら、一時間待った。海は吹きつける暗い風に筋を立てられ、何かが動いているのかどうか見分けるのは難しかった。何か浮いているのか、動物が泳いでいるのか。ただ鳥だけが、水面に白い斑点のように浮いている。それも飛び立ち、岬の向こうへ消えてしまった。風が海に刻む筋が密になり、もう何も見えなくなった。目が疲れて涙が流れる。彼女はリスにも自分自身にも疲れ果てていた。自分が滑稽に思えた。

労働後のマデイラの時間だった。歯磨きはもういい。薪割りも水位計測も、何もかもいい。杓子定規にやりすぎないほうがいいのだ。グラスを取り出して、今度は素早くぞんざいに注ぎ、中身が空になるとテーブルに置き、じっと立ったまま耳を澄ました。静けさの種類が変わった。風が少し出てきたのだ。安定した東の風だ。部屋の中に存在した朝日――朝早くに、期待と可能性を感じさせてくれる光――は消えていた。今はいつもの灰色の昼の光が差し、新しい一日はおろしたての状態ではなくなり、間違った考えや行き当たりばったりな行動にちょっと汚されてしまった。リスにまつわる考えはどれも不快で恥ずべきことのように思え、考えるのをやめた。部屋の真ん中に立ち、労働後のマデイラによる火照りを感じながらも、これがほんのひとときしか続かないことはわかっていた。どうせすぐに醒めてしまうのだから、満喫するかまたやり直すかだ。コンロの上には鍋が一列に吊るされている。本は本棚に並んでいて、壁には航海計器がかかっている。使い方はわからないし、ただの飾りになっていた。冬の海で生きていくために必要な物なのかもしれないが、嵐はまだ一度も来ていない。来ていればこんな手紙を書くこともできたのに。〝こちらは風力が八まで上がりました。苦労しています。鮭の浮きが外壁にぶつかり、窓は波の飛沫に覆われて……いや、海水で何も見えなくなっています。飛沫で……外が見えない。砕け散る波の飛沫が襲ってくる……。親愛なるミスターK、こちらは風力八です……〟

嵐にはならない。ただ風が執拗に意地悪く吹きつけるだけ。海の表面がなめらかに膨らみ、幾度となく浜を舐める。これ以上風が強まるならボートを見に行かなければ。ボートの無事を確認したら、数には入らないマデイラを一杯飲んでもいいだろう。

そのとき、リスが現れた。軽いカサカサという音を立て、小屋の壁にひと飛びする。前肢で窓を引っ掻く音が聞こえ、彼女にもリスの油断ない表情が見えた。鼻をひくひくと痙攣させているのが滑稽だ。目はガラス玉みたいだった。たった一瞬、すぐ近くに存在した。それから窓はまた空っぽになった。彼女は笑いだした。なあんだ。あんた、まだいたのね。風が必要だ。本土や大きな島のほうから吹いてくるなら、どんな風でもいい。気圧計をこつこつ叩いて、下がったかどうか見ようとする。眼鏡はいつもの場所にはなかったが、そこにあるほうが珍しい。

気圧計はどうせまた不正確なのだろう。天気を確認しなければ。天気予報を。そしてラジオの電池が切れていたことを思い出した。でもどうってことはない。実際、まったくなんの違いもない。リスは島に残ったのだから。柱のところに行って、リストに〝リスの餌〟と書き足した。ところでリスは何を食べるのだろう。オーツ麦？　マカロニ？　それとも豆？　オーツ麦の粥を作ってやることはできる。わたしたちは互いに適応するのだ。でも懐かせてはいけない。何があっても。手から餌を食べさせたり、小屋の中に入れたり、呼んだら来るようにしつけたりすることは絶対にしない。リスをペットに――つまり責任や良心を伴う存在にしてはいけない。野生のままでいるべきなのだ。自分たちはそれぞれの生涯を生き、互いのことを観察するだけ。相手を認め、寛容になり、互いを尊重する。それ以外は完全に自由で、それぞれの独立を守り続けるのだ。

あの犬のことはもう気にならなかった。犬は危険だ、一瞬にしてすべてを映し出すから。わかりやすくて、情の深い動物。リスのほうがいい。

彼女とリスは、この島で冬を越す準備を進めた。互いに少しずつ慣れていき、共通の日課が出来上がった。朝のコーヒーのあと、彼女が岩の上にパンを撒き、窓辺に座ってリスがそれを食べるのを眺める。リスには窓越しに彼女のことは見えていないし、あまり賢い動物でもないのはわかっているが、それでも彼女はいまだにゆっくりと動き、長いこと——何時間でも——じっと座っていることに慣れた。特に何を考えるわけでもなく、リスの動きを見守る。リスに話しかけることもあったが、聞こえない距離にいるときだけ。彼女はリスに関する文章を書いた。推測や観察の結果を。そして自分たちの共通点についても言及した。一度、リスを侮辱するような自分勝手な批判を書いたことがあったが、あとになって後悔し、線を引いて消した。

天気は不安定で、日に日に寒さが増していった。毎朝水位を計測したあとに、くず材を集めてある場所まで上がって薪を割った。板切れや短い丸太を選び、のこぎりや斧を使って巧みに丁寧に薪にしていく。そのときの彼女は、日の出頃に火の前で身支度を整えて、何も考えずに銅像のように座っているときと同じように力強く、自信に溢れていた。割り終えた薪は小屋に運び、コンロの下に収めた。よく考えながら、薪を一本一本、板を一枚一枚、隙間なく美しく積んでいく。三角のもの、四角のもの、細い長方形、幅の広い長方形、半円形。それはパズルのような、完璧な象嵌細工だった。こうやって彼女は、冬を越すための薪を自分で集めた。

風が常に方向を変えるので、ボートをつないだロープを緩めたり、また固定したりの繰り返しだった。夜中に目を覚まし、ベッドに横になったまま耳を澄ます。ボートのことが心配だった。岩にぶつかっている音が聞こえるような気がした。ついにはボートを陸へ揚げた。それでも目が覚めた。横になったまま、高潮や嵐のことを考える。ボートをもっと上のほうまで引き上げなければいけない。コロの原理を使って。ある朝、薪置き場に行き、ボートの下に入れて転がせる物はないかと探した。きれいな円柱形のブイを摑んで引っ張ったとき、一本の丸太が彼女の前に落ちた。その瞬間に、何かがさっと動くのが見えた。恐怖のあまり稲妻のような速さで、木材の間から滑り出て姿を消したのだ。彼女はブイから手を放し、後ずさった。そうか、リスは当然ここに住んでいたのだ。ここに巣を作っていたのに、わたしに壊されてしまった。でも、知らなかったんだもの。彼女はそう弁解した。知るわけがないじゃないの！　彼女はブイを放置したまま、木毛《もくもう》〔木を削って作った緩衝材〕を取りに小屋へ走った。地下の階段に続く落とし戸を勢いよく開ける。暗闇に下りてから初めて、懐中電灯を忘れたことに気づいた。いつも忘れるのだ。瓶や段ボール、箱が目に入る。ところで木毛なんてあったかしら。もしかしてグラスウールだったかも。だとしたらリスにはよくない。ガラス繊維なんて——その名のとおりガラスでできているんだとしたら。棚を手探りで探していくうちに、この自信のない気分に覚えがあることに気づいた。あらゆる場面で、あらゆることに関係してくるその気持ち。覚えていることと覚えていないこと、わかっていることと想像しただけのことをうろうろと行き来し、何列もの箱を前にして、どれが空だったのかわからなくなる……ああ、しっかりしなきゃ。探しているのは綿の入った箱。階段の下の段ボールに、エンジンを拭くための綿があるはずなのだ。その段ボールを見つけると、なかなかほぐれてくれない綿を長細い筋にしていった。もどかしさと闇が夜に見た夢と重なる。急がなければいけないのに、もう遅すぎるかもしれない夢だ。彼女はその愚鈍で意地の悪い素材を引き裂きながら、もう間に合わないのだということを理解した。リスのことだけじゃなくて、すべてにおいて。すべて手遅れになってしまうかもしれない。ついに彼女は箱ごと抱え、地下の階段を上ろうとした。しかし箱が大きすぎて、床の穴に引っかかった。肩と首の後ろを使って押し上げると箱が壊れ、綿が床に飛び散った。一刻を争うというのに。彼女は岩場を走った。何度も転びながら。そして積み上げた薪の周りを這いずり回って、雨が当たらず簡単に見つけられそうなところはどこもかしこも綿を突っこんだ。さあどうぞ、自分で巣を作りなさい！　これでいい。これ以上わたしにできることはない。自分の大きな身体が今まででいちばん重く感じられた。ゆっくりと、風の当たらない岩陰の割れ目に向かうと、そこで膝を抱いて眠ろうとした。リスのことは完全に忘れて。セーターとブーツとレインコートの中で安心し、何に邪魔されることもなく、完全に無関心になった。湿ったウールと、いいことをしたという温かい気持ちにしっかりとくるまれながら。

十二時過ぎに雨が降り始めた。眠っている間にある考えが完全に熟し、それによって目が覚めた。それは冬の薪のことだった。冬じゅう毎日必要になる薪のこと。アリの行列のように岩場を何往復もしなければいけない。そしてのこぎりや斧が、日に日にくず材の山に深く割り入ってくる。確実に近づいてくる無慈悲な敵が、毎日、寒さと光の新しい穴を開ける。綿でできた巣にいるリスは怯え、怒り狂うだろう。

リスと冬の薪を分け合わなくてはいけない。それは明白な事実だった。リスのための薪の山、自分のための薪の山。今すぐにそれを実行に移さなくては。眠ったあとで身体が硬かったが、心は落ち着いていた。やるべきことはただひとつなのだから。彼女は家一軒ほどもある重々しさで、まっすぐくず材の山へと向かった。丸太の山を崩すと、その端を摑んで、岩場をよろめきながら小屋まで下りる。岩はつるつるでブーツが苔に滑ったが、小屋まで来ると壁の前に丸太を投げ下ろした。そして踵を返し、また岩を上る。丸太は手で運ぶものであって、転がすものではない。転がすと、奔放で勝手なエネルギーが生まれ、行く手にあるものすべてを破壊してしまう。運ぶべきものなのだ。それも、必要とされている地点まで丁寧に。運び手自身も、丸太のようでなければいけない。重々しく、不格好で、しかし力と可能性に溢れている。すべてをあるべき場所に収めなければいけないし、どんなことに使えるのかも見極めなければいけない。運ぶごとに、足取りがしっかりする。わたしは新しい呼吸をしている。汗はしょっぱかった。

夕暮れ近くになっても、雨はまだ降り続いていた。岩場の上り下りは落ち着いて自動的なものになり、現実感がなかった。さらに上ったり下りたりを続け、持ち上げ、運び、バランスを取るうちにめまいがしてきた。壁に向かって投げつけるように丸太を下ろし、また岩場を上る。今の彼女は強く、自信に溢れ、すべての言葉は消し去られ、遮断された。円柱状の木材、表面の粗い板、なめらかな板、丸太。彼女はセーターを脱ぎ捨てると、雨の中に放り出した。自分が考えたとおりにするのだ。つまり間違った場所にあるものを動かし、正しい場所に来るようにする。ブーツの中で足を踏ん張る。わたしは石だって運べる。てこの原理と金属の穴掘り棒を使って、大きな石を転がしていくのだ。そうやって自分の周りに塀を築き、塀の石はすべてあるべき位置にある。ただ、島の周りに塀を築く必要はないかもしれない。

暗くなる頃には疲れを感じた。脚が震えてきたので、丸太はその場に残し、板切れを運んだ。最後には細い薪だけを小屋の壁に立てかけた。そのとき、小さな考えが浮かび不安になった。リスは薪の山のいちばん下に住んでいるわけではなくて、湿気の少ない中ほどにいるのかもしれない。そうだとしたら、間違ったことをしてしまった。板を一枚抜くたびに、それがリスの巣の屋根だったかもしれないのだ。ひとつ取るたびに巣が揺れ、破壊された可能性もある。薪を積んだ山に手を触れるなら、どのように丸太が積まれているかを把握していなければいけない。薪と薪がどう重なってバランスを取っているのかを。落ち着いて賢く考え、力任せにやらず、ちゃんとわかったうえで一気に抜くのがいいのか、丁寧に我慢強く少しずつ抜いていくのがいいのかを見極めなければいけない。

彼女は島のささやくような静けさに、雨と夜に、耳を澄ました。もう無理だ――そう思った。もうあそこには行けない。彼女は小屋へと戻り、服を脱いで床に入った。いつもの儀式に反してランプはつけなかったが、それは今日この島で起きたことなどまったく気にしていないということをリスに示すためだった。

翌朝、リスは朝食を食べに来なかった。長いこと待ったが、ついに現れなかった。リスが傷ついたり、不審に思うような理由はないはずだ。彼女がやったことはすべて、単純ではっきりしていて、まっとうなことだった。薪を分け合ってその場を離れたのだから、まっとう以上だ。しかも、リスの薪のほうが彼女のより何倍も多いのだ。もしその動物が少しでも彼女個人を信頼しているのなら、そもそも彼女が生き物で味方だと理解しているのなら、最初から最後までリスを助けようとしていたのをわかっていていいはずだ。

彼女はテーブルについた。鉛筆を削り、紙を目の前に置く。角度がきっちり、テーブルと平行になるように。それでいつも少しはリスを理解できるような気がした。

リスが今でも彼女を単なる動きや物、つまり些末でどうでもいい存在として見ているなら、彼女のことを敵としてみなすとも思えなかった。彼女は神経を集中させ、リスが自分のことをどんなふうに理解しているのかを正確に分析しようとした。薪の山で怖がらせたことで、リスの認識はどう変わっただろうか。リスが彼女に親愛の情を感じる一歩手前まできていた可能性もある。その決定的な段階で、不信感を味わわせたのだ。もしくは逆に彼女のことなどどうでもよくて、あくまで島の一部であり、秋が冬に向かう間に枯れゆくもののひとつだとみなしているのなら、さっきも言ったようにやはり薪の山での一件を攻撃だとは受け取っていないだろう。どちらかというと嵐が来たとか、あるものが変化したというような感覚だろうか。彼女は疲労を感じ、紙に四角形や三角形を描き始めた。そして、ますますリスのことがわからなくなった。四角や三角の間にくねくねした長い線を描き、四方八方に小さな葉を伸ばす。雨はやんでいた。海が膨らみ、輝き、盛りあがる。〝海は美しい〟と果てしなくおしゃべりしている。

そのとき、一艘のボートが目に入った。

まだずっと遠くだが、確かに近づいてきている。動いているのだ。カモメでも石でも航路標識でもなく、黒く無機的な形をしている。それがまっすぐにこの島に向かっている。このあたりはこの島以外に目的地などないのだから。船体を横に向けたボートなら危険はない。ただ航路ぞいに通過しているだけだ。しかし、あれはまっすぐこっちに向かってきている。黒いハエの糞のように。

彼女はテーブルの上の紙を摑んだ。何枚かが床に舞い落ちる。引き出しに突っこもうとするが、皺くちゃになるばかりで入ってくれない。いや、こんなことをするのは間違っている。完全に間違っている。書いたものは出しておくべきなのだ。突き放すように、でも守ってやるように。彼女は紙をまた引き出しから出して、皺を伸ばした。ここに来ようとしているのは誰だろう。ここまで来る勇気があるのは。さっと、あの人たち――そう、あの人たちだ。ついに見つかってしまったのだ。彼女は部屋の中を走り回って椅子や物の位置を動かし、それからまた元に戻した。変えようのない部屋なのだ。黒いしみが近づいてくる。彼女はテーブルの端を掴んで身体を支えた。静かに立ったまま、エンジン音に耳を澄ます。もうどうしようもない。あの人たちがやってきたのだ。わたしのところへ、まっすぐに。

エンジンの音がすぐそこまで近づいていた。彼女は海と反対側の窓を勢いよく開き、外に飛び出して走った。ボートで海へ逃げるには遅すぎる。腰を屈めて走りながら、島の反対側へと移動していった。水ぎわの岩の割れ目に滑りこむ。エンジン音はここまでは届かなかった。聞こえるのは、ゆるやかに岩に打ち寄せる波の音だけ。上陸すれば、あの人たちはわたしのボートに気づくだろう。しかも小屋は空っぽ。不思議に思い、岩場を上がってきてここで小さくなっているわたしを見つける――。そんなことになっては困る。だめだ、小屋に戻らなくては。彼女は四つ這いで進み始めた。さっきよりゆっくり、島のてっぺんに向かって。エンジン音はやんでいる。あの人たちは島に上がったのだ。彼女は濡れた草の上に腹這いになった。そのまま何メートルか這って進むと、ひじで身体を持ち上げて彼らのほうを見た。

彼らのボートは島の浅瀬に錨を下ろしていた。それは釣り人だった。三人の中年男がこちらに四角い背中を向けて座り、ジグ釣りをしながら魔法瓶のコーヒーを飲んでいる。ときどき言葉を交わしているようにも見える。たまに釣り糸を引っ張る。魚がかかったのかもしれない。背中が疲れてきたので、彼女は頭を腕にもたせかけて休ませた。リスのことなどどうでもよかった。釣り人たちのことも。誰のことも。ただ、落胆の中へとまっさかさまに転げ落ちていく。がっかりしていることを、自分でも認めざるをえなかった。なぜこんなことに——。率直に考えようとした。なぜあの人たちが来たなんて思って、これほど狼狽したの。そうかと思えば、彼らじゃなかったことに激しく落胆するなんて。

翌日、彼女は寝床から起き上がらないことにした。それは気が滅入ると同時に、優越感に浸れるような決定だった。それ以上のことは考えない。ただ、もう二度と起きてやるものかと思っていた。それは雨の降る日だった。雨は穏やかなままで、いくらでも降り続きそうだ。かまいやしない、雨は好きだから。雨の幕に雨のカーテン。ほらまた、雨が新しい果てしなさを連れてくる。雨の足音がしとしとと、屋根を渡っていく。誘うような日の光——時の経過とともに部屋の中を、窓辺から敷物の上へと横切ってゆく光は存在しない。普段なら午後という時間を揺り椅子の上に刻み、コンロのフードの上で非難がましく赤く燃えてみせてから消えていくのに。今日という日はありがたいことに、尊くも単調な灰色の日だ。時間の存在しない、名もなき一日。こんな日は、数には入らない。

彼女は寝床の中で重い身体を温かく丸めた。そして頭まで毛布をかぶる。鼻先の小さな空気穴から、壁紙のピンクの薔薇が二輪見えた。何もわたしに手出しはできない——。ゆっくりと、また眠りに連れ去られていく。最近ますます長く眠れるようになった。眠りを愛している。


雨の一日が暮れる頃、空腹を感じて目が覚めた。部屋の中はとても寒かった。ブランケットを羽織り、缶詰を探しに地下へ下りる。懐中電灯を忘れたので、暗闇の中で適当に缶を手に取った。彼女はそこで動きを止め、耳を澄ました。手に缶を持ったままじっと立ちつくす。リスがこの地下のどこかにいる——。とてもかすかな、動物が跳ねる音。そのあとは静寂が広がったが、彼女にはあのリスがここにいることがわかった。冬じゅう、わたしの地下室で暮らすつもりなのかしら。ここなら巣を作る場所はいくらでもある。積もった雪で壁の空気穴がふさがらないようにしなくては。缶詰を全部、他に必要な物もすべて、部屋に持って上がらなければ。それでも、リスが住んでいるのはこの地下なのか薪の山なのか確信がもてなかった。

彼女は部屋に上がり、落とし戸を閉めた。手に持っていた缶詰は肉のディル煮込みだったけれど、彼女はその料理が嫌いだった。そのとき、地平線に一筋のリボンのような青空が開いた。燃えるような夕焼けの細い帯も。海が燃え上がる中で、点在する島は煤のように黒い筋や塊になっている。海は波打ちぎわまで燃えている。浜に打ち寄せる波が、ぬるぬるした十一月の岬の岩の上で何度も何度も同じ曲線を描く。彼女はゆっくりと食事を口に運び、空と海を染める赤色が深まるのを眺めた。鮮明な、想像を絶するような赤。突如としてそれが消え、何もかもが紫に染まった。そのままゆっくりと灰色へ、夜へと変化していく。

目が冴えていた。服に着替えるとランプや見つかったティーライトをすべて灯し、コンロにも火をおこし、明々と灯る懐中電灯を窓ぎわに置いた。最後に玄関前に紙の提灯を吊るした。穏やかな夜の中で、提灯は微動だにせず明るく輝いている。マデイラの最後の一本を取り出し、グラスと一緒にテーブルの上に置く。そして、ドアを開け放したまま小屋を出た。光に輝く小屋は美しく、窓に明かりを灯した見知らぬボートのように謎めいていた。彼女は岬の先端まで歩いていき、そこを起点に島を一周し始めた。ゆっくりゆっくり、波打ちぎわぎりぎりのところを。顔はずっと、果てしない海の闇に向けたまま。島を一周して最初の岬に戻ると、振り返って輝ける自分の家を見つめた。こうしてやっと暖かい部屋の中に入り、ドアを閉め、家に帰ってきたと感じることができるのだ。

部屋に入ると、テーブルの上にリスがいた。小動物は驚いてテーブルから飛び下り、その拍子にマデイラの瓶が倒れて転がった。駆け寄ったものの時すでに遅く、瓶は床に落ちて割れてしまった。指の間に破片を感じる。敷物があっという間にワインの色に染まった。

彼女は顔を上げ、リスを見つめた。壁に並んだ本にしがみついている。盾の紋章に描かれた動物のように肢を大きく開いて、堂々たる姿だ。そのまま微動だにしない。彼女は立ち上がると、リスに一歩近づいた。もう一歩。それでもリスは動かなかった。彼女は手を伸ばした。さらに近寄る。ゆっくり、ゆっくり――その瞬間、リスが噛みついた。ハサミで切られたような痛みが走る。彼女は思わず小さな悲鳴を上げ、それから空っぽの部屋に向かって怒声を上げ続けた。瓶の破片につまずきながらも外に出ると、そこで立ち止まり、リスに向かって雄叫びを上げた。今まで誰も、今リスがやったように信頼関係を壊したり、合意を裏切ったりしたことはない。自分でも、リスを撫でたくて手を伸ばしたのか首を絞めてやりたかったのかはわからなかった。どちらにしても同じことだ。とにかく自分は手を伸ばしてしまった。彼女は部屋に戻ると、割れた瓶の破片を掃いた。明かりをすべて消し、コンロにもっと薪をくべた。そしてリスのことを書いた紙をすべて燃やした。

その後、彼女とリスの間の儀式にはなんの変化もなかった。彼女が岩の上に餌を撒き、リスが食べにやってくる。リスがどこに住んでいるのかは不明だったが、知りたいとも思わなかった。もう地下には行かなかったし、上の薪置き場にも行かなかった。それはリスに対する軽蔑、そして復讐するつもりもないという無関心さの表れでもあった。しかし彼女はこの島で今までとは違った態度をとるようになった。騒がしく振る舞うようになったのだ。小屋から勢いよく走り出たり、ドアを乱暴に閉めたり、何かを叩きつけたり足を踏み鳴らしたり、ついには外に出て走り回った。かなり長いこと微動だにせず立っていたかと思えば、岩場を上り、息を切らせて縦横無尽に島じゅうを走り回ったりもしたし、腕を大きく振り回しながら叫んだりもした。リスに見られているかどうかなんて、これっぽっちも気に留めなかった。

ある朝起きてみると、雪が積もっていた。その薄い雪のヴェールは解けようとしなかった。ついに寒気が訪れたのだ。ボートで町に出て、買い物をしなければいけない。そのためにはエンジンを直さなければ。彼女はエンジンを見に行った。持ち上げてしばらくあちこち触っていたが、結局また小屋の壁に立てかけた。数日中にはなんとかしよう。だって今日は風が強いし。彼女は代わりに、雪の上にリスの足跡を探し始めた。地下室や薪置き場の周辺の地面には誰かが足を踏み入れた形跡はなく、真っ白だった。浜も回ってみた。順序立てて、島じゅうの浜を。しかし、唯一の足跡は彼女自身のものだった。くっきりした真っ黒な足跡。それが島に長方形や三角形、長い曲線の傷痕を残していた。午後になるとある疑いが頭をもたげ、彼女は小屋の家具の下を探し始めた。戸棚を開け、引き出しを開け、しまいには屋根に上がって煙突の中も覗いてみた。あんたのせいで、わたしはばかみたいじゃないの——彼女はリスに向かって言った。それから岬に出て、薄い木の板が何枚残っているか数えた。それはリスのためのボートで、追い風に乗って本土に向かえるよう彼女が並べておいたものだった。あんたのことなどどうでもいいと、相手にわからせるために。木の板は残っていた。六枚とも。しかし一瞬、記憶があやふやになった。本当に六枚だったかしら。七枚だったのでは？　書き留めておくべきだった。そうしなかったのだから、弁解の余地はない。彼女は小屋に戻って敷物をはたき、床を掃いた。最近は何もかも間違った順序になっている。夜に歯を磨くこともあれば、ランプをつけないこともあった。秩序が乱れたのはマデイフがないせいだ。今まではマデイラが一日を正しい間隔に分けて、明確でシンプルなものにしてくれていたのだ。

彼女は窓を四枚とも磨き、本棚を整理した。今度は作家別ではなく、アルファベット順に。やり終えてから、もっと自分らしい素敵な並べ方を思いつき、自分を基準にして並べ替えようとした。好きな本をいちばん上の棚に、最低なのをいちばん下にという具合に。しかし、好きな本が一冊もないことに驚いた。本はそのままにして窓辺に座り、もっと雪が降るのを待った。南に雲塊ができているから、雪を連れてきてくれるかもしれない。

夜になると急に人恋しくなり、無線機を手に岩場を上った。アンテナを伸ばし、スイッチを入れ、耳を澄ます。遠いかさかさ、ざわざわという雑音が聞こえてくる。何度か、二台の船の間で交わされる会話をキャッチした。また聞こえるかもと期待して、長いこと待った。夜は炭のように真っ黒で、とても静かだった。彼女はまぶたを閉じ、辛抱強く待った。すると、何か聞こえてきた。気が遠くなるほど遠いところで、言葉までは聞き取れないが、ふたつの声が会話をしている。落ち着いてゆっくりした話し方だった。次第に近づいてくるが、何を話しているかまではわからない。そして会話が終わるのが感じられた。語調が変わり、発言が短くなり、さよならを言った。もう手遅れなのに、彼女は「ちょっと!」と叫んだ。「わたしよ、聞こえる?」しかし自分の声が彼らに聞こえていないのはわかっていたし、無線機に残ったのは遠いざわざわという音だけだった。彼女は無線機を切った。ばかみたい――自分に向かってつぶやいた。無線機の電池がもしかするとラジオにも使えるかもと思いつき、試すために小屋に下りた。しかし電池は小さすぎた。やはり町へ行かなくては。マデイラに電池。電池の下に〝ナッツ〟と書き加え、それから線を引いて消した。リスはもう出ていったのだから。木の板はやはり七枚だったのだ。六枚ではなくて。水から同じ距離、ぴったり六十五センチのところに並べておいた。買い物リストに目を通していると、急に知らない言語を読み上げているような気分になった。自分とは関係ない物ばかり。スプリットピン、モビラート、スキムミルク、電池――それは非現実的かつ反感を覚える物の一覧表だった。今大事なのは木の板だけ。それが六枚だったのか七枚だったのか。彼女は巻き尺と懐中電灯を手に、また浜へ下りた。ところが浜は空っぽだった。きれいさっぱり空っぽだった。木の板は一枚もなかった。水位が上がったせいで、波にさらわれたのだろう。

　彼女は心の底から驚いた。水ぎわに立ちつくしたまま、懐中電灯を海に向ける。光が水面を割り、水中に灰緑色の空洞を浮かび上がらせた。それは奥にいくほど黒くなり、小さな、なんだかよくわからない粒が無数に浮いている。今までそんなものを気にしたことはなかった。彼女は闇を、もっと先を照らした。すると、懐中電灯の弱々しい光がある色を捉えた。鮮やかな黄色。それは陸風によって海に押し出された、ニス塗りのボートだった。

　それが自分のボートだと、すぐにはわからなかった。ぼんやりと立ちつくしたまま、空っぽのボートが海に流されていくという、手の施しようのない劇的な動きを見つめた。それから、ボートが空っぽではないことに気づいた。舟尾《とも》の座板にリスがじっと立ち、まっすぐに懐中電灯の光を見つめ返している。その姿は段ボールの切れ端か、壊れたおもちゃのように見えた。

　彼女はブーツを脱ぎかけてやめた。岩の上に置いた懐中電灯が、海中を斜めに照らしている。水に膨らんだ海藻が塁壁のように高潮に揺れ、丸みを帯びた岩の下に入ったところには闇が広がっている。ボートはもう遠くまで行ってしまった。それに寒すぎる。手遅れなのだ。うかつに一歩踏み出したせいで、懐中電灯が海の中に滑り落ちた。消えずに岩肌にそって沈みながら、燃えているみたいだった。次第に遠ざかる光が、一瞬ごとにちらりと、薄気味悪い茶色の光景、そこに揺れる影を照らし出した。そして、闇だけが残された。

あのリスめ――彼女は敬意を込めて、ゆっくりそうつぶやいた。暗闇に立ったまま、まだ大きな驚きに包まれたまま、脚に力が入らず、これで何もかもが完全に変わってしまったことを漠然と理解した。

しばらくして、彼女は岩の上を戻り始めた。それには長い時間がかかった。小屋のドアを閉じてやっと、安堵を感じた。大きな、高揚した安堵を。すべての決定が彼女の手から離れたのだ。もうリスを嫌う必要も、心配する必要もない。リスについて何か書く必要もない。まったく何も書く必要はないのだ。すべてが明確かつ絶対的な単純さで終了し、解決したということだ。

外では雪が降り始めた。静かに密に降っている。冬が来たのだ。彼女はコンロに薪をくべると、ねじを回してランプの光を強めた。そしてテーブルに座ると、すごい速さで書き始めた。

〝風のない十一月のある日、夜明け近くに、ボートの浜に一人の人間がいるのが見えた……〟

# 連載漫画家

Serietecknaren

1978

アリントンが辞めたとき、その新聞はもう二十年近くブラッピーの連載を続けていた。だから誰か別の漫画家を使ってでも、連載を続けなくてはいけなかった。掲載できる原稿があと数週間分しかなく、新聞社は窮地に陥っていた。ましてや海外との契約では、最低二カ月分のストックを保証しているのだ。ブラッピーは飛ぶ鳥を落とす勢いの痛快な四コマ漫画で、誰にでもおいそれと描けるものではない。新聞社は試しに五名ほどの漫画家を雇い、社内にデスクを与えた。そうすれば、全員を監督するための時間もそれほどかからない。もちろん、全員に同じ課題が与えられた。数日後にはそのうち二人は使えないということになり、新しい二人と入れ替えられた。監督役の男が日に何度か彼らの仕事ぶりを見て回り、肝心な点を理解する手助けをした。フリードという名の背の高い男で、腰が悪いのは常に漫画家のデスクに屈みこまなくてはいけないせいだろう。新しく入った漫画家は、若くてやる気がありそうだった。この中ではいちばんましかもしれないが、まだ充分とは言えない。

「よく覚えておけ」フリードが言った。「緊張感を増していくんだ。それを常に意識しろ。きみに与えられるのは三コマか四コマだ。どうしてもという場合には五コマやるが、それは極力避けてくれ。それではだ。一コマ目で前日からの緊張感を解く……そら！　読者はほっとして、ゲーム続行というわけだ。二コマ目で新たな緊張を構築し、三コマ目でそれを膨らませ……。わかったな？　きみの仕事ぶりは悪くないが、細かいディテールやせりふ、装飾にこだわりすぎだ。それが全体の流れを邪魔している。ストレートに単純に、頂点――つまりクライマックスに向かうんだ」

「ええ、わかってます」サミュエル・スタインは答えた。「わかってはいるんです。努力はしてるんですが」

「誰かが朝刊を手にするところを想像してみろ」フリードが続けた。「そいつはまだ眠くて機嫌が悪い。急いで仕事に向かわなくちゃいけない。一面の見出しだけ確認してから、四コマ漫画に釘づけになる。そのときは微妙なニュアンスまでは理解できないかもしれない。そこまで要求するのは酷ってもんだろ？　それでも、そいつの好奇心はちょっとしたスリルを求めてるし、笑いも必要としている。一瞬でいいから、何か面白いものを読んでにやにやしたいんだ。それが自然な欲求だ、違うか？《オーケー》　今言ったこと全部、四コマ漫画を読むことで得られるだろう？　つまり、それを与えるのがおれたちの仕事なんだ。これは大事なことだぞ。おれの言う意味がわかるか？」

「ええ、もちろん。それはずっとわかっていたと思います。ただ、何もかもあっという間じゃないといけないのが難しくて。ぼくは、なんていうか、全部入れるのが間に合わない。それでいていいものにも仕上げなきゃいけないなんて」

「大丈夫だ。きっとそのうちできるようになる」フリードが励ました。「まあ落ち着いてやれ。

きみを信頼して言うが、きみは優秀な漫画家だ。描線は悪くないし、背景も描けるようだし。では、おれは仕事に戻るぞ」

そこは茶色い壁のとても小さな部屋で、物がいっぱいに詰まった本棚や戸棚が並んでいた。大きなデスクは重厚なつくりで、引き出しが床まで続いた旧式のタイプだ。壁は画鋲で留めた紙の束や、古いカレンダー、広告、不思議なポスター、その他の告知などで埋め尽くされていて、そのすべてが、ずっと前に過ぎ去った人生のような印象を与えた。誰も片づける暇がないまま、忘れ去られてしまった人生のような。しかしサミュエル・スタインはその部屋が気に入った。そこに隠れているような気分になれるから。仕事と一緒に守られているような。それに、権威ある新聞社の歯車の一部として働けること、そんな敬意を自分が感じていることも嬉しかった。

その部屋はとても寒かった。立ち上がったとたんに寒さが忍び寄ってくる。常に遠くで輪転機の鈍い単調な音が響いていて、そこに外の道路を行き交う車の音が重なる。寒かった。ドアの横に作業着とカーディガンがかかっていたので、スタインはそのカーディガンを着てポケットに両手を突っこんだ。すると、右のポケットに紙切れが見つかった。何かのリストだ——窓辺に立ったまま読むと、とても小さな手書き文字で〝使用済〟と書かれている。〝スケート靴でスキーetc.　政府　からかう　現代美術が舞踏会へ　①仮面舞踏会　②カクテルP。ギャング宇宙飛行士×三回。ラブ&妖婦　アウト　挽肉　墨汁　背景明るく　洗濯　AGに電話〟

それは、以前この部屋で働いていた漫画家のカーディガンだった。スタインはその男に興味が湧き、引き出しをひとつ開けてみた。中にはちびた鉛筆、セロテープ、墨汁の空瓶やクリップといった、引き出しにつきもののがらくたが入っていた。ただ、普通よりもひどい状態かもしれない。というのも、怒りにまかせて全部めちゃくちゃに突っこんだような様子だったからだ。彼は次の引き出しも開けてみた。そこは空っぽだった。何ひとつ入っていない。スタインは残りの引き出しには手を触れず、お湯を沸かし始めた。窓ぎわの床に、簡易電気コンロがあったのだ。この部屋を使っていたのはアリントンかもしれない。彼は自宅で仕事をしないタイプだったのかも。二十年間、ここに座ってブラッピーを描き続けたのだろうか。そして突然辞めた。それもエピソードの途中で。辞めるときには半年前に申し出なければいけないのに。五十三話目以降のプロットは見当たらないらしい。通常は八十話完結なのに。なぜアリントンは五十二話目で終わるようにプロットを変更しなかったのか、質問したことがある。「できなかったんだ」「したくなかったんですか？　それともし忘れたとか？」

「さあわからん」フリードが答えた。「そのへんは別の部署が担当してるからな。どちらにしても、きみが気にすることじゃない。終わっているところから続きを描いて、きみらしくやればいいんだ。だが継ぎ目はわからないように。署名は入れないでおこう」

お湯が沸いた。スタインは小鍋を持ち上げると、電気コンロのコンセントを抜き、先日見つけたカップと砂糖を棚から下ろした。スプーンは見つからなかった。ティーバッグは持参した。

六日後、フリードが部屋に入ってきて、ついに決まったぞと言った。この仕事を手にしたのはスタインで、一両日中にも契約書にサインするという。七年契約だった。取締役会はきみの仕事ぶりに非常に満足しているが、やはり緊張感を膨らませることの重要性は指摘していたぞ。フリードは疲れて見えた。穏やかで感情の読めない顔に微笑みを浮かべている。彼はサミュエル・スタインに歩み寄って握手を交わし、励まし庇うような素振りでそっと肩に触れた。

「いやあ、嬉しいな」スタインは言った。「すごく光栄です。今までに描いたものは、そのまま使えそうですか？　それともまた一から描き直しでしょうか」

「もちろん使うさ。描き直す時間なんてないからな。原稿は直接印刷に回しておくから、きみはペースを上げて二カ月分のストックがある状態を目指してくれ」

「ひとつだけ教えてください」スタインが言った。「彼はこの部屋で仕事をしてたんですか？」

「アリントンのことか？」

「ええ、アリントンのことです」

「ああ、ここはあいつの部屋だった。その跡を継ぐんだから、同じ部屋で働くのが都合がいいんじゃないかと思ってな」

「ここには彼の持ち物がたくさん残ってるようなんです。あまり勝手にいじりたくはないけど。アリントンはそのうち取りに来るつもりでしょうか」

「やつの荷物はここから移動するよう取り計らおう。確かに狭いしな。すべて処分するよう指示しておく」

「もしや、アリントンは亡くなったんですか？」サミュエル・スタインは思わず訊いた。

「いやいや、もちろん生きてるさ」

「じゃあ病気に？」

「勘弁してくれよ。そんなこと気にするな。あいつは元気《オーケー》にしてる。じゃ、うまくいくことを祈ってるぞ」


初めのうちは、その部屋の物には何も手を触れずに仕事をしていた。そしてスタインが描いた最初の一話が掲載された。署名は省いたし、描き手が変わったことには誰も気づかなかった。どうせアリントンは最後の三年は署名するのをやめていたから、助かった。サミュエル・スタインは一日に数話を完成させるほどスピードを上げ、どんどんこつを摑んできた。まずは鉛筆で半ダースほどのイラストを下書きして、それをインクで清書しておく。毎日朝は塗りつぶしが多いコマから始め、手が温まってくると細かい部分に取りかかり、午後になって自分の手を確実に信頼できるようになってから、一気に引かなければいけない長い線や、素早く無頓着に描きあげるべき部分を描いた。それからまた、次のひとまとまりに取りかかるのだった。そうやって着実に、指定された量のストックを溜めつつあった。一話目が印刷されたとき、社内の人たちはおめでとうを言ってくれたが、読者からの反応は特になかった。その日は落ちこんだもののすぐに立ち直り、いい仕事をすること、それに対して充分な報酬が支払われていることに平和な喜びを感じながら描き続けた。なんといっても安心感があった。今までのようにイラストを抱えて駆け回り、優柔不断で思わせぶりな作家たちに売りこむ必要はないのだ。そうやってありがたい本の表紙の仕事が入れば入ったで、ひとつこなすのに三、四回はどこかに足を運ぶ必要があった。発注を受け、作家と打ち合わせをし、仕事を納入しに行っては待たされ、ギャラも受け取りに行かなくてはいけない。場合によっては、色校正のために印刷所に何度も駆けつける羽目になる。それが今は何もかも円滑に事が進む。仕事を納入しに行く必要もない。その日描いたイラストをデスクに置いておけば、夜の間に誰かが取りに来てくれるのだ。報酬は二週間に一度、会計課で支払われる。フリードと顔を合わせることはもう滅多になかった。たまに階段で出くわすくらいで。

「もう見に来てくれないんですね」スタインが言った。

「その必要はないからだ。おれの可愛い坊や」フリードはふざけて言った。「きみの仕事ぶりは立派なもんだ。だが行き詰まったり、間違った方向に行きそうになったら教えてくれ。そうなったら弾丸のような速さで駆けつけてやるから」

「まさか！」スタインは笑った。寒い部屋で使うための温風機を買い、その代金は新聞社が支払ってくれた。今となっては新聞社はスタインのことが大事でたまらないのだ。それだけの理由は充分にあった。ブラッビーは三、四十カ国で連載されているのだから。スタインは時折、新聞社と同じ通りにある角のバーに行って一杯やることがあった。薄暗い雑然としたその店が気に入ったし、同業の男たちが大勢いて、一杯だけグラスを傾けながら仕事の話をし、また新聞社に戻るのだった。スタインはそこで他の漫画家たちと知り合いになった。彼らは気さくにスタインに話しかけ、半人前として扱った。まだ正式にゲームに参加できていないが、なかなか将来有望なやつとして。それは見下した態度ではなく、むしろ愛情がこもっていた。そのバーでは互いに酒をおごるようなことはなく、グラス片手にしばらくカウンターで過ごし、仕事に戻るのが常だった。

スタインには憧れの漫画家がいた。とんでもなく秀逸な絵を描く男で、カーターという名前だった。カーターは鉛筆の下書きはせずにいきなりペンで描く。それも写実的に。歴史ホラーのイラストを得意としていた。太っていて、赤い髪のひどく醜い男で、動きはゆっくりだった。

笑顔を浮かべることはなかったが、自分の周りで起きていることには興味津々のようだった。

「ひとつ訊くが」カーターがスタインに問いかけた。「きみは、漫画を描いてるからってご立派な芸術には関わらせてもらえなかったクチか?」

「いいえ」スタインは答えた。「ぜんぜん」

「それはよかった。そういうやつらは我慢ならんからな。箸にも棒にもかからんうえに、必ずその愚痴をもち出すときた」

「あなた、アリントンと知り合いだったんですか?」

「よくは知らん」

「アリントンはそういう人だったんですか? あなたが今言ったような、我慢のならないタイプ?」

「いいや」

「でも、なぜ辞めたんです」

「疲れたからさ」カーターはグラスの酒を飲み干し、仕事に戻っていった。

アリントンの荷物を処分するという件を新聞社はすっかり忘れているようだったが、スタインにしてみればむしろ好都合だった。長年の間に集められ、忘れ去られた小道具に囲まれているのは心地よかった。暖かいマットレスのように、色褪せた壁紙のように、四方から身体をぴったりと包んでくれる。そのうちに、スタインは引き出しを開けてみるようになった。一日ひとつ、まるで子どもがアドベントカレンダーの窓を毎日開けていくみたいに。すると、アリントンの最後の数カ月に来たファンレターの箱が見つかった。〝返事済〟〝保留〟〝重要〟〝Bのイラストを送る〟というメモがついて、輪ゴムでまとめられている。また空っぽの引き出しもあったし、別の引き出しには光沢紙に描かれたブラッピー、二枚折りの厚紙、大人向けのしゃれた挿絵に、子ども向けの面白い絵。紙そしてまた紙、新聞の切り抜き、請求書、靴下、子どもの写真、領収書、タバコ、コルク、紐。それが、注目されることに疲れた男の元に集まった、死んだ命の蓄積だった。連載に関するものはなかった。アリントンが仕事について書き残したものは、あの日カーディガンの右のポケットにリストを発見して以来、見つからなかった。

ブラッピーを描いていくうちに、アリントンの存在がますます現実味を帯びていった。アイデアが思い浮かばずに、あそこの灰色の窓ガラス越しに下の通りを見つめるアリントン。紅茶を沸かし、引き出しの中をごそごそ探るアリントン。電話に出るアリントン。締切と締切の間に完全に忘れ去られているアリントン。賞賛されることに疲れきったアリントン――。孤独だったのだろうか、それとも人と会うのが怖かったのか？　午前中のほうが調子がよかったのか、遅い時間に社内が静かになってから？　行き詰まったときはどうしていたのだろう。それとも二十年間安定したペースで描き続けられた？　だめだ、これはよくない――とサミュエル・スタインは思った。アリントンの人生を勝手に惨めなものに仕立ててはいけない。アリントンが機械の横に立って二十年間働き続けたのなら、誰も騒ぎ立てはしなかっただろう。しかし彼は有名になり、いい給料をもらっていた。それは今のぼくも同じだ。

ある週末《ウイークエンド》に、カーターが田舎の自宅に誘ってくれた。それは寛大《グレイス》な申し出だった。というのも、カーターは知人のほとんどを嫌っていて、独りで静かに過ごすのを好んだからだ。それは春先のことで、田舎は完全なる静寂に包まれていた。カーターはスタインを庭に案内し、豚や雛鶏を見せた。飼っているヘビも見せた。芝生の石をそっと持ち上げて、こう言ったのだ。

「ほら、ここにいるだろ? まだちょっと眠そうだが、そのうちしゃきっとする」

スタインは夢中になって訊いた。「餌は何をあげるんです?」

「何も。餌は自分で獲るんだ。好物のカエルやなんかが山ほどいるからな」

スタインはカーターが絶対にファンレターに返事をしないという噂を聞いていた。封さえ開けないという。そこに書かれていることに一切興味がなく、良心が痛むこともない。

「それはひどい」スタインは言った。「あなたはこんなに有名で、ファンはあなたに憧れてるんだ。手紙の主は子どもですよ。返事をしてあげなきゃ」

「なぜだ」

それは風のないとても暖かい日で、二人はグラスを手に外に座っていた。

「だってその子たちは信じてるんだから」スタインが続けた。「ぼくは子どもの頃、フランスの大統領に手紙を書いて、外人部隊を廃止してくださいと頼んだことがある」

「ほう。それで、返事は来たのか？」

「もちろん。母が大統領からの返事を書いてくれた。そういうのはもう全部やめます、とね。切手まで用意して」

「きみはまだ青いな」カーターが言った。「こういうことは、子どものうちから慣れさせておいたほうがいいんだ。つまり、何事も思ったようにはいかないし、いかなくてもそれはたいしたことじゃないんだってね」カーターは豚に餌をやりに行き、かなり長いこと戻ってこなかった。やっと戻ってきたときに、スタインはアリントンの話題をもち出した。二十年も続けたのに、プロットひとつ残さずに辞めてしまった男のことを。

「あいつは疲れたんだ」カーターが言った。

「アリントンがそう言ったんですか？」

「いや、あいつはほとんど話さなかった。ある日突然、デスクにメモを一枚残して消えたんだ。メモといっても、描きかけの一話の上に〝もう疲れた〟と書き残されていただけ。ギャラさえ受け取りにこなかった」

「でも、新聞社は捜そうとはしなかったんですか？」

「まいったな」カーターが言った。「捜そうとしなかったかだって？　なんてこったい。警察隊の全員が駆り出されたさ。まったくすごい騒ぎだった。ブラッピーが瀕死とあってはね。噂を聞きつけたメーカーの連中が、狂ったように新聞社に押しかけてきたし」

「メーカー？」

「きみは何も知らないんだな」カーターはパイプに火をつけた。「ブラッピーで儲けていたやつらのことさ。プラスチックでできた魔法のブラッピー人形を見たことがあるだろう？　マジパンや蠟人形も」カーターは立ち上がり、ゆっくりした足取りで芝生の上を行ったり来たりしながら、つぶやくように歌いだした。「ブラッピーのカーテン《ガディーネル》、ブラッピーのマーガリン《マルガリーネル》、人形《ドッコル》にソックス《ソッコル》、おむつ《ブレイイエル》にセーター《トロイエル》……もっと聴きたいか？」

「いや、遠慮しときます」

「あと一時間でも続けられるぞ。アリントンはそのすべてに原画を提供してたんだ。自分のキャラクターをすごく大切にしていたからな。融通の利かないやつで、ニセモノなんて許さなかった。わかるか、何もかも細部まで監督してたんだ。テキスタイルに金属製品、紙製品、ゴム、木――世間が望むものならなんでも。それにブラッピーの映画まであっただろう。ブラッピー・ウイークに子ども向けの劇、ジャーナリストたち、ブラッピーに関する論文、チャリティー活動にブラッピーのマーマレードキャンペーンまで。いやはやまったく。とにかくあいつはノーと言えない性格だったんだ。そして疲れ果ててしまった」

　スタインは何も言わなかったが、怯えた表情をしていた。

「まあ落ち着けよ」カーターが言った。「きみにはなんの関係もない話さ。きみはただ描いていればいいんだ。あとは新聞社の仕事だ」

「でも、なぜそんなに知ってるんです。彼はあなたに一度も話さなかったんでしょう？」

「おれの顔には目がついてるし、おれだって連載を抱えてる。だが、おれはノーと言える男だ。そうだろ？　キャラクターが虐待されたとて、おれの冷たいハートは痛くも痒くもないね。きみのところにファンレターはたくさん届くのか？」

「ええ。でもそれはアリントン宛だ。フリードが、ファンレターは彼の部署に回せばいいからと言ってくれた。そこの部署にはアリントンの署名のスタンプがあって、返事を書いてくれるんです。それに返事を書くなら」スタインは怒ったように続けた。「ぼくは自分の名前で書きたいね。他の誰かじゃなくて」

「きみは自分の名前をすごく大切にしてるようだな」カーターは笑った。

　二人はそれ以上アリントンの話はしなかった。アリントンは結局行方知れずのままなのだろうか。それも訊こうかと思ったが、スタインは急に憂鬱な気分になって黙りこんだ。

　その後カーターとは、バーで何度か通りすがりに出会う程度だった。

サミュエル・スタインは三本目のプロットに取りかかっていた。鉛筆の簡単なスケッチにせりふをつけたもので、それをいつもフリードに提出する。それから五、六日もすると赤が入ったものが戻ってくる。朝出社してみるとデスクに置かれているのだ。〝よくなってる。だがもっとスピード感を。トイレットペーパーや教会墓地をほのめかす部分は削除。六十五から七十番は細かすぎる。国と工場に対する皮肉はなし〟という具合だった。

社内にも顔見知りが増え、この新聞社の一員だという感覚が芽生えた。バーでいちばんよく話す相手はジョンソンだった。ジョンソンは同じ新聞社で広告を担当していて、時間があるときにはアリントンへのファンレターの返事も書いている。

「へえ、カーターね」ジョンソンが言った。「知ってるよ。豚とヘビと金にしか興味がないやつだろ。素晴らしく有能で、イラストが下痢みたいに出てくると言われてるが、野心はまったくないようだ。そんなもの必要ないんだろうがな。なんでも野菜を栽培していて、いとこか誰かが広場で売ってるという話だ」

「カーターはファンレターに返事を書かないんだ」スタインが言った。「どうでもいいらしい。ねえ、漫画家ってのは、過剰に繊細で良心の呵責に苦しみまくっているタイプか、何もかもどうでもいいってタイプのふたつにひとつしかないような気がする。この分析、当たってるでしょう?」

「当たってるかもしれんし、当たってないかもしれん。最初からおかしかったのか、連載を描いてるうちにそうなったのかはおれにもわからないからな。もう一杯やるか?」それは宵の口で、二人はバーにいた。実はもう新聞社に戻って仕事を仕上げるには遅すぎる時間だった。

「アリントンのことだが」スタインが言った。「どうしても彼のことが頭から離れない。常につきまとわれているような気がするんだ。なあ、本当は何があったんだ?」

「だから、おかしくなっちまったんだよ」

「本当におかしくなったのか?」

「どうだかなあ、半々てとこじゃないか」

サミュエル・スタインはバーカウンターにもたれ、並んだ酒瓶の後ろの鏡を見つめた。自分は疲れた顔をしている。でも、あと数週間もすれば楽になるだろう。ブラッピーをバーに行かせてみようか。最後にそのネタを使ったのはずっと前のはずだ。スタインはアリントンの連載を過去四年分遡って読んだ。それ以上古いネタは、もう誰も覚えていないだろう。

スタインは言った。「誰か、アリントンの居場所を知っている人はいないだろうか。彼に会ってみたいんだ」

「なぜさ。きみは問題なくやってるじゃないか」

「そうじゃないんだ。なぜ彼が続けられなくなったのかを知りたい」

「それなら知ってるだろう」ジョンソンが優しく言った。「きみももうわかってるだろ？　ジャズバンドのドラマーみたいなもんだ。何年も何年も続けていれば、参《アウト》っちまう。で、どうする。もう一杯いくか？」
「いや」スタインが答えた。「やめておくよ。今夜は帰って洗濯をしなくちゃ」

翌朝、サミュエル・スタインはアリントンの部屋の納戸に入り、棚から段ボール箱を下ろした。出てきたのは手紙の束や袋、それに小さな箱。それを全部床に並べて、目を通した。ファンレターだけで四箱と、鞄がひとつ。そのうちの三箱には〝済〟と書かれていて、残りの一箱には〝物を送った〟、鞄には〝気の毒な手紙〟とある。小箱のひとつには〝素敵な手紙〟と書かれ、また別のには〝匿名〟というのもあった。それに加えて商品サンプル――あらゆる素材とパッケージのブラッビーが出てきた。どれも大きな黒い瞳孔のついた青い目がこちらを見つめ返している。フェルトペンで線を引いて消したプロットも出てきた。ひとつだけ、西部劇のプロットだけは線が引かれておらず、〝未使用〟と書かれている。サミュエル・スタインはそのプロットの皺を伸ばして平らにし、自分のデスクに置いた。もしかすると使えるかもしれないと思って。次のダンボール箱は〝未整理〟と書かれていた。棚から引っ張り出そうとすると箱が壊れ、紙が床に流れ出した。気の毒なやつだ、とスタインは思った。アリントンはどれほど紙を嫌っていたことだろう。手紙、問い合わせ、請求、激励、嘆願、批判、ラブレター……。住所録も出てきた。きちんと名前が書き留められていて、カッコの中に奥さんまたはご主人の名前、子どもたちの名前、犬猫の名前まであった。家族の名前をちゃんと覚えているという礼儀正しさを見せることで、手紙を短めに切り上げることができたのだろうか。そうすることで、少しでも負担を軽減しようとしたのかもしれない。

急に、スタインはもうこれ以上知りたくないと思った。たったひとつの望みは、アリントンを見つけること。どうしても理解したい。自分は七年も契約をしたのだ。話を聴いて安心したい。それとも恐怖に縮み上がることになるのか——？　どっちでもいいから、とにかく知りたかった。

翌日、スタインはアリントンの住所を調べようとしたが、役に立つ人間はいなかった。

「おれの可愛い坊や……」フリードが言った。「お前は時間を無駄にしてる。アリントンの住所は不明なんだ。アパートは手つかずのままで、あいつは二度と戻ってこなかった」

「でも警察は……」スタインが言い返した。「警察は彼を捜したんですよね。お粗末な捜査としか言いようがない。ここに住所録があります。名前が千人分か、もっと書いてある。警察はこの住所録の存在を知ってるんですかね？」

「もちろん知ってるさ。あっちこっちに電話してみたが、誰も何も知らなかった。きみは一体、やつに何を訊くつもりなんだ？」

「よくわからない。でも話してみたいんです」

「悪いが、おれたちにはおれたちの仕事がある。あいつはおれたちを見捨て、おれたちはそこをなんとかしのいだんだ。さあ、もうあの男のことを考えるのはやめろ」


その日の夕方、少年がやってきた。まだ六、七歳くらいだろうか。

スタインは仕事を終えて帰るところだった。

「探すの大変だったよ」少年が言った。「プレゼントを持ってきたんだ」

それは大きな平たい包みで、紐が何本も巻かれていた。包装紙を開いてみると、中には新しい包みがあって、今度はセロテープがきつく巻かれている。スタインが紙を引き裂いたりはぎとったりしている間、少年は静かに立っていた。また次の包みが出てきた。今度はナイロンの紐でぐるぐる巻きになっている。

「おやおや、スリル満点だな」スタインは言った。「まるで宝探しみたいじゃないか！」しかし少年は真剣な表情のまま黙っている。包みはどんどん小さくなり、包装はどれも開くのが難しかった。サミュエル・スタインは不安になった。子どもの扱いには慣れていないし、アリントンのふりをするのは辛い。やっと最後の包装にたどり着き、それを開けてみると出てきたのは銀紙の宇宙服を着たブラッピーの絵だった。スタインは褒め言葉をいくつか叫んでみたが、まったく大袈裟に聞こえただけだった。少年のほうは顔色ひとつ変えなかった。

「で、きみの名前は？」訊いてから、スタインはすぐにしまったと思った。ちくしょう、今のは失敗だった。

少年は黙っていた。それから、恨めしそうに訊いた。「ねえ、どこにいたのさ」

「旅行に行ってたんだ」スタインは必死で嘘をついた。「遠い国に、長い旅をしてきたんだ」

それはばかみたいに聞こえた。少年がほんの一瞬、ちらりとスタインを見つめた。そしてまた目をそらした。

「きみも絵を描くのかい？」スタインは訊いた。

「ぜんぜん」

最悪だった。まったくお手上げだ。何か役に立つものはないかと、スタインは物だらけの部屋に視線を走らせた。アリントンに憧れる少年にかけてあげられる言葉を思いつこうとして。彼はデスクの上にあった西部劇のプロットを手に取った。「この話はまだ完成していないんだが、先をどう続ければいいか迷っていてね。ねえ、こっちへ来て一緒に見てくれないか」

少年が近寄ってきた。

「見てごらん」スタインは急にほっとして言った。「ブラッピーは西部にいる。悪党どもがブラッピーの井戸を乗っ取ろうとしてるんだ。その井戸は唯一、水の湧く井戸なんだよ。ところが悪党たちが連れてきた弁護士が恐ろしい計画を立てる。この井戸はブラッピーのものではなくて州のものだと言いだしたんだ」

「弁護士を撃てばいいじゃないか」少年は落ち着き払って言った。

「そうだね、いいアイデアだ。じゃあバーの中で撃つか、通りでやるか、どっちがいいかな？」

「そんなのつまらなすぎる。二人とも馬に乗ってて、弁護士が先に銃を抜くんだ」

「いいぞ。弁護士が先に撃つのがポイントだな。チャンスは与えたわけだから。殺しても問題ない《オーケー》だろう」

少年はしばらくスタインを見つめていたが、やっと口を開いた。「ねえ、いつうちに遊びに来てくれるの？　ぼく、あなたのために祭壇を作ったんだよ。絵をいっぱい貼って」

「それは素敵だな。でも、もうしばらくしてからになりそうだ。今は仕事がとても忙しくてね。きみはインクで絵を描いたことがあるかい？」

「ない」

「やってみるかい？　ここにきみの住所とぼくの住所を書いてみてくれ。横に並べて」

「でも、住所なら知ってるだろ？」

「ああ。でも書いてみてくれよ。名前なんかも全部」

少年は書いた。ゆっくり、丁寧に。

少年が帰ると、サミュエル・スタインはジョン・アリントンの荷物をすべて納戸に戻した。もう遺品には興味がなかった。だって、生きているアリントンの住所を手に入れたのだから。


アリントンは郊外のホテルの一室に暮らしていた。ごくありふれた中年男で、バスで乗り合わせても記憶に残らないようなタイプだ。灰色とも茶色ともつかない色の服を着ている。スタインは名を名乗り、連載の続きを描いている者ですと自己紹介した。

「まあ入りたまえ」アリントンが言った。「一杯やろうじゃないか」部屋はきれいに掃除されていて、とても殺風景だった。

「どうだい調子は」アリントンが尋ねた。

「まあ、うまくいってます。今は四本目のプロットを描いているところで」

「フリードはどうしてる」

「腰は相変わらずですが、それ以外は元気にしてますよ」

「不思議だなあ」アリントンが言った。「何もかもがあんなに大事だったなんて。きみは何年契約をしたんだい？」

「七年です」

「妥当な長さだ。もうかなり長く続いているシリーズだから、新聞社側もあまり長期の契約をする勇気はないんだろう。そのうち、読者も新しいものをほしがるようになる」アリントンは酒を取りにキッチンに入った。戻ってくると、どうやってここの住所を調べたのかと訊いた。

「ある少年のおかげです。ビル・ハーヴィーくん。自分で描いた絵をあなたに届けに来たんです。あ、これがそれなんですが」

アリントンは宇宙飛行士姿のブラッビーを見つめて言った。「覚えてるさ。この子への返事はとても難しかった。手紙を書くのをやめてくれないんだ。この子はきみをわたしだと信じたのかい？」

「どうでしょう。あんまりうまい演技じゃなかったと思います」

「郵便はきみに直接届くのかい、それともジョンソンのところへ？」

「ジョンソンです」

「そのほうがいい」

「ただ」サミュエル・スタインは言った。「人のふりをするのはあまり好きじゃないんです。慣れてなくて」

「わかるよ」アリントンが答えた。「だがいったんゲームが始まれば、あとは納品するのみだ。

吐き出すペースがどんどん速くなり、めいつらがそれを受け止める。読者の反応を予測し、彼らがうんざりするくらい浅はかだという事実も受け入れなくちゃいけない。何度も何度も同じテーマを使い回す。ばかみたいな違いしかないのに」

「それでも」スタインは慎重に切り出した。「社会的責任の問題じゃないでしょうか。つまり、新聞を開いて漫画を読む人たちはみんな――だって、漫画はみんな読むでしょう――影響を受けるんですから。本人も気づいてないかもしれないけど、受けないわけはない……」スタインはそこで一瞬口ごもった。「だから、そこに何かポジティブなものをたくさん潜ませることができるんじゃないかと。何か教えてあげたり、心を癒すこともできる。怖がらせたり、考え直させたり。ぼくの言う意味、わかりますか？」

「ああ、わかる。わたしもそれを四、五年はやっていたからな」

二人はしばらく黙っていた。

「最後のプロットは見つかりませんでしたが」スタインが言った。「なくなってしまったんですか？」

「おそらくな」

「でも、西部劇のネタは見つけました。あれを使ってみようと思って。眠らせておくのはもったいない」

「ありきたりのネタだろ?」

「まあね。でも、ほんの六十話です。あるいはもう少し」

「なるほど」アリントンが言った。「でもあれは却下されたネタだったと思う。西部劇は年に一回以上使っちゃいけないんだ。まあ、いつもどおりに仕上げればいい。みんなどうせ気にしちゃいないから。きみはどこで仕事してるんだい?」

「あなたの部屋です」

「相変わらず寒いか?」

「温風機を買ってもらいました」スタインは一瞬黙ってから、納戸と引き出しに入っていた大量の荷物をどうするつもりかと尋ねた。

「誰かに頼んで、中庭のごみ捨て場まで運んでもらえばいい」

「そんなの嫌です」サミュエル・スタインが言った。「あれは曲がりなりにも、ある人間の生涯なんですから。それを気軽に中庭に捨てるだなんて」

アリントンは笑いだし、その顔が突然人間味を帯びた。「スタイン、あれは生涯なんかじゃない。ある人生のごく一部だ。だって、わたしはまだ死んじゃいないだろう? きみは何をそんなに不安がってるんだい? わたしが急にすべてを捨てて消えたことか? きみはたった七年の契約じゃないか。きみならそのくらいなんとかやれるさ。自殺したりはしないだろう」アリントンは二人のグラスに酒を注いでから言った。「一人いたんだ、自殺したやつがね。海辺の高級リゾート地に別荘を持ち、趣味は優雅にハンティングという人生を送っていたのに。珍しいことではないが、死ぬ前に漫画家仲間に手紙を出した。長い契約はするもんじゃないとみんなに警告したんだ。その手紙は、今でも新聞社内の秘密の博物館に保管されてるよ。きみ、氷は?」

「いえ、結構です」スタインが言った。「このままで。あの少年をどうしましょう。ビルくん」

「何もしなくていいさ。大きくなれば、違うものに夢中になる。信じたまえ。このゲームに参加するなら、情にもろい《ソフト》ようじゃやっていけない」

「あなたがそう言うなんて。箱の中身は見ましたよ」

「それで、どう思ったんだ?」

スタインは躊躇したが、結局口に出した。「とても疲れてしまったんだろうなと」

アリントンは立ち上がり、窓辺に向かった。外は暗くなり始めている。カーテンを閉めようとする仕草を見せたが、結局閉めなかった。そこに立ったまま、下の道を見下ろしている。

「そろそろ帰らなくては」スタインが言った。「戻って少し仕事しないと」

「あの日なんだ」アリントンはスタインのほうを振り返りもせずに言った。「あの、漫画特有の目。いつもいつも同じ目——驚いても、怯えても、うっとりしても、同じようにばかげたまん丸な目。瞳孔の位置と眉毛をちょっと変えただけで、優秀だと言われる。あんなに少しの努力であれだけたくさんの名声を得られるって、確かにすごいと思うよ。実際には、どれもまったく同じようなものなのに。だが、常に新しいことをさせなくてはいけない。常にだ。わかるだろう。きみもそれには気づいたんじゃないか?」アリントンの声は初めから小さかったが、今では閉じた歯の隙間から言葉が洩れてくる程度だった。アリントンは相手の返事も待たずに続けた。「常に、常に、新しいものを要求されるんだ！　わたしは始終ネタを探していた。知っている人たちの中に、友達の中に。自分自身はもう空っぽ、彼らを総動員してなんとか絞り出し、人が何を話していようと、考えていることは、これはネタに使えるだろうかということだけ……」アリントンはくるりと振り返り、急に口を閉じてスタインを見据えた。グラスの中で氷がからからと音を立てている。手が震え始めたのだ。アリントンはゆっくりと言った。

「わかるかい、もうネタが尽きたんだ。急ぐための時間すらなくなった」

サミュエル・スタインは椅子から立ち上がった。

「毎日だ」それでもアリントンは話し続けた。「毎週、毎月、毎年。新しい年がやってきても、永遠に終わらない。あの目のついた生き物が何匹も這い回る。わたしの身体の上でうごめき続けるんだ……」アリントンの顔に変化があった。腫れぼったくなり、口の端が引きつっている。スタインは床に視線を落とした。

「すまない」ジョン・アリントンが言った。「脅かすつもりじゃなかったんだ。たいていはうまくいく。いや実際、どんどんよくなるものさ。わたしも最後のほうはうまくやれてた。すごくよくなったとも言われたし。座りたまえ。もう少し話そう。夕暮れは好きかい？」

「いいえ」スタインは答えた。「好きじゃありません」

「ジョンソンとはときどき会うのか？」

「ええ、たまにバーで。いい人ですよね」

「あいつは切手を集めてるんだ。それも、船の切手だけをね。楽器の切手だけを集めてるやつもいるらしい。蒐集家というのは不思議だね。わたしが何か集めるとしたら、苔だろうな。ほら、あの地面に生えている苔。だが、そうなると田舎に住まなければいけない」

「苔は育つまでとても時間がかかるんですよね。それに、おっしゃるとおり田舎に住まなきゃいけない。しかも運の悪い年には鳥に全部めちゃくちゃにされ……」

スタインはそこで黙りこんだ。もう帰りたかった。ここに来たせいで、すっかり気持ちが落ちこんだ。

アリントンは座ったまま、手でペンをもてあそんでいた。デスクの上で、ペンをあっちに転がし、こっちに転がししている。

この人の描く絵は本当に美しかった――とスタインは思った。あんな美しい線を描ける漫画家は他にいないのに。軽やかで、美しくて、漫画を描くのが本当に楽しいというのが伝わってくるようだった。

突然アリントンが訊いた。「で、きみの仕事は間に合ってるのかい？」

「間に合ってるかって？　なるようにしかならないでしょうね。こういうのは慣れも大きいし」

「ちょっと思いついただけなんだが」アリントンが言った。「きみが行き詰まったら、ぼくが何話か描いてもいいぞ。いつか、もしよければ……」

# コニカとの旅

Resa med Konica

1989

ヨンナは映像を撮り続ける。コニカ製のスーパー八ミリカメラを手に入れたのだ。ヨンナはこのとても小さな機械を溺愛していて、旅先ではどこへ行くにも一緒だった。
「ねえ、マリ」ヨンナは言った。「わたし、写真には飽きてしまったの。もっと生き生きした絵を撮りたい。動きが、変化がほしいの。わかるでしょ？　どんな出来事も、一度しか起きない。今この瞬間にね……。撮影した映像はわたしのスケッチ。見て、いたわよ……即興道化芝居《コンメディア・デッラルテ》が！」

ベロアの絨毯の上に大道芸人の一団がいた。玉乗りをしている子ども、炎を喰らう大男、ジャグリングをする少女。道行く人々が足を止め、一目見ようと集まってくる。その日はとても暑かった。日差しが閃き、濃い青のくっきりした影を地面に落としている。

マリはヨンナにぴったり寄り添っている。パッケージから出したコダックのフィルムを手に、カメラから聞こえてくる単調な音のリズムが変わるのを待つ。稲妻のような速さでフィルムを手渡すためにだ。もうひとつの大事な任務は、ヨンナのためにカメラの視界を確保することだった。カメラの前を人が通らないようにするのを、マリは名誉ある責務のように感じていた。
「人が写りこむのは気にしなくていいのよ」とヨンナは言うのだが。「添景なんだから。あとで切り取ればいいのだし」

しかしマリはこう言うのだった。「やらせてちょうだい。これはわたしの仕事よ」

もうひとつの大切な仕事は、ヨンナのためにコダックのフィルムを探すことだった。町で、村で、バス停で、マリは探した。コダックを売っているという目印の、あの黄色と赤の看板を。アグファのフィルムならどこにでも売ってるような気がするのに。
「でもアグファだと色が青緑になってしまう。待ってて、わたしがコダックを見つけるから」
そう言って探し続けるのだった。何か素晴らしい出来事が起きてしまったらどうしようと、常に怯えながら。ちょうどフィルムが切れたときに、この道で、自分たちの目の前で、もう二度と再び起きはしない出来事が起きてしまったら――。そんなことになったら、永遠に失われてしまったチャンスを忘れる努力をしながら先へ進むしかなくなる。

ヨンナとマリとコニカ――彼らは町から町へと旅をした。マリは批評家気取りでカメラの扱いを説明したりアドバイスを与えたりするようになり、構図や光の具合に口出しをしては、モチーフを探すためにもせわしなく動き回った。

二人は大きな水族館へとやってきた。ターコイズブルーのプールにイルカが泳いでいる。マリはヨンナの腕を掴んで叫んだ。「待って！　イルカが飛ぶタイミングをわたしが合図するから。じゃないとフィルムが無駄になる……」その瞬間にイルカが太陽の光を一身に受けて、水面から高いところで回転し、ヨンナは思わず叫んだ。「ああ逃がしちゃったじゃない！　タイミングくらい自分で決めさせてよ！」

「もちろんどうぞ」マリは言った。「あなたのコニカですもんね」

そのプールは底から光を放っていて、暗い通路に立つと信じられないくらい美しくて神秘的だった。そこにクジラが泳いでいる。ガラスの壁越しにその踊るような力強い動きが見えた。矢のようにまっすぐ底を目指し、ぶつかる前にくるりと向きを変え、また光の中へ飛び出してくる――。「暗すぎるわ」マリが言った。「これじゃ映らない。ただの真っ暗な映像に……」

「しーっ」ヨンナが制した。「さあ、サメが来るわよ」

その獰猛な生き物を一目見ようと皆がガラス壁に押し寄せたので、マリは腕を振り回して邪魔しようとした。さあ、サメが来た。悠々と泳ぐ灰色の影がガラスを舐めるように通り過ぎ、姿を消した。

「よし、撮れたわ。マリ、あなた本物のサメを間近で見てみたいっていつも言ってたでしょう。これで見られたわね」

「見てないわ」

「見てないって、どういうこと?」

「わたしはコニカのことを考えてたのよ！　いつもそのことばかり考えていて、自分が何を見てるかなんて考える余裕がない。そうしている間に、通り過ぎてしまうのよ」

「あらまあ、怒ってるの?」ヨンナは両手でカメラをマリに差し出した。「あなたのサメはここに入ってるわ！　カメラの中に。家に戻ったら、何度でも好きなだけ見ることができるのよ。それもBGMつきで」

ヨンナがいちばん喜ぶのは、サーカスを見つけたときだった。ああでも、町の外れの広い通りに移動遊園地を見つけたときのほうがもっと喜んでいたかもしれない。二人はコニカを伴って遊園地を訪れた。遠くからでも、メリーゴーラウンドの息も絶え絶えなスタッカートが聞こえてくる。ヨンナはテープレコーダーを取り出しながらささやいた。「こうしましょう。音楽がだんだん近づいてくるの。たっぷり時間をかけてね。そうすることで期待が高まるでしょう。わたしたちの足音も入れるのよ。そのあとに映像が始まる」

二人がメリーゴーラウンドに乗ることはなかった。

それからずっとあとになって、自宅のアトリエでヨンナが三脚を立て、映写機をスクリーンに向け、天井の明かりを消した。マリは紙とペンを準備して腰を下ろした。映写機が回り始め、長方形の光を投げかけた。

ヨンナが言った。「あとでどこを切り取るかメモしておいてね。重複している部分も」「ええ、わかってるわよ。それに、真っ暗な部分もでしょう？」

旅が彼らに向かってやってくる。マリはメモを取った。

〃hまで頭が切れている

画面が揺れてる
vまで柵が入ってる
海岸、長すぎ
景色　ムダ
人が急に消える
花がぶれてる……〟マリはひたすらメモを取り続け、あとから考えてみると自分たちがどこへ旅したのかもよくわからなかった。
ヨンナはこう説明する。「編集作業のほうが、撮影より難しいかもね。編集が終わってからBGMをつけましょう。今はまだだめよ。音楽があると映像を批判的な目で見られなくなるから」
「でもわたし、今すぐにBGMつきで何か観たいの。メモを取ったりせずに」
「何を観たい？」
「メキシコがいいわ。あの空っぽの遊園地。ほら、みんな貧しいから、誰もメリーゴーラウンドに乗れなかった」
ヨンナはデッキにカセットを入れた。果てしない悲しみを帯びたマリンバのメロディーが流れる。映像はぼやけていて画面もしばらく揺れていたが、急にピントが合い、夕暮れの景色が長い間流れた。マサトラン郊外の空き地だ。下水溝が海までまっすぐに続いていて、夕日の最後の閃きが水に反射し、金色に燃える長い帯のようだった。それがあっという間に消えたかと思うと、今度はバラックや車の墓場が映し出された。ずっと遠くで、色とりどりの電球がついた大きな観覧車が上がっては下がり、上がっては下がりを繰り返している。コニカがそこへ近づくと、観覧車のゴンドラはどれも空っぽだった。カメラが今度は回転するメリーゴーラウンドを捉えるが、そこもやはり空っぽだ。すべてが光り輝き、こんなに魅惑的ですぐに楽しめるようになっているのに、遊園地の中をのんびりそぞろ歩く人々は誰もその娯楽に参加しないでいる。ただ眺めているだけなのだ。少年が数人、射的をやっているくらいで。ヨンナのカメラが少年たちの真剣な表情をアップで捉えた。映像が進むにつれ、マサトランの夕闇が濃くなり遊園地には人影がなくなるが、それでも観覧車は回り続ける。今はもう、上がっては下がる光の輪にすぎない。すっかり夜になった。マリンバのメロディーが流れ続ける。サーカスのテントの裏にぼんやりと、数匹の犬が生ごみを漁っているのが見える。

「恐ろしい……」マリが口を開いた。「恐ろしいくらいに素晴らしいわ。何にも乗れないまま、家路につく人たち。それでも、遊園地を見られたことは見られたんだものね。ねえ、最後に下水溝も撮ったわよね？　遊園地の光が反射しているところを」

「待って、今それが始まるわ」

画面が暗くなった。そしてかなり長いこと暗いままだった。弱々しい光が少し煌めいている程度で。そして映像が終わった。

「ここは切り取るしかないわね。なんなのか、誰にもわからないでしょう。暗すぎたのね」マリが言った。

ヨンナは映写機を止め、明かりをつけた。「ここに関しては、真っ黒でいいのよ。描写的な黒。あなた、やっとあそこに行けたじゃない。そうでしょう?」

「ええ」マリは答えた。「行けたわ」

# 墓地

Om kyrkogårdar

1989

マリとヨンナが大周遊旅行をしていた年、マリは突然墓地に夢中になった。どこへ行っても墓地の場所を調べ、それを自分の目で見てやっとひと心地がつくようだった。ヨンナは驚いたが、その奇妙なこだわりを受け入れ、どうせすぐに熱は冷めるだろうと思っていた。マリは前にも蠟人形館に夢中になったことがあって、それもそんなに長くは続かなかったのだから。ヨンナは従順にマリのあとを追い、墓守たちが黙々と手入れした神聖な区画の間を何度も往復した。ヨンナもそこここで少し撮影してみた。もちろん、静物とみなした物には基本的にまったく興味はなかったが。それはとても暑い日だった。

「きれいな場所よねえ」ヨンナはマリに話しかけてみた。「でも、フィンランドの教会墓地のほうがずっときれいじゃない。あなたは全然行こうとしないけど」

「ええ、だってあそこは知ってる人ばかりだから。ここのはもっと遠い存在だもの」

そしてマリは話題を変えた。

しかもマリが行きたがるのは、世間から忘れ去られ緑が生い茂ったような墓地ばかりだった。そこで長い時間を過ごすのだ。伸びるのをやめようとしない草木が、神聖な土地でジャングルごっこをしている只中に佇み、満足そうにしている。

大西洋に浮かぶ、陸の最後のかけらイル・ド・サン——そこにも、同じ完全無欠な平安が存在した。ひっきりなしに吹く風に、砂が集められては吹かれていき、どの墓石も深く砂に埋まっている。墓石に刻まれた文字は海水と風に消され、ほとんど読み取れなかった。

「じゃあポンペイは？」ヨンナが提案した。「あそこなら町全体が大きなお墓のようなものじゃない。完全に空っぽだし、知らない人ばかりよ」

「違うわ」マリが答えた。「あそこはぜんぜん空っぽじゃない。ポンペイでは、そこらじゅうに彼らが残ってる」

二人はコルシカ島のポルト・ヴェッキオへやってきた。ヨンナは「このままバスでもっと先まで行かない？　そうすればここで一泊しなくてすむでしょう」と言ったが、マリの顔を見て言い直した。「いいわよ、あなたのしたいようにしましょ。墓地に行きたいんでしょう？」

ここの墓石には死者の写真が飾られていた。こわばった表情でこちらを見つめる写真が蠟の花に囲まれている。

ホテルに戻るとマリが言いだした。「恐ろしい場所だったわ！　今までいちばん彼らが残ってた……」

そのときヨンナはテーブルに地図とバスの時刻表を広げていた。メモを取りながら旅程を考え、計画を立てていたのだ。マリがまた「恐ろしい」と繰り返したとき、ヨンナはノートを放り出して叫んだ。「あのねえ！　恐ろしい恐ろしいって、死人のことは放っておいてまともに振る舞いなさいよ。わたしの旅のパートナーに戻って！」

「ごめん」マリは謝った。「わたしったら、どうしちゃったのかしら」するとヨンナが言った。「そのうち落ち着くでしょう。大丈夫よ」

夜になるとヨンナはポルトの町を撮影した。町のはずれの細い通りだ。暑かったので、どこの家もドアや窓を開け放ち、町は夕焼けの赤と金色に染まっていた。ヨンナはなるべく気づかれないように道で遊ぶ子どもたちを撮影していたが、いったん気づかれてしまうと子どもたちは動きが不自然になり、カメラの周りに集まってきておどけ始めた。

「これじゃだめだわ」ヨンナがつぶやいた。「残念。いい光だったのに」

ヨンナがコニカをケースにしまった瞬間に、小さな男の子が自分で描いた絵を持って走ってきた。そして、その絵を撮影してもらえないかとヨンナに頼んだ。

「いいわよ」冷たくあしらいたくはなかったので、ヨンナはそう言った。「あなたが絵を描いてるところを撮ってあげるわ」

「ちがう」少年が言う。「絵だけ」そして自分の絵をヨンナに差し出した。何かのパッケージを破ったような厚紙の切れ端に、太いフェルトペンでなにやら意味深長な絵が描かれている。

「お墓だよ」少年が言う。

実際そのようだった。十字架がついていて、花輪が置かれ、人々が泣いていて、これはまさにお墓だ。さらに興味深いことに、黒い土で区切られた下に棺桶が描かれていて、そこに横たわる人間が威嚇するように歯を見せている。全体的に気味の悪い絵だった。ヨンナはそれを撮影してやった。

「よし」少年が言った。「これで、もう絶対に出てこない。それを確かめたかっただけなんだ」

階段に女性が姿を現し、少年を呼んだ。「トンマーソ、戻ってきなさい！　いい加減に、ばかなことばかり言うのはやめて！」そしてヨンナとマリのほうを向いた。「すみませんねえ、あの子はあの絵を描いてばかりいるんです。もう一年も前のことなのに」

「あれはお父さんですか？」マリが訊いた。

「いえいえ、違うんです。あの子の哀れな兄」

「きっとお兄さんとすごく仲が良かったのね」

「それが、違うんです。トンマーソは兄のことなんかまるで好きじゃなかった。まったく、あの子ときたら理解に苦しむわ……」

女性は少年を家の中に押しこんだ。中に消える前に、少年が振り返って言った。「これで、もう絶対に出てこない」

マリとヨンナは細い路地を歩いてホテルに戻った。夕方の光はまだ濃い赤だった。

マリがゆっくりと繰り返した。「これで、もう絶対に出てこない……」

「赤い光がうまく撮れたわよ」ヨンナが言った。「それに厚紙を見つめる少年の目も。いい映像になりそう」

二人は次の町へと旅を続け、ヨンナは町の地図を広げて墓地を探した。

「お墓ならもう探さなくていいわよ」マリが言った。「行きたいとは思ってないから」

「どうして？」ヨンナが訊いた。

どうしてなのか自分でもわからない、ただもうその必要はないと感じるだけ——マリはそう答えた。

# ウワディスワフ

Wladyslaw

1989

その年は雪が降るのが早かった。十一月の末には雪が強い風に乱れていた。マリはウワディスワフ・レニエヴィッチを迎えに鉄道駅へと来ていた。彼がポーランドのウッチからレニングラード経由でフィンランドに入る旅は、何カ月もかけて準備されてきたものだ。何度も何度も申請書や推薦状を提出させられ、調査が入り、いくつもの懐疑的な役所をひとつずつゆっくりと通過していった。その間、ウワディスワフがマリに宛てた手紙の口調は一段と昂っていった。

〝余は絶望に見舞われている。そやつらにはわからぬのか、理解できぬのか――愚か者どもが。一体誰を待たせているのか、わかっているのか。人形《マリオネット》の巨匠と呼ばれし男をだぞ！　いまだ会えぬ親愛なる友よ、それでも距離は近づきつつある。逆境に屈することなく出会い、芸術の奥底にある本質について放縦に語り合おうではないか。余の目印を忘れるでないぞ。ボタン穴に挿した赤のカーネーションだ！　オ・ルヴォワール〟

列車がホームに入ってきた。ああ、あれがウワディスワフだ。真っ先に降りてきた乗客の一人。背が高くて痩せていて、巨大な黒のコートを着ている。帽子はかぶっておらず、白髪が風になびいていた。カーネーションなどなくとも、すぐにそれがウワディスワフだとわかっただろう。このあたりでは絶対に見かけることのない鳥のような存在感だった。マリはウワディスワフが結構な年寄りであることに驚いた。かなり高齢のようだ。彼の手紙はどれも仰々しい形容詞が並べ立てられ、若々しい熱意に溢れていたのに。それに、マリが手紙に書いたことやあえて書かなかったことに対して、いちいち大袈裟に傷つくのだ。口調まで指摘してくる始末。その口調は不適切である——我々の共同作業に、そなたは全神経を集中していない。誤解のひとつひとつを調べ上げ、細かに分析する。二人の間のすべてを解決し、水晶のごとく透明な関係性でなくてはいけない。ああ、また玄関の床に、大胆な文字で封筒いっぱいにマリの住所と名前をしたためた手紙が——。

「ウワディスワフ！」マリが叫んだ。「ついにいらしたのですね！」

ウワディスワフは大股でしなやかにホームを歩いてきた。きわめて慎重に鞄を下ろすと、マリの前で雪の上に膝をついた。相当に年老いた顔には荒々しい皺が寄り、大きな鼻が突き出ている。しかし驚いたことに、その巨大な黒い瞳は若き日の輝きをちっとも失ってはいないようだった。

「ウワディスワフ」マリが言った。「親愛なるお友達。お願いです、さあ立って」

ウワディスワフは袋を開けると、ひと掴みの赤いカーネーションをマリの足元に撒いた。ホーム上で、風が花をさらっていく。マリは屈んでカーネーションをかき集めようとした。

「待ちたまえ」ウワディスワフが言う。「そのままにしておくのだ。ここにあるべきなのだから。これはそなた——〝フィンランドの伝説〟への賛辞であり、ウワディスワフ・レニエヴィッチがここに立ち寄った証でもある」彼は立ち上がり、鞄を掴むとマリに腕を差し出した。

「あの、ちょっと」列車から降りてきた乗客で、キツネの毛皮の帽子をかぶった人のよさそうなご婦人が二人に声をかけた。「きれいな花をこんなにたくさん、雪の中に置き去りにしたりなさいませんよね？」

「ええと、どうかしら……」マリはとても恥ずかしかった。「ありがとうございます、でも、わたしたちもう行かなくちゃいけなくて」

マリは自宅の玄関のドアを開いた。「さあどうぞ、上がってください」

ウワディスワフは鞄を下ろした。相変わらずとても慎重に。自分が足を踏み入れた空間にはまったく興味がないようで、一瞥もくれなかった。長い黒のコートも脱ごうとはしない。「失敬、まずは我が国の大使館に電話をせねば」

長い通話ではなかったが、なかなか迫力のこもったものだった。マリにも、ウワディスワフが落胆しているのがわかった。受話器を下ろす前に、威厳を保ちつつも軽蔑の言葉を吐き捨てたであろうことも。

「我が親愛なる友よ」ウワディスワフが言った。「上着を受け取りたまえ。ここに――そなたの家に――泊まることになった」

午後になると、マリは屋根裏を走ってヨンナのところへ行った。「ねえヨンナ、ウワディスワフが到着したんだけど、旅の間、何も食事をとらなかったんですって。そして今も、激しい怒りで何も食べたくないと言うの。でもアイスクリームなら食べられるかもしれないって……」

「まあ落ち着いて。彼はどこに泊まるの?」

「うちよ。ホテルに泊まるには気位が高すぎるから。それに、九十歳は超えていると思うんだけど、夜じゅう芸術について語り明かすつもりなんですって。睡眠は数時間あれば充分らしいわ!」

「そうなのね……」ヨンナが言った。『聴けば聴くほどすごい話ね。彼のことは好きなの?』

「ええ、とても」

「ならいいわ。わたし、どちらにしても食料の買い出しに行くつもりだったから、アイスクリームも買ってそっちに寄るわね。それにビーフステーキを二枚。夜になってから何か食べたくなるかもしれないでしょう」

「でも呼び鈴は鳴らさないでね。まだそのほうがいいと思う。玄関の外に置いておいてくれる? あと、うちはじゃがいもも切れてるの」

ウワディスワフとマリはそのアイスクリームを食べて紅茶を飲んだ。

「旅はいかがでした?」

「ひどいものだった!」ウワディスワフは叫んだ。「顔また顔、それに手! なんの意味ももたない無表情な素材――そんなもの、余には必要ない。すでに知っておるのだから。いかにして顔立ちに究極の豊かさを与えられるかはわかっておる。無駄をそぎ落とし、表情を与え、見るも恐ろしげな人形に仕上げることもできる。貴女――余の貴重な友人、そなたは幾人かのキャラクターのスケッチを描いたであろう？　無礼を承知で言うが、いずれも口のきけない者のようだった。何も伝わってこない。その手からも、何も。しかし余が彼らに命を与えた。彼らを乗っ取り、命を与えたのだ！」

「そうなんですか」マリは言った。「じゃあもうわたしの作品じゃないわね」

ウワディスワフはマリのコメントなど聴いてはいなかった。「劇――人形劇をなんとわきまえる？　人生、それも激烈な人生を、最終的に本質のみにまでそぎ落としたものだ。聴きたまえ。余があるアイデアを取り上げたとしよう。アイデアの、いちばん小さなかけらだ。そして考える。感じる。そこから発展させるのだ！」ウワディスワフは勢いよく立ち上がり、部屋の中をあの踊るような大股で行ったり来たりした。「何も言うでない。余が何を見つけたと思う？　ガラスのかけらだ。余がフィンランドの伝説と呼ぶ、つたない神話のかけら。余はそのガラスのかけらを、ダイヤモンドのように輝かせてみせようぞ！　紅茶はもっとないか？」

「今はありません」マリが答えた。「冷めてしまったから」

「そなたもサモワールを使うとよいのに」

マリは鍋に水を入れ、電気コンロのスイッチを入れた。「沸くまで、しばらく時間がかかります」

するとウワディスワフが言った。「そなたの口調が気に入らぬ」

「契約によれば――」マリは慎重に話しだした。ところがもう次の瞬間にはウワディスワフに遮られた。「なんということを！　余に契約などというものの話をするのか。そのように汚らわしく些末なことは、芸術家が懸念するところではない！」

するとついにマリも爆発した。「ちょっと、わたしの言うことも聴いてくださいよ！　認めてくれたっていいじゃないの！　仮にもスケッチはわたしのなんだから。まあ、わたしのだった。それに、いつになったら夕食の準備を始めさせてくれるの⁉」

ウワディスワフはまだ部屋の中を行ったり来たりしていた。しかしやっとこう言った。「そなたは何もわかっておらぬ。まだせいぜい七十なのだろう？　何も学んでおらぬ。余は九十二歳じゃ。そう聴いて、何か思うところがあるであろう」

「そう聴いて、あなたが自分の年齢をすごくご自慢に思っているのがわかるわ！　それにあなたこそ、自分とは違うことに取り組んでいる人に敬意を払う術を学んでいらっしゃらないんじゃない⁉」

「素晴らしい！」ウワディスワフが叫んだ。「そなたも、本気で怒れるではないか。よろしい。

実によろしい。しかしその憤怒が、キャラクターのスケッチには少しも込められていない。怒り以外の感情もだ。そなたにもう一度言おう。彼らは口がきけない！　こぎれいに描かれた登場人物、そんなものは物語の愚者にすぎない。彼らの目を見よ。その手を。あんなもの、惨めにだらりと垂れた前肢でしかないだろう！　待ちたまえ、そなたに見せようではないか」彼は自分の鞄へと走った。

靴下に下着、写真、その他詳細不明な品々の間から、数えきれないほどの小さな包みが出てきた。ひとつひとつ、柔らかい緩衝材に包まれ輪ゴムで留められている。

「見よ」ウワディスワフが言った。「これが余の〝手〟だ。学べるうちに学んでおくがよい。余の〝顔〟に触れるだけでもより多くの学びを得たであろうが、手だけでも、軽い線を描くそなたには彫刻のことなど何も理解できていないこと、それを納得する助けになるであろう。紅茶のカップをどけたまえ。テーブルから何もかもどけて、きれいに拭くのだ。そなたの紅茶は薄すぎる」

マリの目の前で、包みの中から手がひとつ、またひとつと出てきた。マリは黙ってそれらを眺めた。

どれも信じられないほど美しかった。内気な手、貪欲な手、拒否する手、乞う手、赦しの手、憤怒や親愛の情のこもった手。マリはひとつひとつ自分の手に取ってみた。

かなり夜が更けた。ついにマリが言った。「ええ、わかりました」そして少し黙ってから、また続けた。「これらの手にはすべてがあるわ。同情もちゃんとある。ウワディスワフ、ひとつ訊いてもいいですか。長旅の間、列車の中であなたが素材と呼ぶあの手や顔たちのことを哀れには思わなかったのですか」

「思わなかった」ウワディスワフが答えた。「もうそんな時間はないのだ。言ったであろう、余にはつくれると。己の顔は忘れてしまった。すでに使い切ってしまったからだ」

マリはコンロの火を消しに行った。「つまり?」

「だが続けねばならないのだ。己の知識と洞察のみによって。余はまだ死の顔を会得しておらぬ。充分とはいえない。その男の顔があまりに具体的になりすぎてしまうのだ。あるいはそれは女なのか……。ともかく、本気で興味をそそる挑戦だ。そこでだ。そなたは死について何を知っている? 死について何を思う? そもそも、大きな悲しみというものを感じたことはあるのか?」

「ウワディスワフ、今が夜中の三時だとわかっていらっしゃる?」

「そのようなことを気にかけるでない。夜の時間を有効に使わねば。我が友よ、そなたは死の顔について充分に考えていないのではないか? それはそなたが、絶え間なく全力をつくして生きてはいないことを意味するのだ。時が満ちておらぬのに、勝利したと思いこんでいる。時間に先んじたり、時間を見くびったりするでない。余は常に目覚めておるぞ。短い夢の中でさえ、仕事を続けている。何ひとつ失われてはいけないのだ」

「ええそうね、ウワディスワフ、そうですね」マリはとても疲れていた。話についていく気力もないほどの困憊の淵から、こう述べた。「あなたは昔、きっとすごい美男子だったのでしょうね」

ウワディスワフは大真面目に答えた。「きわめて美男であったぞ。道で人々が立ち止まり、振り返るほどの美しさだった。人々がこう言うのが聞こえた。〝なんと……ありえない！〟」

「さぞ嬉しかったでしょうね」

「そうとも。そう言われるのを好んでいた。好まずにはおれぬだろう。しかしそういったものはすべて、当然ながら余の創作から相当な時間を奪った。あまりに頻繁に感情を優先し、洞察を犠牲にしてしまったのだ」それからかなり長いこと黙っていたが、ついにまた口を開いた。「今日という日に終止符を打つために、食事にしようではないか。先ほど、ビーフステーキについて言及してはいなかったか？」

朝の四時ごろ、玄関の郵便受けに朝刊が入った。

「疲れたのか？」ウワディスワフが訊いた。

「ええ」

「では、これ以上多くを語るのはやめておこう。あとひとつだけだ。親愛なる友よ、全力を傾けて聴くがよい。基本的には、ただひとつのことなのだ。意欲を失ってはいけない。興味や関心を失ってはいけない。貴重なる好奇心を失くすでないぞ――それは己を殺《あや》めるも同じ。そんな単純なことなのだ、そうであろう？」

マリは相手を見つめた。問いには答えずに、ただ微笑んだ。

ウワディスワフはマリの手を握りしめて言った。「我々にはわずか二週間しか与えられておらぬ。そのような短い時は、我々が語り合うべきことを考えると、誤差のようなものだ。だが悲観するには及ばない。我々には夜が味方している。さあ、今日はこれで寝たまえ。起きたとき、余の姿がなくても驚くことはないぞ。朝の散歩だ。ここはすいぶん田舎のようだが、海には面している。花屋が開くのは何時かね？」

「九時です」とマリは答えた。「わたし、赤がすごく好きになってきたわ」

## オオカミ

Vargen

1971

気まずいほど長い沈黙が流れた。彼女は気をとり直して、口を開いた。相手に礼儀正しく興味を示すことによって、これからの数分を救おうとしたのだ。客のほうに向きなおり、ミスター・シモムラも子どもの本をお書きになるのですか、と尋ねる。通訳は真剣な面持ちでそれを聴いていたが、それから軽く頭を下げ、シモムラ氏もそれに続いた。二人は小声で何か話し合っている。早口で、唇をほとんど動かさずにささやくように話す。彼女は二人の手を見つめた。とても小さな手に、薄茶色の細い指がついている。小さな美しい手。彼女は自分が大きな馬になったような気分だった。

「申し訳ございません」と通訳が言った。「ミスター・シモムラは書きません。書くことはまったくしません。ノー、ノー」通訳の顔には微笑が浮かんでいた。シモムラ氏も微笑んでいて、申し訳なさそうに軽く頭を下げ、しかし目をそらすことなく彼女を見つめている。その瞳は真っ黒だった。

「ミスター・シモムラは絵を描くのです」通訳が言い足した。「ミスター・シモムラは危険な動物を見たいと言っています。とても獰猛なやつを——もしできれば《イフ・ユー・プリーズ》」

「わかりました」彼女は言った。「子どものために動物の絵を描かれるおつもりなんですね。でも、この国には獰猛な動物はあまりいないのです。いるとしても、北のほうです」

通訳は笑顔を浮かべてうなずいた。「イエス、イエス。本当にありがとうございます。ミスター・シモムラは喜んでいます」

「クマならいるかも……」彼女は自信なさげに言った。そして突然、オオカミを英語でなんと言うのか思い出せなくなって、「あと、犬みたいな動物もいます」と続けた。「大きくて、灰色の。北のほうにいます」

二人は彼女を見つめていた。耳をそばだてて、彼女が先を続けるのを待っている。彼女はオオカミの吼え声を出してみせた。二人の客は礼儀正しく微笑み、相変わらずこちらを見つめている。

彼女は残念そうに繰り返した。「南にはいないんです。北のほうだけです」

「イエス、イエス」と通訳が答えた。二人がまたささやき合っているときに、急に彼女は言った。「ヘビ――ヘビならいます」彼女は疲れてきた。声のトーンを上げてまた「ヘビ」と言い、手で波型に這う動きを見せて、しゅーっと唸った。

シモムラ氏はもう微笑んではいなかった。笑い転げていた。声は立てずに、頭を後ろにそらして。「アナコンダ」彼は言った。「シュランゲ〔ドイツ語でヘビの意〕」。ベリー・グッド」そしてぴたりと笑いを止めた。太った猫が椅子から飛び下り、床の上を歩いていった。

「わたしは……」胸の中で小さなパニックが芽生えるのを感じながら、彼女は慎重に言葉を選んだ。「かなり歳を取っていますが、子どものことも動物のこともあまりよく知らないんです」

彼が探究し、動物を描き続ける世界。質問をしたり、注意深く足を踏み入れてみればよかったのかもしれない。そうすれば、何か大切なことを新たに理解できたかもしれないのに。しかも、自分たちが探し続けているのはだいたい同じようなものかもしれないのだ。ほの暗く、獰猛で、内気なもの。すでに失われてしまった幼い頃特有の安心感——。いや、わたしに何がわかるというのだ。彼女はコーヒーのやかんを持ち上げた。「いかが？《プリーズ》」

二人とも踊るような小さなお辞儀をした。半分立ち上がったようなそれは、感謝のこもった辞意を示す完璧な動きだった。

通訳が口を開いた。「ミスター・シモムラはあなたのお書きになる文章がとても美しいと思っています。あなたに贈り物があります」

シルクのリボンをほどき、何層にもなった繊細な和紙を開くと、中には薄い木でできた小箱があった。それは職人の手で緻密に接ぎ合わされた小箱だった。蓋を取ると、中には扇子が入っていた。歯を剝き出して足を踏み鳴らす武士の絵が描かれている。

「なんて美しいの」彼女は感嘆の声を上げた。「ありがとうございます。サンキュー・エバー・ソー・マッチ。こんなの、恐縮です。いつもこういう絵を美しいと思っていたんです。それに木箱も、なんて素晴らしいの……」

「木箱がお気に召したようです」と通訳が伝えた。

ミスター・シモムラは深々と頭を下げた。彼女が扇子で猫をあおぐと、猫はくすぐったそうに耳を後ろに寝かせ、その場から離れた。

「太い猫」シモムラ氏は彼独特の英語でそう言い、愛想よく笑った。

「ええ」彼女も言った。「とても太っています」

通訳が立ち上がった。「非常に興味深いお話でした。さて、ミスター・シモムラは獰猛な動物が見たいです。プリーズ。ご厚意に甘えてしまいますが」


シモムラ氏が彼女のためにドアを押さえ、二人はひんやりした静寂の中へと足を踏み入れた。ガラス戸のついた背の高い、茶色の棚の列を通り過ぎる。中では、毛の薄くなったキツネが棚の天井を見上げている。

「獰猛《ワイルド》?」シモムラ氏が訊いた。

「ノー」

シモムラ氏は長いことキツネを見つめていた。実に真剣な表情で。白衣を着た男性が廊下を急ぎ足でやってきたので、彼女はその前に立ちはだかった。「すみません、動物に興味のある外国人をお連れしたんですが……」

男性は立ち止まり、床を見つめた。「はあ、動物ですか。で、わたしにどのような?」

「この国に棲む獰猛な動物を見たいと」彼女は説明した。「どうにか……」

「わたしは昆虫学部なんです」

「そうだったんですね！」彼女は叫んだ。「わたしったらばかね。いくらなんでも昆虫は小さすぎるわ」

男性は彼女を見つめた。「それは事と次第によりますが。どういうお話なのか、わたしにはさっぱりわからないので……」

「ええ」彼女は急いで答えた。「この場合、まったく別の話です」

「わかりました」

彼女は微笑んで、軽く頭を下げた。白衣の男は廊下を歩いていった。シモムラ氏はスケッチブックを広げ、一重で切れ長の目を大きく開いてキツネを見つめている。その横顔は小ぶりで立体感がなく、簡素な描線のようだった。鼻など、動物の鼻のように小さかった。髪だけが、活力に溢れて激しく伸び盛り、黒い雑草のようだ。シモムラ氏は彼女に向きなおって言った。

「ノー、ノー」そしてスケッチブックを閉じ、相手の反応を待った。

二人は弧を描く階段を一階ずつ上っていった。最上階の大きな部屋に着いてみると、そこは動物の骸骨でいっぱいだった。どれも巨大で、天井から吊るされている。黒い歯を与えられた口が恐ろしげに開いている。彼女の真上にある象の標本は、長い鼻や牙を奪われて、あきらめたような、あまりに人間臭い顔をしていた。

「違う《ノー》」シモムラ氏が言った。

「そうですよね《イエス》！　違いますよね《ノー》！」彼女は思わず叫んだ。「本当に申し訳ないです……」それから彼女はガラスの箱に近づいた。薄黄色の大きなカニが入っている。眼鏡をかけ、動揺を隠すため、そして自分たちの間に立ち込める沈黙を破るために、声に出して読み上げた。「〝ジャパニーズ・スパイダー・クラブ、ラテン名マクロケイラ・ケンペリ。通常、波に動きを邪魔されない深海に生息〟ほら《ユー・シー》！」彼女は言った。「ジャパニーズですって！」

シモムラ氏は笑顔を浮かべて、頭を下げた。二人はまた階段を下りていった。深い深い海の底――彼女は想像した。波も感じないほど深いところで、十本の長い脚で歩く。そこは何もかもが桁外れに大きいから、何かに行く手を阻まれるということがない。

ひとつ下の階は、何百という動物を展示したホールになっていた。優れた技術と果てしない忍耐力によって、その動物の典型的なポーズに固められている。死によって毛皮の輝きは鈍り、口には漆喰が詰めこまれているが、その種にふさわしい苔や砂、岩の上を歩いている。しかし獰猛な動物は一頭も見当たらなかった。

「すみません」彼女は謝った。

「謝らないでください《プリーズ》」シモムラ氏が彼女を安心させようとした。その一瞬彼女の腕に触れ、手が美しい所作で、誠意をもってしてもどうにもならない宿命があるのだと伝えていた。二人はさらに先へと進んだ。

そしてオオカミのところへやってきた。

オオカミもキツネと同じくらい虫が食っていたが、もっと怒っているように見えた。シモムラ氏がスケッチブックを開いたので、彼女は邪魔にならないようにと柱の陰に立った。

他に見学者はいなかった。外に積もった雪のせいで、大きなホールには均一な白い光が溢れている。クマはいないようだが、丸っこいアザラシがたくさんいた。目に綿を詰められている。おそらく奥のほうのガラスケースには、硬直した影のような細長い肢が垣間見えている。おそらくアカシカだろう。でもシモムラ氏ははく製なんか好きじゃないに決まっている。明日にはこの街を発ってしまうのに。ああ、今日わたしの膝がこんなにこわばっていなければ……。

いつの間にか、シモムラ氏が隣に立っていた。話すのと同じくらいひそやかに動くらしい。彼は申し訳なさそうにスケッチブックを差し出した。そこには、たった数本の線でオオカミが描かれていた。意図の明確な線で、荒々しくもありこの上なく繊細でもあった。とても素晴らしいイラストだった。彼女は急に、この人に生きたオオカミを見せてやりたいと思った。

二人はフェリーを待っていた。彼女は会話が途切れることにひどく怯えていたが、シモムラ氏のほうはもう彼女の存在などちっとも気にならないようだった。桟橋の下に細長く伸びた海岸を歩き回り、小石や炭のかけらを拾ってはしげしげと眺めている。あんなに小さな薄い上着で寒くないなんて。しかも帽子もかぶっていない。オオカミのイラストを見て以来、彼女はシモムラ氏に対して内に秘めた尊敬の念——見たこともない存在だからというだけでなく——を抱いていた。彼が凍えていないかと気を揉むことで、不安がいくぶん和らいだ。

船室と船内機のついたとても小さな船が桟橋に到着した。ヘーグホルメン号という名前だった。

「あそこまで、フェリーはもう通ってないんですか?」彼女は尋ねた。

「今の時期は職員用の船だけだ」操縦士が答えた。「それが一日三往復するだけ」

彼女はシモムラ氏のほうを向いた。「どうぞ《プリーズ》」そして二人はボートに乗りこんだ。

「外国人じゃないか」操縦士が言った。「職員専用だと言っただろう。冬は閉園してるんだ」

彼女は突然憤りを感じた。シモムラ氏に生きたオオカミを見せられないなんて。そしてこう説明した。「でも、この人は明日発つんです。明日日本に帰ってしまうんですよ。そうしたらもうお終い。これは彼にとってすごく重要なことなんです!」

「わかった、わかった。だがおれは入園券は持ってないぞ」操縦士は船室に入っていった。

乗客は彼ら二人だけだった。船が島に向かって出航する。向こうに見えているその島は山のように盛りあがっていて、岩肌と雪で白黒だった。彼女はどこになんの檻があったか思い出そうとしたが、最後にそこに行ったのはずっと昔のことだった。覚えているのは、ラマに唾をかけられたことと、サルたちが檻に入れられていないせいか人懐こかったことだけ。

シモムラ氏は島に上陸するまでひと言も口をきかなかった。そこでまたあの微笑を灯し、脇に寄って彼女に道を譲った。「どうぞ《プリーズ》、どうぞ《プリーズ》」彼女が獰猛な動物を見せてくれるのを待っているのだ。

彼女は先に立って島の斜面を上り始めた。深雪は水を含んでいるものの、足跡は多くない。かんぬきのかかった小屋や空っぽの檻がいくつも現れ、看板もほとんどが取り外されている。

島の真ん中まで来ると、記憶がよみがえった。昔風の大きなパビリオンが建っている。切妻はパズルのような装飾がされていて、とても小さな窓ガラスが複雑な模様をつくり出している。夏はここでサフトを飲みながら楽団の演奏を聴くのだ。窓からパビリオンの中を覗くと、逆さにしてテーブルにのせられた椅子の光景が広がっている。入り口の石段に積もった雪にも足跡はひとつもなかった。この季節にはもちろん、コーヒーを飲んだりできるような場所は一カ所もないのだ。足を休ませるためのベンチも、身体を温められる場所もない。彼女は突然腹が立った。くるりと向きを変えると、バードケージのほうへと斜面を上っていった。そこでは、鳥たちが木に実った黒い果実のように止まっていた。天井ぎりぎりの高いところに。当然のことながらクマは冬眠中だろう。それに、帰りの船まであと数時間はある。

シモムラ氏は、雪についた彼女の足跡をたどりながら歩いていた。彼の足は彼女のよりもずっと小さい。二人が島を横切るのを、凍りついたように動かないヤギの群れが見つめていた。ヤギは彼らの動きに合わせて頭を動かすのではなくて、一糸乱れぬ揃った動きで躰ごと動く。そしてねじれた太い角が森のごとく、また凍りつくのだった。島全体が静寂のうちにあり、檻と檻の間に動く人影はひとつもなかった。雪解け水が滴り、二人の周りを流れていく。彼女は立ち止まって看板を読んだ。〝一九七〇年四月五日にロストックから来たノロバと一緒にいるのが、お年寄りロバのカイサ（灰色）〟なんだか可笑しかった。しかも、そこにロバの姿は一頭もなかった。ホッキョクグマはどこにいるのだろう。

二人は海のほうに下りていった。そこは〝ネコ科動物の谷〟という名前がついていた。ユキヒョウが、なんの関心もなさそうに彼女から目をそらす。灰色と黄色が混じっていて、尻尾がとても長い。彼女はシモムラ氏のほうを振り返った。彼は水ぎわへとまっすぐに下りていく。ネコ科の動物などどうでもいいようだ。黒いコートが白樺の間に垣間見えている。素早い動きで、もう黄色い葦原の中に入ってしまった。用を足すつもりなのかもと思い、彼女はまたユキヒョウを見つめた。それから、ゆっくりした足取りで先へ進んだ。たまに立ち止まってはシモムラ氏が戻るのを待ったが、彼は戻ってこなかった。仕方なく、彼女は海岸へ下り始めた。この島があまりに静かで、大声で名を呼ぶ勇気がなかったから。あらゆる動物が一斉に吼えだすかもしれないし、そもそも自分たちにここにいる権利はないのだ。

シモムラ氏は波打ちぎわにいた。港から放出されたごみ――プラスチックや紙くずや果物の皮など――にそって歩きながら、島に打ち上げられた木の枝を集めている。もちろん集めるわよね――彼女は馴染みのある行動にほっとした。彼は不思議な形の枝を集めている。ああいう人たちは木の枝を集めるものなのだ。どこかでそう読んだ。

二人は長いこと言葉を交わしておらず、彼女は気が休まった。シモムラ氏は拾った木の枝を彼女に見せようとはしなかったし、彼女もそのことを尋ねようとはしなかった。閉ざされた景色の中を行くもの寂しい散歩が、いくぶん楽になった。間もなく、二人は空っぽの檻のところに戻ってきた。

そしてクマの檻を見つけた。彼女はシモムラ氏をちらりと見た。ああ、興味を示しているようだ。茶色のクマではなくて、ホッキョクグマのほうに。ホッキョクグマはあおむけに寝転んで、前肢を宙に上げている。大きなまとまりのない形で、雪の上では汚い黄色に見えた。鼻と目は炭のように真っ黒だ。肩越しにシモムラ氏の姿を目に留め、まだ眠いのにベッドから出なければいけない人間のように、重々しく起き上がって座った。そして前肢の間の雪を見下ろしている。シモムラ氏はスケッチブックを取り出さなかった。ただ、ホッキョクグマを見つめているだけ。

湿った寒さが脚を伝い上ってきた。なんという恐ろしい島なのだろう。言葉にはできないほどもの悲しい。すべての生きたもの、そして本当のものから切り離されたような気がする空間だ。それが恐ろしかった。なぜ彼は絵を描かないの？　クマが立ち上がるのを待ってるの？　それでも彼女は口には出さなかった。帽子を巻きこむようにマフラーを巻き直し、じっと待った。

ついにシモムラ氏が彼女のほうを振り返った。お辞儀と微笑みによって、クマを見終わったことを告げる。二人はアメリカバイソンの檻を通り過ぎ、ミンクも通り過ぎた。ある小屋の裏では雪が踏み荒らされ、バケツやショベルやスキーが一組立てかけてあった。住み込みで働いている人がいるということなのか。しかし人の姿は結局一度も見なかった。

やっとオオカミを見つけたときには、夕闇が景色を包み始めていた。

「ミスター・シモムラ」彼女はゆっくりと呼びかけた。はにかんだように微笑んで、彼にオオカミを見せる。大きな檻が三基あって、それぞれに一頭ずつ入っている。三頭とも、フェンスぞいを行ったり来たりしていた。なめらかな小走りで、行ったり来たり。頭は上げずに。シモムラ氏は檻に近づき、オオカミたちを見つめた。

やむことのないオオカミの歩みを、彼女は恐ろしいと感じた。それは時間の感覚を超えた歩みだった。このフェンスぞいを来る日も来る日も、来る週も来る年も、行ったり来たりしているのだ。もしこのオオカミたちが人間を憎んでいるとしたら、どれだけすさまじい憎しみになるのだろう――。彼女は凍えていた。急にどうしようもなく凍え、彼女は泣きだした。脚が痛いし、家に帰りたい。オオカミのこともシモムラ氏のことも、もうどうでもよかった。

シモムラ氏がどのくらいオオカミを観察していたかはわからないが、彼が檻から離れたときには夕闇が濃くなっていた。彼女は手袋で涙をぬぐうと、彼のあとを追った。空っぽのサルの檻の前に差しかかる頃、シモムラ氏は振り返ってすべてを説明した。微笑みながらスケッチブックに手を置き、頭を振る。そして手を額にやり、自分はここにオオカミを捉えたからと説明した。頭の中にあるのです、ちっとも心配することはありません。

二人は高台へと上っていった。彼女は、泣いたあと特有のあきらめと無責任さの混ざった平穏な気持ちで、彼のあとを追った。雪の中を歩きながら、もうこれで自分の役目は終わったと感じていた。

展望台も閉鎖されていたが、いちばん下は開けた丸いベランダになっていて、マジックやペンでいくつも名前が落書きされていた。シモムラ氏はベンチの雪を払うと、そこに座った。さっき拾った不思議な形の枝を脇に置いて、じっと考えこんでいる。闇が訪れた。島は二人の足元で黒く変化したが、半円を描く水平線には光の点が灯り、それが密に、密になっていく。途切れることのない街のざわめきが、ここまで聞こえてきた。救急車のサイレンが次第に弱くなり消えていく。彼女は考えた。ライオンは冬には吼えないのかもしれない。適温に保たれた窓のない小屋で寝ているのだろう。檻の中で暮らせば、どんな動物でも冬は無言になるのかもしれない。意識がもうろうとしてきて、その一瞬、深い海の底でジャパニーズ・スパイダー・クラブの横にいた。波の動きに十本の長い脚がさらわれぬよう、深海に生きるカニ。そしていつの間にか彼女はまどろんでいた。

シモムラ氏にそっと触れられ、彼女は目を覚ました。帰る時間だった。彼女はひどく凍えていた。斜面を下り、パビリオンを通り過ぎる。もう檻のほうは見ようとせず、シモムラ氏に英語で話しかけることもなかった。とにかく、この状況にもかかわらず彼はオオカミを捉えることができたのだ。いつか――それがどんな不思議な場所になるにしても――シモムラ氏はそこに腰をかけ、たった数本の、しかし長い時間をかけて考え抜かれた然るべき線で、オオカミを描くのだろう。荒々しく繊細に、今までに描かれたことのあるオオカミの中で、もっとも生きたオオカミを。

小さなモーターボートが彼らを迎え入れた。操縦士は何も言わなかった。

わたしが唯一知りたいのは、彼が描くのはどちらのオオカミなのかということだ――と彼女は思った。彼が見たオオカミなのか。彼が考えているオオカミなのか。

# カーリン、わたしの友達

Karin, min vän

1991

1

ママと一緒にスウェーデンのおじいちゃんとおばあちゃんのところへ行って、大きな牧師館で暮らしたことがあった。海にほど近い谷に建つその家は、叔父さんや叔母さんやその子どもたちでいっぱいなのよ。

カーリンはわたしより七カ月上で、しかも可愛いの。ドイツから来ていて、わたしはこのいとこが大好き。

ある日、カーリンとわたしは干草野原《ヘーエンゲン》で神様のために玉座を作ったの。話したいのはそのこと。玉座が完成するとヒナギクで飾りつけ、神様の周りを回って踊った。それは元々カーリンのアイデアだったんだけど。

それから恐ろしいことが起きた。自分でも、なぜそんなことをしたのかわからないけど、わたしは玉座に駆け寄り、なんとそこに座ってしまったの。カーリンは踊るのをやめ、恐怖におののいた表情になった。わたしもよ。多分二人とも、天から雷が落ちてくるのを待っていたんだと思う。

玉座に座っていられたのはわずか数秒だったけど、わたしはせっかくなのでその一瞬、全知全能になるというのはどういう気分なのか感じてみようとした。結局、理解できるほどは座っていられなかったけど。

それが起きたのは昨日で、そのあとカーリンはわたしにひと言だけ言った。「あなたを赦すわ」それから口をきいてくれないの。今まで耳にたこができるくらい聞かされてきたけど、カーリンはやはり〝神の良き友〟なのね。ちなみにカーリンはイエス様の名前はあまり口にしないけど、イエス様だって神様と同じくらいたくさん奇跡を起こせるんだからね。

わたしはイエス様とユダのことも考えてみた。イエス様はユダが自分を裏切ることは重々承知だったわけでしょ？　ユダがどういう行動をとるかは事前に決まっていて、それは神の決定なわけだから、ユダは他の行動をとりようがなかった。それに、ユダがそのあとで首を吊ることも、世界一の悪党になることも元から決められてたのよね。さてさて、じゃあ訊くけど、それってフェアだと思う？　おまけにユダはその後ずっと怯え、ひどい良心の呵責に苛まれた挙句に赦されたはず。だって、最後の最後に悔い改める者は、必ず神様とイエス様によって赦されることになってるでしょ？

オーロフ叔父さんが一度、〝赦し〟はあの二人の専売特許だよなって言ってた。つまり、彼らの言う赦しなんてまともに取り合っちゃだめだってこと。叔父さんはママにもこう言ってた。「だって、罪を背負って生まれさせ、さらには山ほど罪悪感を抱かせてから、きわめて高潔に赦しを与えるんだから。一体どういうつもりだよ！」

オーロフ叔父さんは本当に、神様を信じてないの。まったく、恐ろしいでしょう？　それ以外はとってもいい人なのだけど。

わたしは考えたわ。赦す立場の人たちは常に優位に立っていて、赦される側の人たちはいつも惨めな気持ちにさせられる。自分が人より優位にあるという気分を味わうために、わたしなら誰を赦せばいいんだろう。オーロフ叔父さんが言ってた〝神は人に罪悪感を与える〟というのは確実にそうだと思う。だって、何をやったって結局のところまずいわけ。最初からそう決まってるんだもの。だって人は罪を背負って生まれるし、いつもいつも赦しを乞うてなきゃいけないんだから。それってちょっとしんどくない？

もっと楽しい話をしましょう。おばあちゃんの本棚に、異教徒を改宗させた宣教師たちのことを書いた本を見つけたことがあったの。おばあちゃんの本はどれもたいして面白くなかったけど、この本だけは当たりだったわ。というのも、異教徒たちの中には太陽を崇拝する者もいれば、パンという名前の人を信じる者もいて、しかもそのパンて人はただ森の中を走り回って笛を吹いているだけで、何事も真剣に取り合おうとしないの。トーテムポールやらなんやらいろんなものが出てくるんだけど、異教徒たちは最終的に改宗するまでそういうものを心から信じていたわけ。面白い本だったわ。わたしはその本を、夜カーリンが眠ってから読んだ。ほらあの、彼女が口をきいてくれなかった時期に。昼間は野原でモーセ五書を読んでいたのだけど、それのほうがもっとスリリングでしかも文章もうまかった。中でも特に心癒されたのは、神様だってしてはいけないことをしちゃうってこと。しょっちゅう傷ついたり、他の神様たちに嫉妬したり、じっくり時間をかけてきっちり復讐したりする。もちろん、それで神様への尊敬の念が減ったわけじゃないけど、朝のお祈りとか聖書の時間の真剣味は少し失われたかも。それって罪《synd》なこと。つまり、残念《synd》という意味じゃなくて悪事のことね。わかる？

## 2

おじいちゃんが大事な論文に取り組んでいたのはその夏のことだった。おじいちゃんは、カーリンのパパのフーゴ伯父さんがお説教をするのをすごく好きだと知っていたので、〝今日の聖書の一節〟や食前の祈りなんかをフーゴ伯父さんに任せることにしたの。でもフーゴ伯父さんたらあまりに熱心すぎて、それ以外にもいくつも聖書の時間を設けたり、讃美歌をたくさん増やしたりした。親戚は全員参加を義務づけられていて、フーゴ伯父さんは常に目を光らせて誰が来なかったかを正確に把握していたのよ。オーロフ叔父さんのことだけは最初からあきらめてたけどね。

フーゴ伯父さんはいつも茶色のベルベットの上着と白い小さな官帽をかぶっていて、チェロを弾くのが趣味だった。

神様はフーゴ伯父さんのことをどう思っていたんだろう。伯父さんはある意味、いいところを全部独りでもっていってしまったんだけど。おじいちゃんは仮にも宮廷説教師だったけど、フーゴ伯父さんはただの牧師さんで、宮廷説教師の娘と結婚しただけ。でも伯父さんは毎日これが最後の審判の日だといわんばかりの姿勢で臨み、自分がなんでもいちばんよく知っているという態度だった。とても優しい人で、わたしたちみんなのことを本気で心配してくれていたんだけどね。

フーゴ伯父さんは何よりも、自分のチェロを愛していた。茶色くて、栗のようにつやのあるチェロ。一度それがひび割れてしまったことがあって、伯父さんはすっかり気が動転してしまった。そのチェロを修理できる人がいるとすれば、木のことならなんでも得意なオーロフ叔父さんだけ。でも悲しいかな、おじいちゃんとおばあちゃんの子どもの中で神様を信じていないのはオーロフ叔父さんだけだった。他の叔父さんたちも、神なんて信じないと騒ぎ立てることはあったけど、あまりにも大袈裟に騒ぐから、なんだやっぱり心の底では信じてるんじゃないと思われるのがおちだった。でもオーロフ叔父さんの場合は黙りこみ、そこにいるのも恥ずかしいらしく、自分の工房へ逃げてしまうの。だからフーゴ伯父さんにしてみれば、オーロフ叔父さんの工房にチェロを持ちこむのは勇気のいることだったはず。でもチェロはとってもきれいに直り、前と変わらぬ美しい輝きを取り戻したわ。

一度、朝の祈りのあとにママがひどく怒っていたことがあった。フーゴ伯父さんがいつものようにわたしたち全員のために「魂の人生において得たものすべてに感謝します」と祈り、それから、ママには「俗世の人生において得たものすべてに感謝します」なんて続けたんですって！

カーリンにこう言ったことがあるわ。「あなたのパパって、わたしのママのこと何もわかっちゃいないのね！」

するとカーリンは美しい瞳に微笑みをたたえてわたしを見つめた。まるでわたしがすごくばかなことを言って、それを赦そうとしてくれているみたいに。

カーリンのことは果てしなく尊敬してたわ。彼女が集会で讃美歌を合唱すれば、その神々しいほどの歓喜と悲哀に鳥肌が立ったもの。カーリンはみんなのずっと上のほうで舞う天国の小鳥みたいな存在だったけど、スズメバチは苦手だったみたい。ある日、朝の祈祷会にスズメバチが入ってきてカーリンの周りを飛び回ったものだから、カーリンは歌うのをやめて激しく取り乱してしまった。今でも覚えてるけど、あの日の主題はヨブの苦難だった。そのスズメバチはカーリンを刺すつもりなどまったくなくて、ただ外に出ようとしていただけなんだけど、カーリンは必死で逃げ出し、両腕を振り回しながら悲鳴を上げたので、雰囲気が台無しになっちゃった。他のいとこたちもつられて奇声を上げ始め、わたしはそれを見て涙が出るほど笑い転げたので、テーブルから離れなさいと怒られたわ。そのことを考えると、今でも笑いがこみあげてくる。

ある日ちょうど日が沈もうとする頃、フーゴ伯父さんがわたしの手を取り、野原を散歩しようと言った。野原の真ん中で、おじいちゃんが大昔に植えた巨大な白樺の下に座ると、フーゴ伯父さんが口を開いた。「なんと素晴らしき平安。きみと少し話がしたかったのだ」伯父さんは慈悲について語り、それから悪魔についても語り、わたしのことでとても悲しんでいると言った。わたしには、悪魔の手先がそこらじゅうにいることを理解できていないんですって。たったひとつの悪い考えが、悪魔たちを引き寄せる。そうしたらどんどん寄ってきてしまう——とフーゴ伯父さんは言った。「目には見えないだけで、夜、きみが眠りにつく頃には悪魔がきみを取り囲む。そうなったら、できるのは祈ることだけだ。きみを助けたいんだよ。そのことについて、もちろんわたしと話し合いたいだろう?」

わたしはなんと答えていいのかわからなかった。

夜になるとわたしは毛布にもぐり、悪魔どもに命じた。「あっち行け! あっち行け!」

フーゴ伯父さんは正しいわ。実際、やつらはどこにでもいるもの。

## 3

それから何年も経ってから、わたしは初めて海外旅行に出かけ、ドイツに住むフーゴ伯父さんとエルサ伯母さんのところに泊めてもらった。カーリンはますますきれいに、ますます真面目になっていたわ。会ってすぐに、お互いに話が通じないことに気づいた。そのことがエルサ伯母さんを悲しませたこともわかった。

一家はライン川ぞいのとても小さな町に住んでいて、周辺には畑や野原が広がり、アカシアの林も点在していた。そして茶色の細い川が地平線に向かってくねくねと流れていたわ。毎日教会の集会場にフーゴ伯父さんのお説教を聴きに行ったけど、いつも満員だった。一度、説教のあとで伯父さんが「さあそれでは、遠い国からやってきた親愛なる客人のために祈りましょう」と言ったの。「神の慈悲による赦しをまだ受けていない彼女のために」と。全員頭《こうべ》を垂れて祈ったあと、一斉にわたしを見つめた。あとでエルサ伯母さんにその話をしたら、「気にしなくていいのよ。あの人はよかれと思ってやってるだけだから。愛に満ち溢れた人なの」ですって。

伯父さんと伯母さんを悲しませないよう、タバコを吸いたいときは町の外に出て長い散歩をした。信者に見られたら、告げ口されかねないんだから。わたしはアカシアの枝が優美に描く木陰に座り、地平線に広がる孤独な景色こそが美しいんだと気づいた。そしてフーゴ伯父さんは珍しいくらい純粋な人で、ただみんながもう少し清く、神のご意志にそった生き方をする手助けをしたいだけなんだと思った。まあ、神のご意志を定義する勇気があればの話だけどね。

伯父さんの家に戻ると、わたしは玄関で歓喜の叫びを上げた。

「なんていい香りなの――。まるで家に帰ってきたみたい！」

エルサ伯母さんが言った。「これは変性アルコールよ。今日は窓を洗っているの」

町の郊外に、小さいけどとてもきれいな公園のような森があった。そこの木は古くて大きかった。木漏れ日が差す緑の中を、フーゴ伯父さんと一緒に散歩したのだけど、伯父さんはいつものように、茶色のベルベットの上着と白い官帽をかぶってたわ。

「わたしはこの森を愛してる」と伯父さんは言った。「非常に心が安らぐんだ。ブッヘンヴァルド――つまり、ブナの森という意味だ。説教のことで悩んだら、わたしはいつもここに来る」それからしばらくしてこう付け加えた。「信者たちはわたしのことを信じている。でもときどき、神はなぜ大きな不幸や不条理な出来事を防いでくれないのかと問われることがある。そんなこと、神なら簡単にできるはずだろう、と」

「そんなとき、伯父さんはなんて答えるんですか？　神の道は計り知れない、とか？」

「まあそんなところだ」フーゴ伯父さんは悲しそうだった。「だが、なかなか難しいときもある」

　伯父さんの家の裏庭で話をすることもあった。それはまさしく賞賛に値する庭だったわ。ほんの小さなものだったけど、長年骨を折り、花にたっぷり愛情を注いだからこその美しさだった。

「きみのおじいちゃんから学んだんだ。いや、日本の人たちからもっと学んだかもしれない。庭は計画が大切だというのをね。ひとつ枯れる花があれば、代わりに咲く花がなくてはいけないし、彩りも非常に大事だ。間違った組み合わせの色の花が同時に咲いてはいけないのだから」

「いけないと言っても、咲いてしまうでしょう。だってほら、野の花を見て。色合いなんてどれもむちゃくちゃじゃない」

　するとフーゴ伯父さんはこう言った。「神の庭と競ってはならない。そこは奇跡の起きる場所なのだ。しかし我々人間が一瞬でも自然の無作為さに倣えば、得られるものは雑草ばかりになる」

　伯父さんがよく引用するたとえ話があった。あの〈賢い乙女と愚かな乙女〉の話。ある日一緒に庭の手入れをしていたときに、伯父さんにその乙女たちの絵を描いてもらえないかと頼まれたの。そこにぜひキリストも一緒に描いてくれと。

その絵はかなり大きくなってしまい、描くのもとても難しかった。フーゴ伯父さんはときどきはかどり具合を見に来て、乙女たちは美しく本物らしくなりそうだが、キリストはちっともキリストらしくないと言った。

わたし自身は、キリストが往々にして描かれるような柔和な雰囲気にするつもりはなく、もっと決定的なエネルギーを込めたかった。わたしがキリストに期待しているような、自制の効いた激情をもたせたかったの。でもうまくいかなかった。わたしは絵の中のキリストを少しずつ遠くにやってしまい、ついにはただの輝く影になった。顔なんて、絶望のあまり何度もこすったせいでぼやけてしまったし、表面がざらざらになってしまった。

フーゴ伯父さんは悲しげに頭を振った。「きみがキリストから次第に遠ざかっていくのがわかる。きみは神の子《ゴッテスキンド》ではない。キリストと友人になれないなら、彼を描くことはできない。でもまあ、とりあえず絵は飾ろうか」

カーリンの部屋は白で統一された女の子らしい部屋で、多分、子どもの頃からそのままなんだと思う。カーリンとわたしのベッドが両側の壁ぎわにあり、その間に窓があって白いカーテンがかかっていた。そこから真下にフーゴ伯父さんの庭が見えていたわ。なぜだかカーリンは自分の部屋なのに場違いに見えた。あの心配そうなまなざしと真面目さのせいかしら。毎晩、寝る前に聖書を読んでいた。そしてある晩、〝絶対的存在〟を信じるかとわたしに訊いた。

「どういう意味?」

「唯一の神を信じるかどうかよ。救いへの唯一の道を。そしてそれを妨げるすべてのものからは距離をおくの。すべてよ」

わたしはなんと答えていいかわからなかった。

するとカーリンはわたしに歩み寄り、自分の金の腕輪をわたしの手にのせた。「これはおばあちゃんからもらったんだけど、大切すぎるから手放さないといけないの。信じてね、心から望んであなたにあげるのよ。これでひと安心だわ」カーリンは厳しい愛情のようなものが浮かんだ顔でわたしを見つめ、それからまた聖書を読み始めた。

エルサ伯母さんはカーリンとわたしが仲良くしないのをとても残念がっていた。きっと、わたしたち二人の友情が、愛する妹への長い手紙をドラマチックに演出してくれると思っていたのね。

一度、あんまりいい天気だから少し出かけましょうよとエルサ伯母さんに誘われたことがあった。伯母さんは、野原をまっすぐに横切っていった。そこでは野生のケシが花を咲かせていて、風のない暑い日だったわ。黒い眼鏡をかけたエルサ伯母さんはずっと押し黙ったまま歩いていた。

町の外に出てだいぶ経ってから、隠しマイク、つまり盗聴器のことを耳にしたことがあるかと訊かれた。わたしは、話には聞いたことがあるが、そんなもの普通の牧師館には無縁でしょうと答えた。

わたしの答えに、伯母さんは笑った。「あの人は信じないの。自分の国が悪いことをするなんて夢にも思わないのよ。でも、悪魔の手先はどこにでもいるわ」

エルサ伯母さんは長いこと話し続け、泣きだすのかと思うほどだった。そして最後にこう言った。「妹によろしくね。手紙には書けないようなことも、すべて伝えてちょうだい。さあ、そろそろ帰って夕食の支度をしなくては。フーゴはあまり食べてくれないから。教会にすべてのエネルギーを費やしてしまっていて」

「でも、伯父さんは、何が起きているかわかってないの?」

エルサ伯母さんは答えなかった。あまりにも暑い日だったし、当時のわたしはまだ不幸せな人というものに慣れていなかった。でも、伯母さんが夫を守らなければいけないのはわかった。自分のホームシックも我慢して、宗教という世界を一歩出るとそこがどんなに危険か——夫には理解できないそれ——を認識していなければいけないのだ。

最後に伯母さんが訊いた。「カーリンとは話した? 二人で話すことはあるの? 話は通じる?」

「ええ、もちろん。カーリンのことは大好きです」

「あの子は幸せそう？　心は安らかに落ち着いている？」

「ええ。実に落ち着いてると思いますけど」

牧師館で過ごした最後の夜、エルサ伯母さんが階段を上ってわたしたちの部屋へやってきて、テーブルに赤ワインの瓶を置いた。「あの人には内緒よ。理解できないでしょうからね」そう言って微笑むと、部屋を出ていった。

「母はとても優しい人なの」カーリンが言った。「わたしたちが楽しく過ごせるようにと考えてくれてるのよね」カーリンは二人のグラスにワインを注いだ。「わからないでしょう。あなたにはわからないわよ。それは滝のように、音楽のように流れてくる。そしてやっと、絶対的な存在に近寄れたかと思うと、また消え去ってしまう。ママもわかってない。誰も。何もかも無意味になり、わたしは怖くて仕方がない」

わたしは恐る恐る尋ねた。「でも、あなたはどうしようと思ってるの？　つまり、人生を」

カーリンはわたしの後ろのほうを見つめていた。「愛することに尽きるわ、もちろん。まず第一に神をね。それから隣人を、そして敵を、小さきスズメや草の一本一本を」だから、と彼女は続けた。「わたしからの愛を期待している人たちを愛する時間も余裕もないの。残念だけど、距離をおかなければいけない」

「でも、そうしたら、あなたの隣人って一体誰よ？　わたしたちは普通の人間でしょう。わたしたちはあなたが大好きよ。隣人っていうのは家族や友人、自分の友達のことじゃないの？」

カーリンは微笑みを浮かべてわたしに説明した。「あなたはわかってないわ。確かにわたしは彼らを敬愛しているわよ。あなたのこともね。あなたという贈り物に感謝してはいるけれど、それはわたしが独り占めしていいものじゃないの」

わたしは意味がわからなかった。少なくとも、そのときは。カーリンを敬愛する気持ちは変わらなかったけれど、戸惑いが生まれた。

翌朝、わたしはフーゴ伯父さんとエルサ伯母さんと一緒に、彼らのお気に入りの旅行地であるスイスのグリンデルヴァルトに旅立った。そこから自分だけフィンランドに帰ることになっていたの。カーリンは家に残り、家の前の階段に立ってわたしたちを見送ってくれた。いつものように大真面目に。

グリンデルヴァルト――そこはぎざぎざの危険そうな山と、絵に描いたような田園が混じり合う、恐ろしいような風景だった。早い時間に影が差し始め、地平線すら見えない場所……。

わたしたちは大きなグループで山歩きに出かけ、美しく咲き誇る花々の間を上へ上へと登っていった。フーゴ伯父さんはアルペンストックとカメラを持参し、しょっちゅう立ち止まっては撮影したりフィルムを交換したり、ちょくちょく別行動をとったり――と思ったら、いつの間にかいなくなっていたの！　みんなで伯父さんを捜し、不安な気持ちで相談し、時間だけが過ぎていった。エルサ伯母さんは無口のままじっと石に座っていた。黒い眼鏡の奥の瞳が不安を放ち、伯母さんがどれだけ夫のことを愛しているかがよく伝わってきた。

やっと見つかったとき、伯父さんは恥じ入る様子もなくいつもどおりご機嫌で、真っ白な歯をさらに輝かせて微笑んだ。「いやあ、ちょっとした冒険だったよ！　さあ、この素晴らしき自由な世界を先へ進もうじゃないか」

わたしたちは山の中の小さな湖にたどり着いた。空を映した湖は、恐ろしい崖と崖の間に横たわる青い宝石のようだった。エルサ伯母さんはわたしのほうを振り返り、やっと口を開いた。

「わかる？　あの人はこの湖みたいなの。そういう人なのよ。清いの」

このときも含めて、若い頃のわたしは旅行先で自分自身に挑んでいた。水の流れる場所を見つけたら必ず泳ぐという挑戦をしていたの。川でも海でも湖でも——だけど、山の中の湖だけは、ちょっと冷たすぎたわね。

4

それからまた何年も経って、戦争も終わった頃にカーリンがうちに泊まりにきたことがあった。わたしはカーリンを友達に紹介し、みんなが彼女のことを好きになり——というか、すっかり彼女に魅了されてしまって、こんなことを言ったほど。「あなたたち、本当に血がつながってるの？　カーリンはすごく素敵じゃない。とっても落ち着いてるし！」

カーリンは口数が少なかったから、友達は誰も、実は聖人を紹介されていたとは気づいてなかったのね。

この頃にもなると、わたしはやっかんだりせずにカーリンのことを好きでいられた。彼女が必要としているもの、好みそうなものを、なんでもプレゼントしてあげたかった。でもカーリンは毎回、まずはバスルームに入ってその贈り物を受け取ってもよいかどうかを神様に尋ねなければいけなかったの。プレゼントのうちいくつかは〝受け取ってもよい〟ということになったけど、大半は神様から〝海に投げ捨てなさい〟と指示された。カーリンが心から気に入ったものはどれも、本当に海に投げこまれてしまったのよ。

フーゴ伯父さんとエルサ伯母さんがどうしているのかを尋ねると、カーリンは両親からは距離をおいていると言った。二人をあまりにも愛しているからだそう。さらに、「わたしはあなたの元からも消え去るわ」と言った。

わたしのことも愛してくれているのはよくわかったけど、それは悲しい喜びだった。

その頃は電子音楽というものが爆発的に流行りだしていて、わたしはピエール・シェフェールやクラウス・シュルツェなどの宇宙的孤独を感じさせる抽象音楽に夢中だった。それをカーリンにも聴かせてやりたいと思った。あとから考えると、そのレコードをかけるべきではなかったんだけど。わたしは、これはミュージシャンによる新しい実験なのだとカーリンに説明した。「さあ聴いてみて。宇宙から天体のバイブレーションが響いてくるみたいでしょ?」

「しーっ、黙って」カーリンがわたしを制した。「聴いてるんだから」

わたしたちは一緒に音楽に耳を傾けた。部屋が電子的に震えているかのようだった。カーリンは真っ青になり、微動だにしなかった。

わたしはプレーヤーに駆け寄り、音楽を切ろうとした。するとカーリンが叫んだ。「消さないで！　わたしには大事なことなの！」

ああ、予測しておくべきだった——その瞬間、ダンテが地獄に足を踏み入れ、亡者の叫びに迎えられたのだ。

「わたしにはわかる」カーリンが言った。「そうよ。そしてここで、神の声が降ってくる——」

すると本当にそうなったのだ。なんでわかったの⁉　深みのある悲しげなベースが、聞き取れない言葉とともにすべてを圧倒し、振動に揺られながら銀河の中へと消えていき、やっと静寂に呑みこまれた。

「ごめん、大丈夫?　この音楽は最近新しくできたばかりで……」

「いいえ」カーリンは落ち着き払って答えた。「これは今までも常に存在していたわ。亡者はいつだってわたしたちの周りに存在する。感じるの、灰色の波のようにやってくる。いつでも、どこにいても――道でも列車の中でも。すべてが消滅し、亡者は助けを求めて悲鳴を上げ、人間は罪へと沈む。自分自身と亡者たちの罪にね。ねえ、今のもう一度かけてくれない？」

でも、わたしはもうかけたくなかった。

カーリンを抱きしめると、庇い癒すようにぎゅっと抱き返してくれた。見知らぬ怪我人か、恥をかいた人にやるみたいに。

カーリンが旅立ってからも、うちのバスルームは長いこと神聖な場所だった。悩みが解決しないとき、わたしもよくそこへ行って答えを探したわ。

# 文通

Korrespondens

1987

Dear　ヤンソンさん

わたしは日本の女の子です。

十三歳と二カ月です。一月八日に十四歳になります。

わたしにはお母さんと二人の妹がいます。あなたの書いた本は全部読みました。

読み終わると、また初めから読み返します。

そして、雪のことや、独りになれるってどんなふうなんだろうかと考えます。

東京はとても大きな街です。

わたしはとてもがんばって英語を勉強中です。

あなたのことが大好きです。

あなたと同じくらい歳を取り、同じくらい賢くなるのが夢なんです。

夢はたくさんあります。

日本には俳句という詩があります。日本語の俳句を送りますね。桜についての俳句です。

ヤンソンさんは、大きな森の中に住んでいるのですか？

手紙なんか書いてすみません。

お元気で、長生きしてください。

Dear　ヤンソンさん

今日の新しい誕生日はとても大事です。

あなたからいただいたプレゼントは、わたしにとってとても大事です。

みんながあなたからのプレゼントと、あなたが住んでいる小さな島の写真を羨ましがります。

それは今わたしのベッドの頭のほうの壁に貼ってあります。

フィンランドにはいくつくらい無人島があるのですか？

誰でも住んでいいのでしょうか。

わたしも島に住みたいです。

わたしは無人島が大好きで、花と雪も大好きです。

でもそれがどんなふうか、描写することができません。

わたしはとてもがんばって勉強しています。

タミコ・アツミ

あなたの本は英語で読んでいます。
日本語だと、同じじゃないんです。
どうして違うのでしょう。
あなたは幸せだと思います。
どうぞお身体に気をつけてください。
長生きをお祈りしています。

タミコ・アツミ

Dear　ヤンソンさん

長い時間が過ぎました。あなたからの返事が、五カ月と九日も来ません。
わたしの手紙は届いていますか?
プレゼントも届いていますか?
あなたに会いたいです。

わたしがとてもがんばって勉強しているのをわかってください。

今日はわたしの夢をお話しします。

わたしの夢は外国へ旅行して、その新しい国の言葉を話し、理解できるようになることです。

あなたと話せるようになりたいです。

わたしと話してください。

見渡す限り他に家が見えないとか、誰も道をやってこないとか、どうやって表現すればいいか
教えてください。

雪のことをどんなふうに描写すればいいのか知りたいです。

あなたの足元に座って、学びたいです。

旅行のためにお金を貯めています。

また俳句を送ります。

とても歳を取ったおばあさんに、ずっと遠くに青い山が見えるという俳句です。

若いときには見えませんでした。

でも、今はもうそこに行く元気はないのです。

美しい俳句です。

お気をつけくださいね。

Dear　ヤンソンさん

長い旅行に出られたのですよね。もう六カ月以上になりますね。
そろそろ戻ってきている頃かと思います。
わたしのヤンソンさん、どこへ旅してきたのですか？
その旅で、どんなことを学びましたか？
キモノを持っていらしたのかもしれませんね。
あのキモノは秋と同じ色だし、秋は旅の季節です。
でもあなたは、時間が短く感じられるとよく言っておられましたね。
あなたのことを考えていると、わたしには時間が長く感じられます。
あなたと同じくらい歳を取り、大きくて賢明な考えだけをもちたいです。
あなたからの手紙は、美しい木箱に入れて秘密の場所にしまってあります。
夕暮れどきにそれを読み返しています。

タミコ

タミコ

Ｄｅａｒ　ヤンソンさん

前に手紙をもらったときフィンランドは夏で、あなたは無人島に住んでいました。

その島には滅多に郵便が来ないと言っていましたね。

じゃあ、わたしの手紙は一度に何通も届いてしまうのでしょうか。

船が島に寄らずに通り過ぎると、ほっとするとも言っていましたね。

でも、今フィンランドは冬ですね。

冬についての本をお書きになっていましたね。あなたはわたしの夢を書いたのです。

わたしも、読む人の一人ひとりが、自分の夢と重ね合わせられるような物語を書きたいです。

物語を書くには、どのくらい歳を取らないといけませんか？

でもあなたなしでは書けません。

毎日、ずっと待っています。

とても疲れたとおっしゃってましたね。
仕事もあるし、人が多すぎるからと。
あなたを癒し、あなたの孤独を守る存在になりたいです。
この俳句は、愛する人を待ち続けた悲しい俳句です。
どうなったかおわかりでしょう？
でもわたしの訳があまりうまくありません。
わたしの英語は上達しないのでしょうか。

永遠に、タミコ

大好きなヤンソンさん、ありがとうございます！

そうですよね、歳なんか関係なく、
書かなければいけないから物語を
書くんですよね。知っていること、

感じていること、憧れていること、
自分の夢、見知らぬもののこと。
ああ、大好きなヤンソンさん、
他の人にどう思われるかとか、
理解してもらえるかとか、そんなことを
気にしてはいけないですよね。
物語を語るときは、自分自身とその物語
だけが大事なのです。それはつまり、
本当の意味で独りになるということですよね。
わたしは今、すごく遠いところにいる人を
慕うことについては何もかも知っています。
だからその人に会う前に、それを
書き留めておこうと思います。
また俳句を送りますね。春になった
喜びに溢れる小川についての俳句です。
その音を聴いて、皆が元気になるのです。

訳す時間はないのですが。わたしの話に耳を傾け、いつそちらに行けばいいか教えてください。お金は貯めてきたし、旅の奨学金ももらえると思います。わたしたちが会うのにふさわしい、美しい季節は何月でしょうか。

タミコ

Ｄｅａｒ　ヤンソンさん

聡明なお手紙をありがとうございました。

フィンランドの森と海は大きいけど、あなたの家はとても小さいのがよくわかりました。

作家とは作家が書く本の中だけで会うのがよい、というのは美しい考え方ですね。

あなたには毎回学ばされます。

ご健康と長寿をお祈りしております。

あなたのタミコ・アツミ

わたしのヤンソンさん

今日は一日雪が降っていました。

これでわたしも雪について書くことができます。

今日、母が亡くなりました。

日本では、家族の中でいちばん年長になると、旅行に出たりすることはできないし、出たい気持ちにもなれません。

わかってくれますか。

いろいろとありがとうございました。

郎士元《ラン・シーユアン》という、昔の中国の偉大な詩人の詩です。

この詩は黄祖瑜《ファン・ツーイィ》とアルフ・ヘンリクソンによって、あなたの国の言葉にも訳されています。

雁の叫びは甲高く、くぐもった風に運ばれゆく。
今朝の雪は多く、空は曇って寒い。
貧しき我には、汝の出立への餞《はなむけ》もない。
何処に行こうとつき従う、青き山脈より他に。

タミコ

# 思い出を借りる女

Kvinnan som lånade minnen

1987

窓に色ガラスがはまった階段室に入ると、そこは十五年前と変わらず暗く冷たかった。天井は漆喰の装飾が一部欠け落ちてしまっている。でもあの頃とまったく同じように、ルンドブラード夫人が階段にモップをかけていた。夫人はドアが開いた音に振り向き、心から嬉しそうな声を上げた。「まあまあ、あの可愛いお嬢さんじゃないですか！　ずいぶん長く母国を離れてらしたけど、昔とちっとも変わらない。トレンチコートに、やっぱり帽子はかぶらずなのね！」

ステッラは階段を駆け上がり、はにかんだような表情でルンドブラード夫人の前で立ち止まった。二人にはたくさんの思い出があるが、相手と抱き合ったり手を握ったりする習慣はない。「ここはちっとも変わらないわね」ステッラが言った。「ああ、ルンドブラードの奥さん……。ご家族はお元気？　シャルロッテは？　エドヴィンは？」

夫人はモップのバケツを押しやり、お嬢さんの自転車はまだシャルロッテが使わせていただいているけど、最近は田舎のほうでだけだと語った。あれから、田舎に小さな別荘を借りたのだ。エドヴィンのほうは、保険会社でいい仕事に就いている。

「ご主人は？」

「あの人は六年前に亡くなったんですよ」夫人が答えた。「苦しまない静かな最期でした。あらお嬢さん、お花を持っていらしたのね。きっとあの人にでしょう、最上階のお嬢さんのアトリエにいる。ねえ、一服する時間くらいおありよね？」夫人は階段に腰をかけた。「あら。相変わらず二人とも同じ銘柄を吸ってるなんて。で、可愛いお嬢さんは画家として成功なさったんでしょう。新聞でだったか、読みましたよ。ルンドブラード家を代表して、おめでとうを言わせてくださいな。昔と同じような感じの絵を描いてられるの？」

ステッラは笑った。「全然違うのよ。もっと大きいの。上のアトリエのドアなんて通らないくらい！　こーんなに大きいんだから！」ステッラは腕をいっぱいに広げて見せた。

突然、階段じゅうに大音量でバラードが鳴り響いた。そしてすぐに消えた。ステッラはその曲に聞き覚えがあった。『イブニング・ブルース』――わたしとセバスチャンの曲。ということは、あの子はまだわたしの古いSP盤を聴いてるのね……。

「いつもああなんですよ、あの老嬢は」ルンドブラード夫人はぶつぶつ言うと、吸い殻をバケツに投げ捨てた。「お嬢さんより五つも年上なのに、いまだに毎日がダンスパーティーみたいに暮らしててね。でも、誰も訪ねてきやしない。寂しいもんよ。お嬢さんが上に住んでたときは全然そんなじゃなかったのにねえ！　街じゅうのアーチストがこの階段を駆け上がってきて……あの頃は楽しかった。みんな昼間はそれぞれ創作活動にいそしんで、夜になるとここに集まって演奏したり歌ったり。そしてお嬢さんがスパゲッティを作ってみんなに振る舞った。上にいるあの女はいつもお嬢さんのあとをついて回って、真似ばかりしていた。それ以来……」

ルンドブラード夫人はそこで声の調子を落とした。「それ以来、ずっとここに住みついてる。自分でアパートの家賃を払えないからって。まったくねえ。おまけにお嬢さんが奨学金をもらって外国に行ってしまってからは、我が物顔で部屋を占領してるんだから。十五年間もよ！いいの、いいの、弁解しないで。もう知ってるんですから。お嬢さん、あたしたちがアトリエのことをなんて呼んでいたかご存じ？　〝ツバメの巣〟よ！　でもツバメは飛び立ってしまう。年寄りが言うとおりね。〝ツバメが出ていってしまったら、巣はもう幸せじゃない〟って。ツバメがたった一羽じゃ夏は来ないし。はい、もうこれでやめておきましょう。余計なことを言っちゃまずいからね。さて、あたしは階段の掃除を続けましょうかね。ところで、中庭側にエレベーターがついたんですよ。よかったら試しに乗ってみてちょうだいな」

「また今度ぜひ。ねえ奥さん、わたし、本当にこの階段を駆け上がってたの？」

「ええ、ええ、可愛いお嬢さん。確かに走ってましたよ。時間ってのは、あっという間に経つものねえ……」

ドアの表札には知らない名前がたくさんあった。

そう、確かにわたしは階段を駆け上がっていた。おそらく、走りたかったというだけの理由で。走らずにはいられなかったあの頃——。

アトリエのドアは塗り替えられていたが、ノッカーは昔と変わらずあの小さな真鍮のライオンだった。セバスチャンからの贈り物だ。ヴァンダが中から大声で訊いた。「どなた？　ステッラなの？」

「そう。わたしよ、ステッラよ」

ドアが開くまで少し間があった。

「まあステッラ、会えて嬉しいわ！」ヴァンダが喜びの声を上げた。「やっと来てくれたのね！　ドアを開けるのには少し時間がかかるのよ。わかるでしょ、警戒するに越したことはないご時世になっちゃって。安全チェーン、盗難防止錠、他にもいろいろ。でも、そうしなきゃいけないのよ。じゃなきゃ盗まれるんだから！　昼も夜も怯えてなきゃいけない状態なの。中が見えないようにした大きな車で乗りつけて、一切合財持っていってしまう。そして家の中は空っぽになる……わかる？　すっからかんになるのよ！　でもうちには入らせやしない。ここはちゃんと閉まってる。鍵をかけてあるんだから。さあ入って。あたしの暮らしぶりを見ていってちょうだいな！　まあ、お花……？　どうもありがとう」

ヴァンダは花束を脇に置くと、ステッラをまじまじと見つめた。昔と変わらぬ、薄い色の瞳で凝視している。顔は少し重みを増したものの、目はちっとも変わらない。主張のある声も昔のまま。小さな部屋は白の漆喰壁は変わらないが、それ以外は何もかも違っていて知らない場所のようだった。家具やランプ、装飾品やカーテンで溢れかえっている。ここは暑すぎる——。

ステッラは上着を脱いだ。変わってしまった部屋に恐怖すら感じる。部屋が縮み、きちんと伐採されていた土地が伸び放題の雑木林になってしまったような有り様だった。

「どうぞ、かけてちょうだい」ヴァンダが言った。「何を飲む？　ベルモット？　それともワインかしら。昔はいつもそれをあなたたちに振る舞ったものね。赤ワインにスパゲッティ。いつだって赤ワインにスパゲッティ！　あなた、とうとう帰ってきたのね――。一体何年ぶり……いや、数えないでおきましょう。とにかく戻ってきたんだから。何枚絵葉書を書いても、あなたったらすぐに姿を消してしまうんだもの。偉大なる芸術家は沈黙のうちに去りし――なんてどう？」

「わたし、書いたわよ」ステッラが言い返した。「かなり長いことあなたに手紙を送り続けたけど、ちっとも返事がないから……」

「可愛いステッラ、気にしないで。もう考えなくていいわよ。誰だって忘れることはあるんだから。とにかく、今あなたはまたここに戻ってきた。あたしの小さな棲家をどう思う？　狭いし飾り気もないけど、なかなか居心地いいでしょ？　ムードがあるっていうか……」

「とても素敵よ。素敵な家具がこんなにたくさん」ステッラは目を閉じて、自分のアトリエを思い出そうとした。あそこに作業台があって、こっちにイーゼルがあった。それに、物入れにしていた砂糖の木箱がいくつも。カーテンなどかかってなかった。窓は中庭に面していて……。

「疲れた？」ヴァンダが訊いた。「すごく疲れた顔してるわよ。特に目のあたりが。広い世界を見て帰ってきたんだから、のんびりしなさいな」

「アトリエの様子を思い出そうとしてただけよ。ここで暮らしていた頃は本当に幸せだった。だって、青春の七年間なのよ！　ねえヴァンダ、青春って何歳までなのかしらね」

ヴァンダはちょっときつい口調で答えた。「あなたの青春はちょっと長すぎたんじゃない？　夢見がちで、お目目に星がきらきら輝いてたんだから。そうよ、あなたのこと〝星の瞳〟って呼んでたわよね。素敵なあだ名よねえ。すごくうぶで、人の言うことはなんでも信じた。なんでもかんでも」

ステッラは立ち上がり、窓辺に向かった。カーテンを開いて、ごくありふれた灰色の中庭——しかし今見ても胸躍る中庭を見下ろした。よそのアパートの窓が無数に見えている。そして思い出した。セバスチャンと一緒にここに立っていた自分を。わたしたちはここに見えている屋根という屋根の、もっと先を見つめていた。港を、さらには海の向こうを。そう、世界を。わたしたちが手に入れるはずの世界。そこで勝ち抜き、征服するつもりの世界。ああ、この懐かしい窓！　ステッラはヴァンダを振り返った。「ねえ、さっきわたしがなんでもかんでも信じたって言ったわよね。でも、信じられるものはたくさんあった。それに、信じた価値はあった。そうじゃない？」

夕暮れが訪れ、ヴァンダはシルクのシェードのついたランプをすべて灯した。「あなた、この部屋で過ごした日々が楽しかったんでしょう。違う？　七年間ぞんぶんに楽しんだ。しかも最後の、あのパーティー。あたしの送別会。覚えてる？」

「忘れるわけがないでしょう。みんな大口ばかり叩いて、まったく分別があったものよね！六月……だったと思うわ。朝の二時ごろに日が昇ったもの。わたしはテーブルの上に仁王立ちになって叫んだ——太陽に乾杯！　ロシア人が一人、テーブルの下に座りこんで歌を歌ってた。あの彼、どういうわけであの場にいたんだっけ？」

「ロシア人？　かわいそうだから仲間に入れてあげていたうちの一人じゃない？　あの頃はそういうのがたくさんいたから。多すぎるくらいに！　でもあたしは彼らを入れてあげた。いいからどうぞ連れてきなさいよ、ってね。それがあたしのポリシーなんだもの。パーティーはやるなら盛大にやらなきゃ！　この部屋に二十二人も来たのよ。二十二人。数えたんだから。あれはあたしが主催したパーティーの中でも最高の思い出だわ」

「どういう意味？　あれはわたしのパーティーでしょう」

「ええ、ええ、そうね。あなたがそう思いたいなら、それでもいいわよ。あたしがあなたのために開いた送別会なんだから、あなたのパーティーだって言い方もできるわね。そしてあなたは翌朝、列車で旅立った——」

そう、朝の列車だった。セバスチャンが駅まで見送りに来てくれた。とても美しい夏の朝だった――。彼は、奨学金のめどさえ立てばすぐに追いかけるからと約束してくれた。わたしが二人のためのアトリエを見つければすぐに。普通のアパートでも、安ホテルでもいい。創作活動さえできれば、贅沢は言わない。彼はいつも知り合いの家を泊まり歩いていたから、わたしの住所が決まったらヴァンダに手紙を書いて知らせることになった。さよならダーリン、身体には充分気をつけてね！　そして汽笛が鳴り、列車は広い世界に向かって走り出した――。

「ステッラ？　あたしのパーティーのことを考えるのはもうやめなさいよ。でも、ここに住んでたのはあたしだったってことは覚えてるわよね？　あたしがここに住んでたのよ。ねえ、正直に言って、ここに住んでたのはあたしだって覚えてる？　あら、やっぱりね」ヴァンダはステッラの手に自分の手を重ね、優しい声で続けた。「不思議だけど、記憶って混乱するのよね。でも気にすることない。よくあることだもの。昔のように、あなたはいつでも大歓迎よ。あなた、すごくよくお手伝いしてくれたもの。できることはなんでもやってくれた。玉ねぎを切ったり、ごみを捨てに行ったり……。だから何もかも一緒にやらせてあげたでしょう？　あたしたちの可愛い星の瞳ちゃん。あ、ちょっと待って。エレベーターだわ……」

エレベーターが動く音が、はっきりと聞こえた。

「四階だわ」ヴァンダが言った。「不思議なんだけど、たいてい四階で止まるの。そう、いろいろあったわよね。いろんなことが起きた。そして今、あなたがこうやってあの頃と同じ場所に座っているなんて。インゲヤードとトンミの間に。あたしはソファで、ベンヌの向かいに。セバスチャンはたいていてい窓辺にもたれてたわよね……。あなたたちは芸術の話ばっかりしてた。自分たちのことばかり。なのに結局、そのうち何人が有名になった？　言ってごらんなさいよ」

「その後みんながどうなったか、ほとんど知らないのよ」

「知らないの？　誰もあなたに手紙を書かなかったの？　まあステッラ、かわいそうに！」

ステッラはタバコに火をつけた。「あなたに住所を送ったでしょう？　わたしの友達に伝えてって」

「そうだったかしら。あら、ちょっと待って。そんなんじゃ火はつかないわよ。ほら、あたしのいいライターを貸してあげる。あなたもライターを使わなきゃ。手が震えてるじゃないの。まあちょっとだけ、ほんの少しよ。気にすることないわ。とにかく、セバスチャンはわりと有名になったの——ある意味ね。でも、もてはやされると男がどうなるか、あなたもよく知ってるでしょう。自分が無名だった頃に信頼していた相手のことなんてあっという間に忘れてしまう。あら、あなたワインがちっとも減ってないじゃない」

「セバスチャンがどうしてるか知ってる？　今どこにいるの？」

またエレベーターが動きだし、二人は黙って座っていた。

「今度は五階ね」ヴァンダが言った。「そろそろスパゲッティをゆで始めたほうがいいわよね。パスタ・アル・ブッロ〔ゆでたパスタにバターをからめたもの〕よ。最近はそれにパルミジャーノもかけるの！　パルミジャーノはもちろん好きよね？」

「ええ、ありがと。あなたはまだ公庫事務所に？」

「もちろんまだそこに勤めてるわよ。みんなと同じように、定年退職する日を首を長くして待ちわびながら。ちなみに、部長にまで昇進したのよ」

「そうなの？　仕事以外はどうしてるの？　昔みたいに夜は無料の体操教室に通ってるの？」

「夜？　あなた何言ってるの！　この街では六時を過ぎたら表を歩いたりしないのよ！」ヴァンダはミニキッチンに向かい、湯を沸かし始めた。そしてテーブルにお皿を並べた。

「ヤスカが撮った写真、見る？」

美しいアルバムに収まっているのは、若者たちがぴったり寄り添って笑っている、たいして上手とはいえない写真だった。仮装パーティー、風の強い海岸、キャンヴァスを抱えてどこかへ向かうところ……。本人たち以外の興味はまったく掻き立てないような、無邪気な写真ばかりだ。

ステッラが言った。「ああ、これは港小島《ハリンホルメン》だわ。セバスチャンの横に立ってるのはわたしよね。白いワンピースを着ていたんだった。ほら、ここにそのワンピースの端が写ってる」

ヴァンダも写真を覗きこんだ。「それはあなたじゃないわ。誰か違う子よ。写真に光が写りこんでたから、端っこを切り落としたの。あなた、ケチャップはかける?」

「かけないわ。ねえ、セバスチャンがどこにいるか知ってるの?」

「知ってるかもね。でもねえ……わかる? 住所は秘密なの。誰にも言わないって約束したんだから。あたしのことはなんとでも言えばいいけど、口だけは堅いのよ。ところでここは港小島《ハムンホルメン》じゃないわ。卵岩礁《エッグシェール》よ。それにあなたは一緒じゃなかった。記憶って不思議よねえ。消えてしまう思い出もあれば、一生忘れない思い出もある。あなたにとって思い出は大切? 正直に考えてごらんなさいよ。お気楽に暮らしていたあの頃のこと。この部屋のこと。あなた、昔に戻りたいんでしょう。違う?」

「今はそんなことないわ」ステッラが答えた。「そろそろお湯が沸いたんじゃない?」しかし湯は沸いていなかった。ガスのトークン〔当時はコイン型のトークンを購入し、それをメーターに投入してガスを使用した〕が切れていたのだ。

「本当にごめんなさいね。許してちょうだい! 下のルンドブラードの奥さんにトークンを借りに行ってもいいんだけど、あの人本当に感じが悪くて……」

「いいわよ。奥さんはまだ階段を掃除しているかもしれないし」

「会ったの? 何か言ってた?」

「あれこれ少し話しただけよ」

「あたしのことは?」

「何も」

「ほんとに?」

「ええ、何も言ってなかった。ヴァンダ、ここは暑いわ。少し窓を開けてくれない?」

春の宵が部屋の中に入ってきた。その涼しさに、ヴァンダはほっとした。

「この窓」とヴァンダが言った。「あなたたち、よくここに立って笑ってたわよね。あなたとセバスチャン。そうやってあたしたちのことを笑いものにしてたんでしょう。何がそんなに可笑しかったの? 誰のことを笑ってたのよ」ヴァンダの声、相手を逃がすまいとするその執拗で抑揚のない声に、ステッラは理性を失った。突然怒りが湧いた。「誰のことも笑ってないわよ! いや違う、そこにいた全員を、何もかもを笑ってたの! 幸せなときは、なんだって可笑しいものでしょう。相手と見つめ合って笑う——ふざけてただけ。それって、理解に苦しむようなこと!?」

「やだ、何を怒ってるの?」ヴァンダが傷ついたような表情で言った。

「疲れたわ。あなたはしゃべりすぎよ」

「ほんと? いやあね、あたしったら気が利かなくて。だってあなた、具合が悪そうよ。本当に、すっかり変わってしまったのね。何か大変なことでもあったの？　ステッラ、あたしには話してちょうだいよ。ソファに座りなさいな。写真のことで気を悪くしたの？　あんなの、なんの罪もない昔の大切な思い出でしょう」

「そうね、そのとおりよ。写真にはなんの罪もない。このアトリエにも。ここでは何もかもが優しくて、何もかもが当たり前でもあった。作品を生み出し、相手を信用できる場所。わたしにとっては神聖な場所だったのよ。眠れないときには、よくこのアトリエのことを考えたわ」

「眠れないの？　それ、よくないわよ。全然よくない。ステッラ、よく聴いてちょうだい。あなたはすっかり変わってしまった。お医者へは行ったの？　なんだかもの忘れもひどいみたいだし……。でもきっとたいしたことないわよ。心配することないわ」

「エレベーター！」ステッラが声を上げた。「また来たわよ。聞こえないの？」

「五階だわ」

ヴァンダは窓を閉め、二人のグラスにワインを注いだ。さらに話し続ける。「高いのに、彼ったらたまにレコードを買ってきてくれたのよ。他の有名アーチストも何人か、レコードを持ってちょくちょくここへ遊びに来た。こんなあたしなんかに……。あたしたち、踊ったわよね。日が昇るまで。それからあたしが何をしたか覚えてる？　テーブルに上がって、乾杯の音頭を取った。〝太陽に乾杯！〟って叫んだの。パーティーが終わってみんな帰り、あたしたちだけが残った——セバスチャンとあたしだけが。ステッラ？　少し音楽でも聴く？　古いレコードがあるの。彼にもらったレコードよ。『イブニング・ブルース』」

「今はいいわ」頭痛がした。目の奥がひどく痛む。またあのエレベーターが動き始めた。今度はかなり上の階まで上がってきている。変わり果てた部屋の中に、ステッラにも見覚えのある物がひとつだけあった。本棚——ステッラは手を伸ばしそれに触れた。

「それ、あたしが金槌をふるって一晩で仕上げたのよ」ヴァンダが言った。「なかなかよくできてるでしょ？」

ステッラは思わず声を荒らげた。「そんなの嘘よ！　これはわたしが昔から持っていた本棚よ。わたしが自分で作ったの」

ヴァンダは椅子の背にもたれ、笑みを浮かべた。「何をそんなに興奮してるのよ。たかが古い本棚じゃない。あげるわよ。あなたにプレゼントするわ。かわいそうなステッラ、あなたのことが心配よ。輝く星の瞳はどこへ行ってしまったの？　どうしたのよ、言ってごらんなさい。まあ、またタバコに火をつけるのね。吸いすぎよ。健康そうには見えないわ。お願いよ、やめなさいったら。昔どうだったかなんて思い出そうとしないほうがいい。混乱するし、悲しくなるだけでしょう。正直に言って。混乱して悲しくなってるんでしょう？　でももうずっと前のことなんだし。そりゃ、あれからあなたの人生がうまくいってないのは知ってるけど……。それに、本棚なんかになんの意味がある？　何もないでしょう。何かもっと楽しいことを考えなさいよ。ねえ、トンミを覚えてる？　優しい人だった。あなたのことを気に入ってたのよ。よく言ってたわ。〝おれたちのかわいそうな星の瞳をみんなで守ってやらなきゃ。だって彼女はどんなものでも好きになるし、なんでも喜んで受け取るし、何を入れたっていいみんなの小さなごみ箱みたいな存在なんだから……〟」

ステッラは相手を遮った。「昔の話はもうやめましょ。それより今起きてることをみーんな話してしまいましょうよ。今、外で起きてることを」

「外って？」

「この広い世界でってことよ。社会は目まぐるしく変わり続けているでしょう。目を剝くような大事件が、常にどこかで起きている。そういう話をしましょうよ」ステッラは相手が自分の話を理解していないことに気づき、付け足した。「だから、新聞で読むようなことよ」

「あたし、新聞はとってないの。とにかくね、トンミはあなたのことが好きだったの。あたしの友達はみんな、あなたのことが好きだったわよ。不安になることないわ、あたしの言葉は信用していいんだからね。もちろん、同情心から好きになったわけじゃなくて……」

「エレベーター！」ステッラが叫んだ。「また動き始めたわ！」

「それで？」

「誰かがここに来ることになってるの？　それとも怯えてるの？」

「怯えてるって、何によ」

「泥棒よ、ヴァンダ。あなたの物を盗む泥棒！」

ヴァンダは客をまっすぐに見つめた。「そんな子どもっぽいこと言うのはやめてよ。ここには誰も入ってこれやしないわ」しばらくして、さらに続けた。「あなたを見てると、誰かを思い出すのよね……。ああ、あの気の毒な人たちの一人だわ。食事にありつくために、ここに来てた彼女。食べるばかりで、口なんてひと言もきかなかった。不思議よねえ、あなたはあの女にそっくりよ。かわいそうな人だった。どこにでもついてきたし。一度こんなことを言ってたわ。〝あなたはとても強い、まるで危険な電圧みたいだ〟って。〝それに触れると歩くテンポまで速くなり、生きているのを実感できる！〟でも彼女は消えてしまった。どこへ行ってしまったのか誰も知らないし、誰も気に留めなかった。……ステッラ？　どうしたのよ、気分でも悪いの？」

「ええ、なんだか具合が悪いみたい。アスピリンある？」

「もちろんよ。すぐに持ってくるわ。まあかわいそうに、しばらくソファに横になってなさいな。横になるのよ、なりなさい。これは命令よ。顔色がひどいから、休まなくちゃ。だめよ、何も言わないで。検査を受けに行くって、約束してちょうだい。簡単なんだから」

ステッラは激しい眠気に襲われ、部屋が消え去った。しかし、執拗なささやきからは逃がれられない。「どう？　あたしのうちではあなたも嫌なことを忘れてくつろげるでしょう。彼らもやってくる、彼らもみんなあたしの部屋に戻ってくるのよ。ドアの前で待っているのが聞こえる。あたしは彼らを入れてあげる。そして彼らはひたすら話し続ける。悩み、心配事、そんなことばっかり……。それから、話すのはあたしよ。実に率直に、正直に。だって、正直にならなきゃいけないでしょう。そうじゃない？　あたし間違ってる？　たくさん言う必要はないけど、よく考えたうえでね。つまり、よく考えたうえで話すの。違う？　あら、あなた震えてるじゃないの！

すぐに毛布で包んであげますからね。しっかりきっちり、上のほうまで。……いいの、いいの、世話を焼かせてちょうだい。ねえ、正直にならなきゃいけないっていう話、あたしが正しいでしょう？」

「放してよ！」ステッラは叫んだ。しかし顔まで毛布をかけられ、ヴァンダの声が響き続けた。

「思ってることを彼に話したの。正直にね。〝彼女といたら、あなたは窒息してしまうわ、別れたほうがいいわよ〟って……」

「エレベーター！」ステッラが叫ぶと、一瞬相手の手の力が抜けた。その隙にがばりと起き上がり、部屋の真ん中へと走り出る。ヴァンダのほうはソファに座ったままだった。「ステッラ？　何を探してるの？」

「鞄よ。わたしの鞄！」

ヴァンダは笑いだした。「とりあえずあたしは盗んじゃいないわよ。どこかにあるでしょう、ドアはちゃんと中から鍵をかけてあるんだもの。さあ座って。ちょっと落ち着きなさいよ。どういうことなのか、あたしが教えてあげるわ。もう少しワインを飲まない？　ほしくないの？　ねえ、自分の部屋では何もかも全部自分のものでしょう。そこにはすべてが残っている。起きたことすべて、発せられた言葉のすべてが壁に刻まれている。温かい上着のように人にまとわりついてもいる。それがだんだんきつくなり、苦しくなる……。ねえ、あたしの言うことを信じないの？　証拠だってあるのよ！　テープに録ってあるの。ねえ、聴いてくれる？　そうすればあなたにもわかるわ」

テープの中身は声とギーギー軋む意味不明な音楽の混沌《カオス》だった。ヴァンダが声を張り上げる。

「聞こえるでしょ！　これが証拠よ、そうじゃない？　ほらグラスが割れた。あなたにも聞こえたでしょう……」

ステッラは鞄と上着を抱えて玄関ドアの前に立った。

「ヴァンダ、ここから出してちょうだい！　行かせて」

「いやよ、まだ帰らないで。お願いよ。もう少しいてちょうだい。あと少しだけ。ずいぶん久しぶりなんだし、話すことがまだたくさんあるじゃないの……。何に怯えているの？　まだそんなに遅い時間じゃないわ、全然遅くない。表はまだ危険じゃないわよ。もう少ししてからタクシーを捕まえればいいいじゃない。ちゃんと下まで送って、タクシーに乗るところまで見届けてあげるから。ステッラ？　心配することない――鞄にたくさんお金が入ってるのなら別だけど。盗まれるのを心配してるなら……」

「もう盗まれたわ」ステッラが答えた。「さあ、ここから出して」

ヴァンダもドアまでやってきて、ステッラの腕に触れた。「ステッラ、本棚ならあなたにあげるわよ。ぜひもらってよ！　大きくないから、タクシーにものせられる。そんな顔しないで。あたしにそんな仕打ちをしないでよ……」ステッラの腕にはまだヴァンダの手がかかっていた。ステッラはその手を取って握りしめ、無言のまま相手が落ち着くのを待った。ついにヴァンダが鍵を開け、横に退いた。ステッラは強烈な、しかし癒しは与えてくれない解放感を覚えながら、階段を下りた。最初の踊り場で別れの挨拶をしようと振り返ったが、アトリエのドアはもう閉まっていた。『イブニング・ブルース』がかかり、またすぐに消えた。

街には濃い霧が立ち込めていた。この春、最初の霧。いいことだ、これで少なくとも氷は解け始める。もう、間もなく。

# リヴィエラへの旅

Resa till Rivieran

1991

記念すべき誕生日が近づいたとき、母親が言いだした。どんな類のプレゼントも必要ないけれど、ひとつだけ願いがある。バルセロナに旅して、ガウディの建築を理解したい。それにリヴィエラにも行ってみたい。より具体的に言うと、ジュアン・レ・パンに。旅のお供は当然、一緒に暮らすのに慣れている娘のリディアだ。しかし旅費が高くつきすぎてもいけない——という指示だった。

リヴィエラは高いのだと説明してみたものの、それが彼女の夢なわけだし、長いこと夢見てきたならば想いはますます強まるものだ。

どこの旅行会社でも、残念ですが、リヴィエラに手頃な価格のホテルの取り扱いはありませんと言われた。少なくともジュアン・レ・パン周辺には。たとえ観光シーズン前であっても。

親戚友人一同はあちこちに電話をかけた。母親の思いつきはいつだって彼らを楽しませてきたのだ。ついに、誰ぞのいとことやらが、観光シーズンを避ければ安く泊まれるペンションを知っていると判明した。ムッシュー・ボネルという男が経営しているらしい。

「リディア」母親が言った。「そのペンションに手紙を書いて、泊まりたいのだけど、ちゃんとした食事は一日一回でいいと伝えなさい」切符は三等、バルセロナはたった一日の滞在で算段し、無駄な出費さえしなければ計画は滞りなく進むはずだった。

「いいわよ、ママ」リディアはそう答え、旅行の間、代わりに図書館で働いてくれる人を探し始めた。

旅は船に乗るところから始まった。友人一同が埠頭で手を振っている。甲板に立った母親は、その白髪と淡いグレーの大きな預言者帽——つばが広くて、厳格な雰囲気で、山は低い帽子——のおかげで、はっきり見分けられた。まさに帽子の真髄《イデー》を体現している。なお帽子に関しては、一九一二年以来同じモデルを着用していた。

皆の歓声に包まれて船が出帆した。

娘に伴われた母親はついにバルセロナへとやってきて、ガウディを賞賛するのに丸一日を費やした。

「リディア」母親が言った。「わたしは建築のことなんてなんにもわからないけど、ずいぶん激しくて、強情で、それでいて高貴な輝きを放つ、理にかなっていないものに出会ったと思うわ。それで充分。理解できなくていい。ところで話は変わるけど、新しい帽子を買おうと思うの。闘牛士帽《マタドール・ハット》を」

母親の巨大なシニヨンが入る帽子を探すのは容易ではなかったが、なんとか見つかり、無事購入し、それから母親が疲れたからどこかで座ってコーヒーでも飲みたいと言いだした。二人は、テーブルが二卓とバーカウンターしかない小さなカフェに入った。壁には闘牛のポスターが貼られている。老人たちがカウンターで立ち話をしていた。闘牛士帽をかぶった母親が入ってくると振り向き、まず帽子を、それから母親を見つめ、敬意を込めて小さく「オ・レ！」と叫ぶことで賞賛の意を表した。椅子まで引いてくれたのだが、母親はカウンターに立ちたいと言い張った。二人のご婦人に、小さなグラスに入ったシェリーが供された。いつの間にかカフェの中は静まりかえっていた。老人の一人が母親に歩み寄り、膝を曲げてお辞儀をする。すると母親は老人にショールを差し出した。

老人はそのまま母親の目を見据え、闘牛のパフォーマンスを演じた。儀式に始まり、最後は雄牛にとどめを刺す。友人たちも微動だにせず真剣にそれを見守る。ときどき、聞こえるか聞こえないかくらいの声で「オ・レ！」とつぶやく。雄牛が地面に倒れると母親はシェリーを飲み干し、軽くお辞儀をして感謝を示した。誰かがドアを開けてくれた。

「かっこよかったじゃない」リディアが言った。「ショールを渡すなんて、よく思いついたわね。ああ、パパが一緒だったら！」

「愛する娘よ」と母親が言った。「あの人ならその場に居残って、友達になろうとしたでしょうよ。まったく、演出ってものをわかってないのよね。それにあなたのパパはいつもホームシックにかかって旅行を台無しにするんだから」それから付け足した。「シェリーってのは、ひどい飲み物だね」

バルセロナでの冒険のあと、旅はジュアン・レ・パンへと続き、二人の旅行者はタクシーでムッシュー・ボネルの営むペンションに到着した。それはとても小さなペンションで、海に面してもいなかった。丈の長いグリーンのエプロンをかけたムッシュー・ボネルが二人を出迎え、タクシーのメーターを一瞥して「チップは必要ない、ずいぶん上乗せしてるから」と言い、二人の旅行鞄を運んでから、フロントで小さなグラスに入ったシェリーを振る舞った。フロントはちょうど大きなヤシの木陰になっていて薄暗く、文句のつけようはないがなんとなく陰気な部屋だった。ムッシュー・ボネルは二人の客に旅はいかがでしたかと尋ねてから、黙りこんでしまった。しかしそれから意を決したように話しだした。「ご婦人がた、わたしは困り果てています。お二人のダブルルームが乾かないんです。ペンキの種類が間違っていたのでしょう。いつまでたっても乾かない。それに海も見えません」

「あら困ったわね」と母親が言った。

「ええ、大変困りました。でも、今は他に宿泊客がいないので、お二人それぞれシングルの部屋を使ってもらうというのでいかがでしょう。割引いたします」

「嫌です。わたしはいつも娘と同じ部屋に泊まるんです」

「シェリーをもう一杯いかがです？」

「結構よ。絶対にいや」

宿の亭主《ル・パトロン》は刈り上げた白髪混じりの頭を撫で、ため息をついた。

「で、どうするんです」母親が訊いた。

「なんとか考えなければいけません。マダム、別の案を思いついたのですが、それは当然論外だ。死んだ妻の枕元で誓ったんですから――行方知れずの英国人の家は絶対に貸さないと」

「わかりました」母親が言った。「まあ、ほぼわかったという意味です。で、いつ行方知れずになったの？　その英国人とやらは」

「約一年前です。だけど賃料はきっちり送金してくる」

「差出人の住所は？」

「住所は書いてないんです」亭主が説明した。「常にあちこち旅しているようで。ありとあらゆる国の切手が……」

「理にかなっていないわね」母親が満足そうに言った。「かなり年配の方なの？」

「ちっとも。せいぜい五十くらいだ」

「リディア、その家を見に行こうではありませんか」

ペンションから遠くない場所だった。道の突き当たりに白い門があって、その中に草木が伸び放題の英国人の庭があった。庭の中ほどに、生い茂ったゼラニウムに隠れるようにして、ごく小さな漆喰塗りの家が建っている。母親は急に足を止め、感嘆の声を上げた。「まるで秘密の花園じゃないの！　リディア、あれを書いたのは誰だったかしら」

「ホジソン・バーネットよ」

ここでは何もかも青々と茂り、花咲いている――特に雑草が。錆びた缶詰がそこらじゅうに散らばり、井戸はハマナスの藪に覆われていた。

ムッシュー・ボネルの重々しい顔には、失意の表情が浮かんでいた。「部屋は小さすぎるし、水は気まぐれにしか出ません。井戸の水は飲めないし。ご婦人がた、わたしはただ、ダブルルームのペンキができるだけ早く乾くのを祈るのみです」

「親愛《シェール》なるムッシュー、永遠に乾かなくてもかまいませんよ」母親は井戸のふちに腰をかけ、相手をまっすぐに見つめた。「ムッシュー、ここはまさにわたしが夢見ていた場所です。存在を知らなかっただけで」

「だが、女性二人には安全とは言い難いエリアですよ」

母親は相手をじっと見つめ、出方を待った。

ついに亭主は口を開いた。そして唐突にこう言った。「わかりました。ボディーガードを用意しましょう。小さいが、珍しいほど気性の荒い犬です。隣のデュボア家から借りてきます。ミニョンという名です」亭主は玄関の鍵を開け、その鍵を母親に渡すと、こう言い添えた。「それでは、ご婦人がたの快適な滞在のためにいろいろと準備がありますので」

母親は玄関の壁の釘に帽子をかけた。広いダブルベッド以外、家の中はがらんとしている。

テーブルと椅子のセット、チェストが一台。壁は白くて、床はレンガ張りだった。部屋の隅には簡易電気コンロがあり、ゴードンズ・ジンのロゴの入った木箱がいくつか並んでいる。木箱の中にはキッチン用品が入っていた。

「引き出しは使わないでおきましょう」母親が言った。「旅行鞄だけで暮らせばいいわ。わたしたちも、英国人氏と同じくらい名もなき存在でいましょう！　さあ、当初の予定とはまったく違ったように過ごすのよ。つまり……」

「理にかなっていない過ごし方？」リディアが先を続けた。

「あなた、気に入らないの？」

「いいえ、楽しい滞在になると思うわ」

翌朝庭に出てみると、黒と白の小さな犬が駆け寄ってきて、取り憑かれたように吼え始めた。母親のスカートの裾に嚙みつき、興奮のあまり躰を震わせている。

「いやだわ、わたしのことが気に入らないのかしら！」母親がそう叫んだので、リディアがとりなした。「この犬はジーンズかショートパンツを穿いた女の人しか見たことがないのかも。スカートが挑戦的に見えたのかもしれない」

「よろしい」リディアの母親は言った。「挑戦し返してやろうじゃありませんか！　この小さくて不愉快な動物のことは、亭主に話をつけるわ」

ペンションのダブルルーム専用の日陰棚《パーゴラ》に、ムッシュー・ボネルが朝食を用意してくれていた。ナプキンには赤いバラが挿してある。

「何も問題はありませんか？　ミニョンはお役に立てているでしょうか」

母親はすぐには返事をしなかったが、しばらくして「このバラには水が必要よ」と指摘した。そっけない態度で、感じがよいとは言えなかった。

「なんの問題もありません」リディアが急いで言った。「今日はこれから海岸に行ってみようかと」

「海岸ねえ……」亭主はリディアの言葉を繰り返し、無力感を示すように両手を広げた。もちろん知っているのだ。毎回同じ問題が起きるのだから。海岸は、高級ホテルが宿泊客を護るために築いた塀に閉ざされている。ジュアン・レ・パン近辺に海岸はないも同然だった。

母親とその娘は海まで長い距離を歩き、さらに塀ぞいを進むことになった。そのうちにとても暑くなってきた。車が何台も勢いよく通り過ぎ、ときおり門柱の前で停まる。やっと塀と塀の間に細い隙間が見つかり、その通路の奥には漁師が船を停めている浜があった。二艘の手漕ぎボートが、板でできた小さな桟橋につながれている。

「ママ」リディアが言った。「ジュアン・レ・パンの中心部やモナコに観光に行ってみない？」

「ちょっと待ちなさい。いいこと思いついたわ」

「また理にかなっていないアイデア？」

「今にわかるから。ところで、皮肉を言うのはやめて」

夜中、娘は母親に起こされた。「リディア、満月よ。さあ海に出ましょう。でも出かける前に、ひとつだけ訊いておくわ。あなた、人に心配されたことある？」

「いいえ。わたしのことなんて誰も気にしてないと思うけど？」

「じゃあ言っておくけど、それってすごく不快なことよ。まるで侮辱なんだから。みんなこう言うわけ。〝彼女のことは休ませておいてあげましょう〟って。それはつまり〝そうすれば手間がかからないし、自分たちの好きにできるから〟という意味。わかる？　それはそれは心配そうな表情を浮かべて言うんだから……。まったくねえ。だめよ、知らないなんて言わせないからね。だって、あなたたちがわたしに黙って月の輝く晩にボートを漕ぎ出したときのこと、覚えてるでしょう？」

「やめてよ、ママ」

「やめませんよ。あなたたちは海で月夜のパーティーをするのに、わたしには休んでなさいと言って連れていってくれなかった。さあ、行くわよ。あの細い通路を探して、ちょっとばかり地中海をクルーズします」

ボートはまだそこにあった。

「小さいほうにしましょ」母親が言い、二人はボートに乗りこんだ。リディアがしばらく漕いだあと、ボートは陸風に乗ってどんどん進んだ。海岸ぞいに、壁を輝かせた大型ホテルが並んでいるのが見えている。音楽もかすかにだが聞こえてくる。黒い海に月の道が輝いていた。かなり寒かった。

「ママ、寒くない？」リディアが尋ねた。

「もちろん寒いわよ。海の上ってどこでも寒いのね」

「でも知らなかったんだし……」リディアが言いかけたが、母親に遮られた。「あなたたちは知ってるでしょうが。はいはい、そうね。わたしに配慮したつもりだったんだろうけど、まったくお門違いの配慮よ。あなたたちが何もわかってないせいで、こんな夜中に反抗期をやり直すことになるなんて……。まあいいわ、それはこじつけかもしれない。さあ、もう戻ってちょうだい」

ミニョンが門のところで二人を出迎え、激しく吼えたてた。すると母親が息を大きく吸いこんでからありったけの力で犬に吼え返したので、犬は静かになった。リディアの知る限り、母親は今まで一度も大声を出すなどという品のない行為に及んだことはなかった。しかもそれが犬に対する失望の呻きだったのか、勝利の雄叫びだったのかは誰にもわからない。

その夜を境に、母親とミニョンの間には一風変わった、節度ある敵対関係が築かれた。犬は吼えはしないが、小さな鋭い歯を見せて唸るようになった。母親から目をそらすこともなかった。母親が庭で昼寝するときには、必ずその椅子の下にもぐりこみ、リディアすら近寄らせてくれなかった。母親が目を覚ますと、必ず二人――母親と犬――は相手に向かって歯を剝き出した。

母親はこう分析した。「この犬にとってはいいことずくめなんじゃないかしら。何かに怒りをぶつける機会があったほうがすっきりするでしょうし。で、あなたはどう思う？」

「そうね」リディアも言った。「ママが正しいかも」

もちろんそうなのだ。間もなく二人は別の海岸を見つけた。すごく遠くて、石とごみだらけだったけど、それでも一応海岸だった。大きな看板に、ここは私有地で建設予定地だと書かれている。

二人は毎朝そこへ行き、石の上にビーチタオルを広げて赤い帆のついたボートが何艘も行き交うのを眺めた。母親は足を水に浸して言った。「ここにはひとつも貝殻がないじゃない」

「そうね。貝殻は、観光シーズンに合わせて輸入するって読んだことがある。それをビーチに撒いて、ホテル客の目に触れるようにするんですって」

「あなた、どうして泳がないの」母親が訊いた。「泳ぐためにここにいるんでしょう」

「そういう気分じゃないの」

海岸近くに、小さなヨットが怠惰に浮かんでいる。見るからにとても楽しそうな若者の一群が乗っていた。

「あそこまで泳いでいきなさいよ」母親が言った。「たまには自分から行動しなさい！」そして、ヨットの陽気な一団に向かって自分の闘牛士帽を振った。

「お願い、やめてよママ。悪ふざけが過ぎるわ。バルセロナでも……」

「はいはい、わかってるわよ。バルセロナではすごく真面目にきちんと過ごしたわよ。でも、あれはあれ」

「で、今は何をしようとしてるわけ？」

それ以上二人とも口をきかず、ヨットは通り過ぎていった。

ディナーはまた日陰棚で、宿の亭主が給仕してくれた。ご婦人がたのために、いつも新しいバラが用意されている。亭主は自ら好んで二人のそばに控え、格子垣《トレリス》の脇という特等席をあてがわれた白い大きな冷蔵庫にもたれて、聞き慣れぬ言葉に耳を澄ますこともあった。テーブル上で何か直したり取り替えたりする必要があれば、わずかな兆しでも即座に駆けつけ、ソースやワインの味についてささやき声で意見を求めたりした。亭主は二人のために、伝統的なフランスのディナー開始時刻を数時間早めてくれた。さらに、二人はお金がなくてお腹を空かせているのではといつも心配していた。バスケットにあれこれ入れては白い布をかけ、しょっちゅう英国人の家の門をくぐるのだった。「これは残り物で、どうせもう捨てなければいけないから」という弁解つきで。バスケットはそっと門の内側に置かれ、彼はそのまま宿に戻っていった。

ある日ディナーのあと、亭主はリディアを脇へ連れていき、あとでフロントに来るよう頼んだ。まったくどうでもいいようなことなのですが、と前置きして。彼は貝殻がいっぱいに入った箱を差し出し、これはギリシャに行った観光客がペンションに残していった物だと手短に説明した。「ですがマドモアゼル、急にこんなにたくさんあると……」

「もちろんだめよ」リディアは言った。「毎回二、三個見つけるくらいがちょうどいいんじゃないかしら」

「それ以外、特に問題はありませんか?」

「ええ、ないです。ありがとうございます、シェール・ムッシュー」

リディアは箱を自分の袋に入れ、〝ミコノスにて〟と書かれた貝は捨てておいた。

二人は相変わらず同じ海岸に通い続けた。リヴィエラに来て十日になり、毎日が同じことの繰り返しだった。犬との対決、ムッシュー・ボネルの朝食、海岸、英国人の庭でシエスタ、ディナー、そして長い夜。

ある朝電報が届いた。亭主がそれを母親のコーヒーカップの横に置いてくれていた。それを読んだ母親は言った。「まあなんてこと。わたしに帰国してほしいんですって」

亭主がかすれ声で訊いた。「どなたかお亡くなりに……」

「違うの。わたし、賞をもらったらしいわ。授賞式に出なきゃならないの」

「お金ですか？」亭主は期待のこもった声で訊いた。

「いいえ」リディアが言った。「名誉だけよ」そして亭主のために内容を訳した。「〝芸術分野における貢献。国境を越えて我が国の名を世に知らしめた〟」

「わたし、帰らないわよ」母親が言った。「でも、美しい文章の電報を送りましょう」

亭主は業務用のバンに二人を乗せてジュアン・レ・パンの町まで連れていき、電報局の前で車を停めた。

「どうもありがとう」母親が言った。「待っていなくていいですからね。あとは適当に戻りますから」

二人は建物に入り、電報用の用紙を手に取った。

リディアが提案した。「健康上の理由により、はどう？」

「そんなの絶対にだめ。リヴィエラから体調が悪いんですなんていう電報は打たないでしょう。そういうのは自宅から送るものよ」

「ほんと？　サマセット・モームの小説には、カプリの豪華ホテルで病気になる話があったけど？　そして棺桶は……」

「はいはい、それは小説でしょ。もう一枚用紙を取ってちょうだい。まずは感謝の意を伝えて。驚き、誇りに、嬉しく……と続けてね。でも、なんのせいにしようかしら。この賞にふさわしい方が他にいるはずだ……とか？」

「だめよ、そんなの失礼だわ。それに、気取ってるように思われるかも」

「実際、気取ってるんだけど。しかも、他にふさわしい人なんていないわよ。じゃあ、長期のクルーズに出ていてとか？」

「だめ、だめ」

するとと母親が叫んだ。「でも〝そっとしておいてほしい〟なんて書けないでしょう！　ああ、ここは暑すぎる！　もうこの件には疲れたわ。あなたはなんの役にも立たないし」

そのとき、実にエレガントな白髪の紳士が二人に近寄り、何かお手伝いできることはありませんかと尋ねた。「あなたがたは新顔ですね。わたしはたまたまこの小さな集落に定住している男です。ジュアン・レ・パンのことならなんでも知っているので、新しくいらした方に、喜んでちょっとしたアドバイスをさせていただきますよ。名前はアンデションといいます」

「まあご親切に」母親が言った。「ちょっとお待ちになってね。リディア、なんでもいいからきれいな言葉を適当に並べて。帰国したら、祝賀パーティーを楽しみにしていますとね。これは個人の選択なんだから」

「わかった、書くわ」

ミスター・アンデションは二人をバーへとエスコートし、ここが今いちばん人気のあるバーなんですと説明した。「ここでは――もちろん観光シーズン中の話だが――興味深い人たちを眺めることができるんですよ。映画スターもいれば億万長者もいる。それにもちろん、リヴィエラに一週間滞在するために何年もかけて貯金してきたような輩も。そういう人たちも、面白いには面白いですがね。むしろ感動的と言うべきか。シェリーでもいかがです？」

「だめよ！」リディアが思わず叫んだ。「母はシェリーが大嫌いなんです！」

ミスター・アンデションが驚いてリディアを見つめた。

「まあリディア」母親が言った。「あなた、やっと覚えたじゃないの」

とても暑いし、帽子は額に食いこむし、母親はエスコート役の男性の話を半分くらいしか聴いていなかった。ぜひモナコのカジノにお連れしたい、と言っている。なんだか気分が悪くなってきた。時折人が通り過ぎ、陽気で無造作な挨拶をよこし、またぶらぶら歩いていく。そのとき、計算しつくされたルーズな装いの大柄な女性が近づいてきた。「ハロー、素敵《トト》なダーリン。また世話を焼く相手を見つけたのね。あらマダム、なんて個性的なお帽子！」

「どうも」母親は苛立たしげに言った。「でも暑すぎるの。この中では息もできやしない！」

「ダーリン」大女は母親に向かって言った。「あなたに必要なのはつばの広い、軽くて涼しい帽子。白い髪に、ピンクがよくお似合いになるんじゃないかしら」

そして一行は〈女の夢〉という名の小さな高級ブティックに向かい、そこで母親は全然好みじゃない帽子を買った。とても値段が高くて、一部はあとで支払わせてもらうことになったくらいだ。ミスター・アンデションは二人をホテルまで送り届けたいと言い張ったが、母親はどこか静かな場所で絵葉書でも書こうと思っているからと言い訳した。ではまたお会いしましょうと挨拶し、敵の姿が視界から消えたのを確認してから、母娘はタクシーを拾ってペンションに戻った。

しばらくしてリディアがつぶやいた。「ママは見栄っ張りよね」

「それはあなただって同じじゃないの。あなたのはまだ始まったばかりってだけでね。ペンションに泊まっていることを教える必要なんかない。わたしは匿名の存在でいたいの。他人からは距離をおいてね。たまにはいいでしょう。ああ、それと、もう帽子の話はしないでちょうだい」

ムッシュー・ボネルが二人を出迎えた。

「マダム」亭主は憂鬱な表情になった。「新しい帽子をお買いになったのですね。まさか、ミスター・アンデションに出会ったのでは？　自称ボディーガードの」

「でも、あの犬には迷惑してるんです」母親が言った。

ムッシュー・ボネルは不機嫌な顔で答えた。「あの犬はあなたに興味があるからあんな態度をとるんです。孤独なやつなんですよ」

翌朝海岸に行ってみると、少年が何人か遊んでいた。思いのままに海にもぐったり泳いだりしていたが、新しい帽子をかぶった母親の姿を見たとたん、楽しさが倍増したようだった。

「あの子たちのことなんて、気にしなくていいわよ」リディアが言った。「もう少し離れたところに行きましょう」

「でも、わたしのことを笑いものにしてるのよ！」母親が耐えかねて叫んだ。「この帽子がばかみたいだと思ってるんだわ！　よろしい、いいでしょう。確かにこれはばかみたいよ。なぜ買うときに止めてくれなかったのよ。でも、あなたは頼りにならないものね」母親は海岸の石の上を歩いていき、海に背を向けて座った。しばらくすると娘に訊いた。「どうして今日はそんなに静かなの。どうかしたの？」

「どうもしないわ」

「楽しくないの？　お金が底をついてしまったとか？」

「違うわ。でも、ずっとここにいるわけにはいかないでしょう」

「仕事が気になるってこと？」

「ママ、いい加減にしてよ」リディアが言った。「わたしたち、ここですごく場違いじゃない！」

母親は帽子を脱いで言い放った。「あら、わたしはどこにいたってその場に溶けこめるわよ」

「ママ、脱がないで。熱中症になるから。あの子たちにはもう見られてしまったんだし。そろそろ遊びは終わりにして、家に帰ったほうがいいと思う」

「いいアイデアを思いついたんだけど」

「はいはい。また思いついたのね。まったく、ママの思いつきは贅沢よね。いつ助ければいいのか、いつ止めてほしいのか、わたしにわかるわけないじゃない」

「ここでけんかするつもりなの⁉」母親が気分を害して叫んだ。

少年たちが走り過ぎ、笑いながらリディアに小石を投げた。「かわいいオバサンやーい！」

「さあ、もう行きましょう」母親が言った。

ペンションに着くと宿の亭主が二人を出迎え、単刀直入に報告した。「英国人から電報が届きました。ここに来るそうなんです。参りました」

「いつ着くの？」

「今日にでも。いつ何時到着してもおかしくない。参りましたよ」

「参ってるのはもうわかったわよ。でもわたしたち、どうせ帰るつもりだし」

リディアが思わず叫んだ「ママ、そんな言い方はないでしょう！　ママがいたいだけここにいましょうよ。ダブルルームが乾いたんならね。ねえママ、どうしたいか言ってちょうだい」

「自分で決めなさいよ」母親は言った。そして本当に気分が悪くなってきたようだった。

「その方のためにちょっとしたウェルカムパーティーでも開かない？」リディアが提案した。

「それってまさにママのスタイルじゃない。わたしなら……」

母親が遮った。「でもあなたはわたしじゃないでしょう。あなたは全然違う人間なのよ。あなた、わたしがなんでもかんでも決めてしまうって言ったわよね。いいでしょう。これからはあなたが全部自分で決めなさいよ」

その間、ムッシュー・ボネルは辛抱強く待っていた。窓の外を眺め、適当に書類をめくり、ついにはやきもきしながらこんな考察をした。外国語というのは不思議なものだ。口調や沈黙だけでも何を話しているのか多少はわかる。だがまあ、とにかく……。そして哀れな北欧の人たちについても考えた。いつも寒くて暗くて、だからここにやってくるのは当然であって……。

突然リディアが彼に歩み寄った。「ムッシュー・ボネル、電話して飛行機のチケットを二枚取ってくださいませんか？　できれば明日の便を。わたしたちの鞄はすぐにここに移動して、犬はデュボア家の息子さんたちに連れて帰ってもらって。彼らが荷物の移動も手伝ってくれるかもしれませんね。今夜は例のダブルルームに泊まります。乾いていても、乾いていなくても」

「ありがとうございます、マドモアゼル。すぐに電話してみます」

「ああちょっと待って。母は、太陽の下に長くいすぎたようなんです。医学事典はありませんか？」

「観光客用のパンフレットしかないですが……」

リディアはそれを読んだ。「冷やした圧定布《あてぬの》。熱中症なら、塩を入れたジュースを飲む。そういえば、〈女の夢〉に未払いがあるのよね……。ママ、具合はどう？　危険な病気ではないと思うけど」

「そんなのわからないわよ。カプリで死んだ男はなんて名だったの？　どうやって母国に連れ帰ったの？　誰も心配してくれる人はいなかったのかしら」

「もちろんいたわよ」リディアが言った。「少し眠ってちょうだい」

夜になると母親は元気になり、秘密の花園に別れを告げに行きたいと言いだした。そこに行く道すがら、ミニョンを連れたデュボア家の息子たちに出くわした。犬は母親の姿を見とがめると飼い主が引くリードに抵抗し、鼻先を天に向けて遠吠えをした。

宿の亭主が説明した。「怒っているのではなくて、悲しんでいるのです。あの犬はマダム、あなたを恋しがるでしょう」

三人は井戸の脇に座り、亭主がバスケットからワインを出して振る舞った。

「リディア」母親が訊いた。「あの帽子は?」

「お金は払ったわ」

「でも、どこなのよ」

「いいの。ママはもう二度とあれを見る必要はないんだから」

ムッシュー・ボネルも請け合った。「マダム、何も問題ありませんよ。マドモアゼルがちゃんと全部考えていますから」

「不思議ね。リディア、あとで辞書で〝衛兵の交代〟という言葉を引くのを覚えておいて。きっとムッシューも興味があると思うわ。でもあの辞書って観光客向けなのよね……」

それは美しく涼しい夜で、庭はいつにもまして秘密めいていた。

「ご婦人がた」と宿の亭主が言った。「お知らせがあります。英国人からまた連絡があって」

彼は電報をリディアに渡して、肩をすくめた。「そういうことです。彼はここには来ない。エジプトに行くそうです」

「まったく理にかなっていないわね」母親が感想を述べた。「でも残念。お会いできればきっと楽しかったでしょうに」

翌朝、ムッシューは二人の友人をパンで空港へと送った。

母娘の帰国は、ちょうど春の始まりに間に合った。だから、その年は春を二度過ごしたようなものだった。そういう数え方をしてもいいのであれば。

# 絵

Bilderna

1991

端村《イッテルビイ》は、平野のいちばん奥にあった。郵便は週に三回届き、村人宛ての書留があればヴィクトルの父親が署名をして受け取る。それを全部まとめてベランダのテーブルに出しておけば、村人たちはそこを通るついでに自分宛ての手紙や新聞を探して持ち帰るのだった。それ以外、父親が村人と関わることはなかった。

十一月の最初の火曜日に、郵便配達人がヴィクトルの奨学金に関する書留を届けた。

その夜、父親はノートに書留の到着日と以下の事実をしたためた。〝通信教育を経て、首都での展覧会〈若手芸術家展《ドム・ウンガス》〉および国家芸術委員会からの評価のおかげで、息子ヴィクトルは海外への往復交通費および専用アトリエを七週間利用する権利を付与された。手紙はまず息子が読み、その後小生が読んだ〟

父親はノートを脇へやった。しかししばらくしてまた取り出すと、今度は勢いよく書き連ねた。〝愛する息子よ。愛してはいるが遠い存在の寡黙な息子よ。読めばわかるだろうが、わしはこのノートに、お前が生まれて以来その身に起きたことをすべて、ごく客観的に書き留めてきた。お前のお母さんが生きていれば（v.i.f. ＝安らかに眠れ）書いたであろうことを。つまり、お前の多少厄介な成長ぶり（厄介ではない成長などないのかもしれないが）を書き記してきた。今、この手紙の到着に際し、多少の口数を自分に許すつもりだ。つまり、思っていることを口にさせてもらう。わしはお前を愛しているが、お前が手の届かないところにいることや、用心

深く絵を隠していることにはほとほと疲れた。お前の沈黙にも、やはり寛容さは存在しない〃

父親はそこで手を止め、書いたものを線で消し、また先を続けた。〃わしは問わないし、お前も訊かない。なぜ訊かぬのだ。言葉が多くなるほどに、お前は黙りこむのか？　ともかく、お前は例えばこんなふうに言うこともできるはずだ。父さん、父さんが恐れているものは存在しないよ。思いこんでいるだけ。そうすればわしは落ち着き払ってそれを否定し、改めて弁明することができるのに。本当なのだ、やつらは存在するのだ。お前は一度もキマイラを見たことがないのか？　鏡の中で、自分の顔の後ろに浮かび上がるもうひとつの顔。それは醜いお前の良心が拡大されたものだ。そうだな、もちろんお前は見たことがないのだろう。人はわしのことを風変わりだと言う。信用ならないと。やつらは聞いたことがないのだ。あとをつけてくる足音を。わしが止まれば、足音も止まる。そしてまたつけてくる……。こんな父親が恥ずかしいか？　お前は村人たちの凡庸な言動、愚かしい養鶏さえも受け入れようとする。だが見ていろ！　今後は何もかもが変貌する。我々は自らを解放するのだ〃

父親はそのページを破り捨てると、大声で息子を呼んだ。「ヴィクトル！　来い！　こっちへ来い！　お前に話がある」

父親は息子を見つめた。確かに自分たちはよく似ている。太い眉に、かなり薄い色の瞳。どうしていいのかわからない様子の口元。しかし息子の髪は母親譲りの黒だった。

父親は息子に面と向かって告げた。「家までずっとあとをつけてくるが、わしはそしらぬ顔をしている。それがやつらを苛立たせたようだ。そのうちの一人は飛んでいた。地面すれすれのところを」父親は息子をじっと見つめた。そして心の中で思う。わしはお前を騙しているのか、それとも自分自身を騙しているのか――。どちらでもいい、とにかく何か言ってくれ！　お前は間もなくここから出ていける身だが、否定するか納得するかくらいはできるだろう。わしにはそいつら――あとをつけてくるやつら――が見えていて、存在まで感じられるということを。しかし息子の答えを待たずに言った。「お前の絵が見たい。今すぐにだ。じっくり見たい」

ヴィクトルが言った。「父さん、今日はもう暗いよ。どうせ何も見えない」

「暗い、か……」父親はつぶやいた。「闇、黄昏、夕暮れ。そんなものは、わしらがたどり着いたこの場所には多すぎるくらいに存在する。お前の絵の中に見たいのは、まさにそれなのだ。お前が描くと、平野でも一斤のパンでもじゃがいもでも、いつも同じあの夕暮れの中に浮かんでいる。だがなぜ、これほど広大な平野をあんな小さな絵に描くのだ？　それでも、お前が描いた平野のほうが大きいが……。それにしても、なぜ何も言わない。わしに言わせれば、お前のパンは退屈だ。わしにはどうすればパンに命を吹きこむことができるのかわからないが、とにかくお前にはできていない。待て、行くな。座れ。座りなさい。わしが批評するのは、お前の絵が素晴らしいうえに、もっと良くなる余地があると思うからだ。なぜあの赤と黄の雄鶏を描かない？　雄鶏ならこの村にいくらでもいるだろう。雄鶏は大いなる可能性を秘めているし、毎朝高らかに鳴くではないか。ははは、それも、人間が新たな朝を突きつけられるよりもずっと前にだ。だが、お前なら雄鶏すらも夕暮れの中に描くのかもしれんな。では、わしはもう寝る」

父親はまだしばらくそこに座っていたが、それ以上問いただそうともしなかった。口を開いたのはヴィクトルだった。「父さん、そうだね。ぼくはどこもかしこも閉めてしまう。そうしたら、やつらも入ってこられないから」

家の中が静まると、ヴィクトルは家の裏に出た。空はもう、平野と同じくらい暗くなっている。地平線のきわに、夕日が細い黄色の筋になって残っている。待っていると、夜の中に列車のライトが浮かび上がった。ずっと遠くに。村人たちの間では〝夜の列車〟と呼ばれ、ここの駅には止まらない列車だ。普通列車のほうは、いつもちょうど夜明け前にやってくるが、二分も停車すればいいほうだった。

出発の夜、ヴィクトルの父親はとても疲れていて、布団の中でわずかに振り返ると「忘れ物はないな？」と訊いただけで、また眠ってしまった。

風がいつものように平野からまともに吹きつけていた。どの養鶏場もまだ暗いままだ。ヴィクトルは旅行鞄を駅のホームに下ろした。すごく寒い。夜の濃紺が白みかけている。信用してはいけない。列車は予定より早く到着することもあるのだ。一度など、運転手が列車を止めずにそのまま行ってしまったことだってあった。

その朝最初の雄鶏が鳴いた。そして列車――長く連なった光――が近づいてくるのが見えた。そして止まった。ホームからずっと離れた何もない共有地の真ん中で。ヴィクトルは旅行鞄を摑むと、線路にそって走りだした。肉眼では見えないものの、遠くの列車がまた動きだしたのを感じる。一両目にたどり着くと飛び乗ったが、足を踏み外し、鉄製のステップに顎をしたたかに打ちつけた。くそっ――。ヴィクトルは毒づきながら、鞄を車両の中に押しこんだ。中は無人だった。そして列車が本来の位置、つまりホームに停車した。そのまま動かない。何分間も止まったままだった。これだから列車というものは信用ならない。夜明けの最初の光が川面に映る。橋の輪郭がくっきりと浮かび上がると、橋の上に誰かが立っていた。警笛も鳴らさずに、運転手が列車をゆっくりと発車させた。川を走り過ぎる直前に、ヴィクトルにも見えた。父親が大きく腕を振って、大仰に別れの挨拶をしているのが。村じゅうの雄鶏が、雄叫びを上げていた。

長旅の末、ヴィクトルはその大きな建物にたどり着いた。世界のあらゆる場所からやってきた芸術家たちが、各個人の才能に見合うとされた期間、この建物内のアトリエで創作活動を許されているのだ。ヴィクトルの場合、七週間だった。建物は街の二街区分を占めていて、高さも相当にあった。やはり巨大な玄関ロビーはガラス張りになっていて、外を次々と車が流れていくのが見える。ガラスのテーブルを囲むのは互いに顔見知りではない様子の人々で、黒いプラスチックのアームチェアに座っていた。カウンターの後ろで、若い女性が二人タイプライターを打っている。ヴィクトルは旅行鞄を床に下ろして立ち止まった。次々と車が流れていく中で、ざわめきのような不思議な音が聞こえてくる。雨が降っているような音だが、どこからなのかはよくわからない。ヴィクトルはカウンターに書類を並べた。書類は署名され、判を押され、承認され、どれも完璧に準備されている。女性がやってきたので、ヴィクトルはもう一枚紙を差し出した。そこに感謝と誇りの気持ちを、この国の言葉で記したつもりだった。女性は微笑んだが、ちょっと疲れて見えた。そしてヴィクトルに一枚の用紙を渡した。彼女の顔は小さくて角張っていて、まぶたを黒く塗った大きな目が印象的だった。今流行の性差への挑戦で、あえて無頓着でだらしない装いだった。その服装は、ヴィクトルの目には貧しい女性のものとして映った。ヴィクトルは用紙の意味がわからなかった。びっしりと書きこまれた文字に、もしかするとこんなに性急に何か誓わされるのだろうかと疑った。ヴィクトルは用紙に手を置いて女性を見つめた。すると女性がいちばん下の空欄を指さした。そこに名前を書くと、鍵を渡された。さっきのざわめきが、音量も音質も少しも変わらずに、遠い滝のようにロビーを満たしている。ヴィクトルは尋ねた。「これはなんですか？」するとその若い女性は何か詳しく説明してくれたが、ヴィクトルには理解できなかった。

エレベーターは玄関ホールの、受付とは反対側の端にあった。ヴィクトルは上に上がる人たちについて乗りこみ、ぎゅっと詰めこまれてひとつの塊になった。エレベーターは音もなく、素早く上がっていく。誰もひと言も口をきかず、お互い目が合わないよう最大限の努力をしている。エレベーターがヴィクトルの階に到着し、ドアが開いた。人の群れをかきわけて外へ出ると、旅行鞄が中に残ったままになった。そしてドアは閉まってしまった。ヴィクトルは慌ててエレベーターのボタンを押した。一度に全部。しかしエレベーターは戻ってこなかった。現金はベルトに隠すか、小袋に入れて首から提げておくべきだった。パスポート他すべてがあの鞄に入っているのだ。なんてこと。やっとここまでたどり着いたのに、初日からもう……。ヴィクトルはエレベーターに追いつこうと階段を駆け上がり、そこで待ち、それからまた下の玄関ホールへ下りて、目の周りを黒く塗った若い女性に向かって叫んだ。「鞄が！　困った！」

彼女はヴィクトルを見つめ、ほんのわずかに肩をすくめた。あとから考えると、それは無関心の表れではなくて同情のこもった動作だった。そしてやっとエレベーターが戻ってきた。相変わらず満員だったが、ヴィクトルは中に飛びこんだ。遠慮なく人の塊に分け入り、旅行鞄を引き出した。あった。まだあった——。ヴィクトルは乱暴に鞄のふたを開き、現金がちゃんとそこにあるのを確認した。そしてすぐに恥ずかしくなったが、誰も彼の行動に気づいた様子はなかった。皆それぞれの方向に進んでいき、エレベーターはまた新しい人間でいっぱいになり、消えていった。

ヴィクトルは疲労を感じた。少し気分も悪かった。旅行鞄を摑むと、階段を上っていく。どの階も、大きな建物の端から端まで廊下が通っている。遠く離れた日差しに向かってガラスの銃眼が開いたトンネルのようだった。そこに一定の間隔でドアが現れる。番号のついた黒いドアが、廊下の両側に。四階では誰かがピアノを弾いていた。同じフレーズを何度も何度も。

やっと見つかった。ヴィクトルの部屋は一三一番だった。さっき受け取った鍵でドアを開け、中に入って閉める。ここが自分の家になるのだ。部屋の中はとても暑くて、遠い滝の音がさらにはっきりと聞こえた。ヴィクトルはじっと立ったまま部屋の中を見回した。ここが自分のアトリエ——。なんの個性もない、大きな薄灰色の四角い部屋。テーブル、椅子、ベッド——灰色、黒そして茶色。ヴィクトルが使う色と同じだった。窓は大きくて、ビニールで覆われている。それにこの、流れ落ちる水のようなささやき。ヴィクトルは耳を澄まして部屋の中を歩き回った。窓の下で手がスチーム暖房の管の間から吹き上げる熱い空気に触れる。ささやくような熱い空気——目には見えない水蒸気——が上着のようにヴィクトルを包みこみ、その懐に隠した。誰にも手の届かない、世界のいちばん端にいるような気分だった。

しばらくすると、誰かがやってきた。用務員がイーゼルを持ってきてくれたのだ。イーゼルはとても大きくて、二重十字架かギロチンみたいに見えた。ヴィクトルは用務員に礼を言うと、窓を指さした。〝開けたい〟という単語を思い出せなかったが、用務員はわかってくれて、肩で小さく申し訳ないという仕草をした。用務員が行ってしまうと、ヴィクトルはイーゼルを壁ぎわへ押しやった。この巨大な構造物があまりに露骨に感じられたからだ。なんだか強要されるような気分になるのだ。

玄関ホールの掲示板にはインターン生の名前、国、部屋番号が並んでいたが、同じ国から来ている人は見当たらなかった。細く仕切られた棚があって、そこに届いた郵便物が入るようになっている。ヴィクトルには父親から手紙が来ていた。

愛する息子よ

お前に手紙を書くなんてまったく妙な感じだが、それほど頻繁にはやらないと誓おう。お前の舞台の変化は相当なものだろう。それは素晴らしいことだ。アドバイスや慰めにはくれぐれも気をつけろ。赤と黄についてわしが言ったことはとにかく忘れてくれ。雄鶏など愚かな生き物だ。基本的に、特に言いたいことはない。お前の興味に値するようなことは何も。わしとお前の新しい距離（つまり地理的な距離）が驚くべき可能性を与えてくれることを願っている、ということくらいか。

もうクリスマスカードが届き始めている。彼らの絵の選択は——そんなことが可能ならだが——例年に増して陳腐だ。

G.v.m.d.（＝神がお前を守りたもう）
父より

ヴィクトルを当惑させたのは、この大きな建物で創作活動をすることを許された幸運な人々が、互いにまったく交流しようとしないことだった。エレベーターで、廊下で、むしろ互いを避けているに近かった。自分の部屋のドアにするりと姿を消す。まるで悪魔に追われているみたいに。そして廊下はまた空っぽになる。各自まったく同じことに取り組んでいるというのに。何よりも大切なのは自分だけの着想《アイデア》、そしてそれぞれが限られた時間しか与えられていない。

だからこそ、もっと交流すべきではないのだろうか。ヴィクトルは控えめな言葉で父親に手紙を書いた。父親はすぐに返事をくれた。

愛する息子よ

お前は人にかまわれたくないのに、一緒にもいたいのか。それは無理というものだ。どちらか選ばなければいけない、どっちを選んでもどうせろくなことにはならないが。わしにはわかっている。先夜、一頭のオオカミがわしの椅子に座っていた。わしは、創作活動はうまくいっているのかと尋ねるほど厚顔な人間ではない。逆に言えば、期待というものは成功に害を及ぼすから、そこには関知しないのが容認しえる態度だと思っている。お前は可能なら誰よりも秀でた存在となり、いろいろと試してみるがいい。お前にその意味がわかるのならだが――とお前の父親は言った。



G.v.m.d.　その他あれこれ

その大きな建物の窓は、どれもビニールで覆われていた。少なくとも、北からの均一な光を必要とする絵画アトリエの側は。そこでは外の道で何が起きているのかを見下ろすことはできない。どのアトリエも規則により、たった一人の芸術家が創作活動をすることになっている。家族や友人が集中を妨げないようにという理由からだ。

一度、ある若者がドアを叩いて入ってきて、しばらくヴィクトルのアトリエに座っていた。二人に共通の言語はなく、客人は飲み物を断わり、ただ座っているだけだった。恥ずかしさからか、いや、ある種のプライドからか、ヴィクトルは自分の作品を見せようとはしなかった。これがカフェなら身振り手振りで楽しく意思疎通を試みただろうが、そんなのは急に不可能に思えた。

玄関ホールにインターン生として名前のあった者の多くが、与えられた月日――貴重な数週間――を中断して逃げ出すという事実を、ヴィクトルは知らなかった。恵まれすぎた環境に耐えられなくなるのだ。暑さと孤独にも。そして恥を忍んで母国へと戻るのだった。

当初、ヴィクトルは非現実的な感覚の中で恍惚と絵を描き続けた。早朝、車がとめどなく流れだすより前の時間、彼のアトリエの窓だけは明かりが洩れていた。ヴィクトルの目に、アトリエは幾何学的な絵のように美しく映った。色彩を欠き、窓の中は空っぽ――そんな抽象的な空間だった。あの永遠のようなささやき、熱い空気が噴き出す音は昼となく夜となく、防壁のように彼を取り巻いていた。完全な虚を求めるあまり、旅行鞄に入れて持ってきた荷物はすべてベッドの下に隠した。この見知らぬ大都会を探索してみようなどという気は一度も起きなかった。この街を必要とはしていなかった。たまにすぐ横の道を入ったところにある安いバーで食事をしたり、同じ通りにある店で画材を買ったりするくらいで。

その濃密で幸福な期間に、ヴィクトルは自分の少年時代にやすやすと終止符を打った。とはいえ、水がめや茶色の飾り皿など、昔から常に描いてきた馴染みのある簡素なモチーフが恋しくもあった。パンや根菜や野菜を買いアトリエに並べてみるが、それらは見知らぬものにすぎず、影も落とさず、意味をもたなかった。そこでヴィクトルは冬の平野を描いた。自分が覚えているとおりに、感じているとおりに。誰も、何も、彼の邪魔をすることはなかった。ヴィクトルの絵はどんどん暗くなり、最後には地平線に夕日がわずかな黄色の帯として残っただけだった。

残り三週間になったとき、ヴィクトルは自分の絵をすべて、壁にぐるりと立てかけて眺めた。たっぷり一時間、ただ座って絵を観ていた。果てしなく続く平野——遥か遠いものも、近いものもある。雪の中を行くのはわずかな人々だ。手押し車を押す人間や荷物を引く馬が描かれている絵もあるが、大半の景色は空っぽだった。人や馬がいないほうが、少しは無関心さが軽減されるような気がした。それに永遠にそこにある、あのテーブル。死んだ光の中で、パンや野菜や水差しが店先のように並べられている。それはヴィクトルに、神に、世界中に対して、等しく完全に無関心だった。

ヴィクトルは失意に襲われた。全身が痛むほどの底なしの失意だった。旅立つ前のほうがいい絵が描けていたと実感したのだ。彼はベッドに倒れこむと、そのまま眠りに落ちた。

目を覚ますともう夕方だった。何があったのかを思い出すと、部屋が以前とは違って見えた。敵意に満ち、あの熱い空気のしゅーしゅーという音が一オクターブ上がった気がした。ヴィクトルは濡らした新聞紙を暖房の管の間に突っこんだが、ささやきは無慈悲にも消えなかった。ナイフで窓をこじ開けようとしたがそれも無理だった。怒りのあまりすすり泣きながら、必要な単語を調べようと辞書を取り出した。そして玄関ホールまで階段を駆け下りると、恥ずかしげもなく乱暴にカウンターを鍵で叩いた。あの若い女性に注目を求めたのだ。そして彼女がいつもの小さな角張った顔と挑発的な服装でやってくると、ヴィクトルは大声で言った。「空気！　熱い空気！　嫌いだ！」

「みんなそうです」彼女は落ち着き払って答え、苦情提出用の用紙と、夕方の配達で届いた手紙を一通渡した。

ヴィクトルは外の道に走り出た。無我夢中で見知らぬ街へと飛びこんでいく。外はとても寒かった。やみくもに街の奥へ奥へと分け入ると、道は次第に細くなっていった。角に差しかかるたびに、細いほうの道を選んで進む。それは夕暮れ前の時間帯で、まだ店はどこも開いていて、物が売り買いされていた。ヴィクトルは人の波にまぎれて歩いた。人々が彼の横を通り過ぎ、離れ、また混ざり合う。歩道は捨てられた野菜で滑りやすく、食べ物と人間の臭いがした。屋台の上ではクリスマスの装飾がまばゆく光っている。動物の躰やソーセージが銀や金の花で飾られている。道の上にかかる長いケーブルには色つきの電球が連なり、その上では密に並ぶ黒い建物がまるで空を戴く渓谷のようだった。夕焼けが突き刺すような薔薇色——ピンクの薔薇のように燃え上がり、道や建物が束の間の神々しい甘美さに包まれた。それから宙が暗くなり、屋根の上に降りてきた。

ヴィクトルは歩きながら泣いていたが、それに気づく者はいなかった。道は驚くほどの速さで様相を変えていった。店はがらがらとブラインドを下ろし、電気が消え、人々は家路についた。

ついには、明かりがついているのはカフェだけになった。ヴィクトルは角に建つ一軒のカフェに入った。テーブルが数卓あるだけのカフェ。部屋の片側に鉄のストーブが燃えている。その反対側の壁には木毛《もくもう》だけが入った空っぽの木箱が立てかけられている。カウンターに男が数人立っていて、低い声で話をしていた。ヴィクトルはコーヒーを受け取ると店の奥に入り、手紙を開封した。

愛する息子よ

お前はわしが大都会のことなど何も知らないと思っているかもしれないが、知っているぞ。昔、知っていたのだ。晴れやかな場所だが、そこに慈悲は存在しない。お前は今そういう場所にいるのだ。G.v.m.d. 昨夜は、野獣が何匹も家の周りをうろついていた。だが心配しなくていい。そいつらの足音が聞こえるのはわしだけだ。誰もお前によろしくとは言ってこない。気楽だろう？　その大きな街からの絵葉書を喜ぶかもしれないと、お前が思いつかないこともないだろうからな。いや、すまない。わしは実際何も軽蔑してはいない。お前のことは時々考えるが、必要以上に恋しいわけではない。

父より

追伸　平野に激しい雷雨がやってきた夜があった。真冬なのにだぞ。お前にも見せたかった。わしは大胆になり、ドアを開けたまま閃光が流れるのを眺め、雷鳴や豪雨を聴いていた。怯えきった雄鶏や雌鶏のことを考えるだけで爽快だった。きれいさっぱりだ！

追伸二　しかし次の晩、やつらはまた戻ってきた。心配するな。ただやつらが戻ってきたことを伝えたかっただけだ（やつらは雷など気にしないらしい、ははは）。

ヴィクトルは毎晩、通りに人が溢れる時間帯にそのカフェに通うようになった。初めて見たときほど美しくはないが、通りの様子はあのときと同じだ。蜂の群れのように騒がしく、色と匂いといろいろな声、そしてたくさんの顔で溢れている。

カフェでは顔を覚えられ、自分のテーブルが決まった。ストーブの斜め後ろにある、鉄製の小さな丸テーブルだ。毎晩、彼はそこで大きなノートに顔を描いた。黒だけで。彼が何をしているか気にする者はいなかった。ヴィクトルは目を黒く囲んだ若い女性の顔を、廊下やエレベーターの顔を、最後には通りの顔を描いた。絶望の中でそのすべての顔を征服し、語ることを強いた。

アトリエには寝るためだけに戻るだけで、毎晩のようにカフェへ通いつめた。そのうちに、ヴィクトルの描く顔が変化した。自分で制御できるものではなく、向こうから勝手にやってくるようになったのだ。ヴィクトルは顔たちがやってくるがままに、自分だけの非現実の中に捕らえた。父親の家の周りをうろつく目に見えないやつらを囲いこみ、それに角を生やし、翼を与え、冠をかぶせた。心のおもむくままに。しかしそいつらの目を描くのがいちばん難しかった。

罰してやる、とヴィクトルは考えた。逃がれられない顔をやつらに与えてやる。閉じ込めてやる。やつらはぼくが小さい頃も追いかけてきた。父さんの椅子にオオカミだなんて！　でも唯一大事なこと、それはこれらの絵が素晴らしいことだった。

ある夜カフェで、亭主がヴィクトルのテーブルにやってきた。「外に宿無しが来てるんだが、おそらくあなたと同じお国の言葉を話すようです。ワインしか飲みません」そう言って、彼はドア口で待っている老人を指した。

確かにその老人はヴィクトルと同じ言葉を話したが、会話を楽しむつもりはないらしかった。できるだけストーブに近づいて座り、二人は一緒に熱い赤ワインを飲んだ。ヴィクトルは老人に自分の絵を見せた。ヴィクトルの客は絵を見つめた――真剣に見つめた。が、何も言わなかった。ヴィクトルのところに泊まることは辞退したが、丁寧に礼を言って立ち上がり、こわばったお辞儀をしてその場を去った。

亭主がヴィクトルに尋ねた。「言葉は通じましたか？」

「ええ。通じました」

絵を見せたのは大きな間違いだった。自分は何を期待していたのだろう。褒め言葉？　驚嘆？　嫌悪？　なんでもよかった、沈黙以外なら——。

もうそのカフェに行くことはなくなった。自分の部屋で絵を描き続けたが、そこをアトリエとは呼ばなかった。彼の描く人物像は大きくなり、ますます手に負えなくなり、彼らはけんかをし、愛し合い、死ぬ寸前だったかもしれない。暑さや孤独、ひょっとすると狼狽しているせいで。しかしヴィクトルは慈悲を見せなかった。そして、必要に駆られて、自分を彼らから解放した。夜になると街へ出て、心を悩ませることなくやみくもに歩き回る。そして朝になると部屋に戻った。

ヴィクトルは絵を父親に送った。

最後の日、彼女に〈目を黒く囲んだ若い女〉の絵を贈った。彼女はちょっと驚いて礼を言った。そしてヴィクトルに手紙を一通渡した。

愛する息子よ

届いたぞ。お前は、わしをつけてくるやつらを絵にすることができたのだな。もうひとつの現実に、顔が与えられたわけだ。その恐ろしさに、わしの心が落ち着く。もう椅子にオオカミは座っていない。どれもいい絵だ。

しかし、少なくとも書留にすべきだった。お前はまったく、生活の実際的なことについては何もわかっていないのだな。だから手紙には具体的な到着日も書いていないわけだが、時間があるときにちょくちょく駅に行ってみることにする。

父より

列車が何もない共有地の真ん中で止まった。前回と同じく説明がつかない。それから数分間止まったままだった。列車はまた動き始め、ヴィクトルにもホームにいる父親が見えた。二人の距離が近づいていく。あくまでも、ゆっくりと。

## 娘

Dottern ＊

もしもし、ママ？　わたしよ。何？　……よく聞こえない。さっきも電話したんだけど、トイレに入ってた？

（陽気に）もっちろん。トイレに行く権利はじゅーぶんにあるわよ。またあとでかけ直せばいいんだから。

もう、ママ！　わたしの話、聴いてる？　それがいちばんしてほしくないことなのよ。ママが電話の前に座って待ってるかと思うと、恐ろしい気分になるんだから。そんなこと、絶対にしちゃだめ！　わたしはあとで、自分の都合のいい時にかけ直す。わかってるでしょ？　で、元気なの？

そう、よかった。わたしは元気よ。ところで、夜のお茶の準備はできた？

もうママ、勘弁してよ。それくらいはやらなきゃ。この世の半分は独り暮らしで、それでもお茶くらいは用意するんだから。お願いよ。すごく簡単なことでしょう。ただお湯を……。

（冷たく）ああそう。やりたくないのね。やりたくないなら結構よ。

そんなことないわ、いつもと同じよ。ただ、ママの好きなようにすればいいと思って。やりたくないときもあるわけで、それ以上議論の余地はないでしょ。代わりに何かやりたいことをすればいいんだから。そうじゃない？

ええママ、わかってる。わかってるってば。わたしはすごくたくさんやることがあって、ママは全然ないって言うんでしょ。そうよ。それはわかってるわよ。

何よ、感謝してるに決まってるじゃない！

ママ、聴いて。九時二十分に始まるクラーク・ゲーブルの映画、観ないの？　ママの新聞に丸をつけておいたわよ。二チャンネル。サンフランシスコの地震の話よ。スリル満点じゃない？

ああそう、じゃあいいわよ。クラーク・ゲーブルは嫌いなのね。でも『天井桟敷の人々』は十一時にならないと始まらないわよ。どうしていい映画は夜中にしかやらないのかしらね。その前に少し眠っておけばいいんじゃない？

時間になったら起こしてあげるわよ。電話する。わたしはどうせ起きてるから。ほら、明日締切のレイアウトがあるでしょ。

・・あのレイアウトよ。どんなに大事な仕事か、この間話したじゃない！

そうね、もちろん全部覚えてなんかいられない、だから気にしないで。ところで、地震のシーンはすごく短いし、最後のほうよ。あ、ひとつめの映画のことね、『天井桟敷』じゃなくて。……ごめん、わたしちょっと疲れてるみたいで……。（低い声で、真剣に）ねえママ、ときどき本当に疲れてしまって、心から疲れきって、床に座りこんで「もう疲れた！」って叫びたいくらい。仕事にもママにも、他のことにも全部疲れた。もう気力も残ってないし、時間もないし……ママはそれについてどう思うわけ⁉

ママ、わたしの言ってることわかる？

ちょっと、何か言ってよ。

もしもし、もしもし？

（慌てて）ああ、まだいた。よかった！

ううん、怒ってなんか……。

ああ、そうだったの。いや、こっちはたいしたことじゃないから。明日すぐに苦情センターに電話しておく。こんなこと、あってはいけないんだから。ところで古いお友達とは連絡取れたの？

会うって言ってたじゃない。ちょっと、ママ！　それ、すごい！　本当に、本人にそう言っちゃったの？　変なふうに歳を取っておばさんじみた元女学生には我慢ならないって、本当に⁉　ママってつくづく面白いわね。ねえ、わたし、ちょっと手厳しくて元気なときのママに憧れてるのよ。で、彼女のほうは？　彼女はなんて？

じゃあ、もう会わないわけ？

永遠にってこと？

（残念そうに）うん、うん、わかるわ。もちろんよね。

ああ、わたしは家にいると思うけど。

なんでよ、嫌なわけないじゃない。

（大声で）もう、ママったら、若い人としか会いたくないだなんて言わないで。ママのために、どこから見つけてくれればいいのよ。若者のほうは、そっとしておいてほしいに決まってるでしょう。わかんないの⁉　（少し間があって）ああ、ごめん。ごめんなさい。

うん、わかってるわ。今六時よ。夜の六時ぴったり。

でも教会の鐘はいつだって六時に鳴るじゃない。当然でしょう。それが教会の仕事なんだから。

メランコリック？　だったら何？　聞きたければ、なんだってメランコリックに聞こえるんじゃない？　雨でも、エレベーターの音でも、なんでも。

ううん、エレベーターは壊れてないけど。え？　なんですって？

もう何言ってるの、六時に日が暮れたっておかしくないでしょう。ここだけじゃなくて、どこだってそうよ。世界中。あ、いや、世界の半分だったかな。そんなことでママは電話してくるのね。

ええ、わかってるわよ。電話してきたのはママじゃないけど。ママはわたしがかけ直すのを待ってただけでしょ！

聞こえない。何が手遅れになるって？

ああそう。悪気はなかったのね。ねえママ、ママはときどきちょっとはっきりものを言いすぎる。ところで、よく聴いて。何もかも――何もかもすべて――手遅れになるものなのよ。いつだって、どこでだって。だからどうだっての？

いや、それはわたしたちのせいじゃないと思うわ。誰のせいでもない。ただそういうものなの。

別に深い意味はないの。ただ最近はそんなふうに言うものなのよね。

ええ、ママ。ちゃんと食べてるわよ。毎日ね。出かけるときはちゃんと履くし。ママだって知ってるでしょう。

今日はちょっといつもと趣向を変えて訊くわよ。（ふざけて厳かに）今日――ママは――ちゃんと――薬を――飲んだ？　どう、わたし面白かった？

あ、そう。面白くなかったかもね。でも、飲んだの？

なぜ悲しいの？　悲しむのはやめてよ！　やめて！　今すぐそっちに行くから。バスで。

来てほしくない？

何、わたしが来るのが嫌なの？　来ちゃいけないっての？

何言ってるのよ。

毎日が同じなのはいいことじゃないの。それ以上悪いことは起きてないわけで……。

え、なんて？

ええママ。働きすぎてはいない。何もかも順調よ。

ねえ、ママ。わたしの思ってることを言いましょうか。怖がらせてるのよ。つまりわたしたち、お互いを怖がらせて遠ざけてるの。ひどい話よ!

まあいいわ。じゃあね。また明日、六時少し前に電話するから。

## メッセージ

Meddelande ＊

〈マリティム〉〔ヘルシンキにあるマリンショップ〕が閉まる前に寄ってくる。グスタフソンには連絡がついて、バンは八時に来ることになった。夏の間の住所変更はしておいたから。じゃあね、ＸＸＸ、トゥーティより

冷蔵庫の残り物は捨ててね

初めまして、オラヴィといいます。あなたの本は面白いけど、前回はハッピーエンドにしませんでしたね。ひどいじゃない、なんで?

パステルカラーのムーミン柄トイレットペーパーについて、早急にご返答をいただければと存じます

電話がきても、あれこれ答えないほうがいいわよ。まだ何も約束しちゃだめ。じゃあね。トゥーティ

はじめまして、わたしたちは三人の女子生徒で、あなたについて課題レポートを書いているのですが、すごく急いでいて、なぜどのように執筆を始めたのか、それとあなたの作品における〝人生〟の意味を、ほんとに短くまとめてもらえませんか？　あとほら、若者へのメッセージみたいなやつも。よろしくお願いします

敬愛するヤンソン女史、わたしが生活の糧を得る唯一の方法は、自分で描いたムーミンの鍋つかみです。当面はうちのキッチンで製作し、従業員もいません。とりあえず最初は六％でいかがでしょう

こんにちは。作家になろうと思っているのですが、少し情報を教えてもらえませんか？　原稿を同時に複数の出版社に送るって本当ですか？　イラストはあったほうがいいですか、ないほうがいいですか。それと、契約についても

月の輝く晩、わたしは起きだし、何をしたと思う……？　公園へ行き、ネグリジェのまま踊ったの！　誰にも見られなかったかもしれないし、見られたかもしれない。この気持ち、わかる？　返事ちょうだい

罪深き貴女は人を見下しているようだが、過信するなよ。一瞬一瞬を、我々が見張っている。そしてそこで待ちかまえている

敬愛する友人よ、長いこと考えていたのですが、そろそろいいのではないかと思い、勇気を出して些細なお願いをします。気が向いたときにいつか、あなたの小さな可愛いキャラクターを全員、うちの孫娘エマニュエラのためにカラーで描いてもらえないかしら

あとで行くわね。スープを温めて

XXX　T

うちのハムスターには、あなたと弟さんの名前をつけました。わたしの四十歳の誕生日に二匹の命名式をやったけど、アストリッド・リンドグレーン〔スウェーデンを代表する児童文学作家。『長くつ下のピッピ』などを著した〕は来てくれませんでした。

あなたたちは二匹とも、お腹にリボンがついています。今年の冬は異常に寒くて、保護を受けていない人たちは凍死しています。ある朝、あなたたちは二匹ともベランダで死んでいました。リッダルホルメン〔ストックホルムの歴史的中心部を見渡せる場所〕でお葬式をしようと思っています。お元気で

今年のマーマレード・キャンペーンに関して連絡させていただきます。つきましては、マーマレードをテーマにしたムーミン・コミックスの未発表作品をご提供いただけるかどうかを伺いたく

漫画を描くのに、どんなGペンを使っていますか？　探したのだけど、見つかったのはどれ

も旧式だし、新しいのはどうにもならない代物ばかり。一般的な契約書のコピーをもらえませんか？　あと、海外版権についても知りたい

親愛なるヤンソン夫人

わたし自身が最低限の収入を得る手段および趣味と実益を兼ねてムーミンの絵を描き、画廊や車通りの多い道路ぞいのキオスクで販売してもらえるように預けてきました。そうしたら女友達に「許可が要るはずだ」と言われたのですが、本当ですか？　今年の第五週までに返答がなければ、今までどおり続けます

住所不明

〝ムーミン谷のサンタさんへ〟現在の住所と苗字を記入してください

弊社のムーミン・リコリス〔甘草風味の真っ黒なお菓子〕の広告のために、真っ黒なトロールを考えてくださ

ったのはもちろん存じ上げています。しかし技術的な問題により

うちの親をどうしたらいい？　ますます手がつけられない。返事ちょうだい！

会って、学校時代の思い出でも語り合いませんか？　わたしはマルギットです。あの、校庭であなたのお腹を殴った

未完了の合意に関する報告書へのコメントお待ちしております。前回の市場リリースの際に生じた悪影響を考慮すると、早急な対応をお願いしたく存じます

恐れずに聴いてください。あの新聞の連載漫画が妊娠中の母親にどんな影響を与えているかわかってますか？　あなたにどれほどの責任があるのかも。妊娠中の母親にとって、常に、そ

う常にあの鼻と対峙しなければいけないのがどういうことか、考えたことがありますか？　次の世代がどんな顔で生まれてくると思うの

猫が死んでしまった！　すぐ返事ちょうだい

やっほー、マイナーな童話のおばちゃん。うちら、面白いアイデアもった若者三人組。どう思う？　この話に乗ってみる？　LOVE
株式会社プラスチック、〈今やるか、一生やらないか〉プロジェクト

Dear Jansson san
I have collected money for a long time. I will come and sit at your feet to understand.
Please when can I come there?

昨晩、やつらが侵入してきた。そこらじゅうにいる。来てもらえませんか、後生だから

美しい自然の残るこの小さなエリアは、常に存在を脅かされています。スポンサーになっていただけませんか

美しい自然の残るこの小さなエリアは、常に存在を脅かされています。どういう了見で、ここを略奪し、破壊するのか

目立たないミニタンポンの新商品を発売しました。以前のデザインはピーチ・フラワー株式会社が担当しましたが、今回は若い世代をターゲットにこんなキャッチコピーを考えています。〝ねえねえ、ちびのミイはいつだって安全第一よ〟この遊び心に、あなたの許可を与えていただけませんか

スナフキンのイラストを描いてもらえませんか？　自由の象徴として、腕にタトゥーを入れたいのです

なぜ手紙を書いているのか自分でもわかりませんが想いがこれほど大きくなってしまった今宵書かずにはいられないもし面倒だったらこの手紙は捨ててください忘れて読まないでもどうかできる限りお返事ください

カーリン・ボイエ〔スウェーデンの詩人・作家。一九四一年、長年想い続けた女友達が癌で死の床にあるのを見舞ったあと自殺〕を殺したのはあなたでしょう

郵便物は出しておくから

XXX　T

ギャラはスリランカに送金していただけますか？　今やっているエスペラント語への翻訳は、年明けまでかかります。お待たせして申し訳ありません

「猫」という短篇であなたは猫を二度も替えたけど、それは心無い行為だと思う。動物愛護協会の会員として、言わせてもらいます

あなたもきっと喜んでくださると思いお伝えいたしますが、人生が与えうるものすべてを享受できる人間というのは実際に存在するのです。わたしはそういう人間の一人で、そのことに感謝しています。ただ、ひとつだけやってみたいのが、何かを創造することです。セラピストに水彩画をすすめられ、あなたに電話してみればいいと言われました。色の選び方とモチーフのことで

哀れな友人よ、あなたは罪に堕ちている。声がわたしに語りかけた、あなたのために毎晩祈

れと。そのせいでわたしはとても疲れている。聖典の一部を送るので、読んで、ましになったか教えてください。耐えるのです——すべてに理由と赦しが存在する

これはボトルにつめてオーストラリアからクニット〔ヤンソンの絵本『さびしがりやのクニット』の主人公〕におくったてがみです。もしとちゅうでかみがぬれてしまったら、おかあさんにアイロンをかけてもらってかわかしてね

あなた、自分の可愛いベイビーの五十歳の誕生日を忘れてしまったの？　わたしの手紙はちゃんと読んでくれてる？　わたしからプレゼントは受け取ってるわよね？　歳を取ってしんどいだなんて言わないでよ。わたしは手紙を書くのをやめないから——あなたのことは永遠に放さない！

洗濯物は取ってきた。六時になったらじゃがいもを茹で始めてね。アンティッラという人か

ら電話があった

Dear Jansson san,
Take good care of yourself in this dangerous world.
Please have a long life.
With love

## 訳者あとがき

トーベ・ヤンソン没後二十年の今年、彼女が人生最後に刊行した短篇集『メッセージ』を日本に紹介できることを嬉しく思う。

本作『メッセージ』は、数ある短篇作品の中からヤンソンが自ら編纂したベスト版になっている。しかもこれまで未邦訳だった短篇が七篇収録されていて、自伝的要素も強いことから、日本のファンにとってはもう一度新しいトーベ・ヤンソンに出会える貴重な機会にもなっている。

本作はスウェーデン語のオリジナルが一九九八年にフィンランドのヘルシンキを拠点とするスウェーデン語系出版社Schildtsから刊行されているが、今回の邦訳は二〇一四年にヤンソン生誕百周年を記念してSchildts & Söderströms社（Schildts社の後身）が刊行した版が元になっている。この版特有なのが、フィンランドのスウェーデン語系文学評論家のフィリップ・テイル氏によるまえがきと、ヤンソン自身による表紙の装画だ。青紫の空に大きな月が浮かぶ幻想的な絵は、完全に暮れることのない北欧の夏の夜を思わせる。白樺のような木々の間で抱き合うのは何組ものカップルで、まさにこの短篇集のテーマを体現するかのようだ。
フィリップ・テイル氏のまえがきにもあるように、本作は〝二人〟に光が当てられている。恋人、夫婦、長年のパートナー――その中には男性同士、女性同士のカップルも存在する。さらには親子、とりわけ母娘、そして友人同士。〝孤独〟をテーマにした短篇もいくつかあるが、孤独だからこそ〝他者の存在〟をより強烈に感じることができる。こういった〝他者との関係性〟は人間の普遍的なテーマであり、ヤンソン作品のファンが世界じゅうにいることの大きな理由のひとつだと思う。

本短篇集では、多くの作品にトーベ・ヤンソン自身の人生が投影されてもいる。ヤンソンは一九一四年に、芸術家夫妻の第一子として、フィンランドの首都ヘルシンキに生まれた。父ヴィクトル・ヤンソンはヘルシンキ出身の彫刻家、母はスウェーデンの首都ストックホルム出身の挿絵画家シグネ・ハンマシュティエン。つまり母親はスウェーデン人で、父親はスウェーデン語系フィンランド人だった（フィンランドではフィンランド語とスウェーデン語の両方が公用語とされ、現在のスウェーデン語系人口は五％程度）。ヘルシンキでスウェーデン語を話す両親の元に育ったトーベは、執筆をスウェーデン語で行っている。幼い頃からスウェーデンにいる母方の親戚とも親しく交流し、大きな影響を受けていた様子が、「我が愛しき叔父たち」

「カーリン、わたしの友達」からも読み取れる。

　トーベは学校があまり好きではなく十五歳で自主退学、「我が愛しき叔父たち」にもあるように、ストックホルムのエイナル叔父さん宅からストックホルム工芸専門学校に通う。その後ヘルシンキに戻り、通称アテネウムと呼ばれるフィンランド芸術協会美術学校で学び、その卒業の日の様子が「卒業式」にみずみずしく描かれている。

　十四歳という若さで雑誌へのイラスト掲載で挿絵画家としてのデビューを果たしていたトーベだが、その後も芸術家として幅広い活躍を見せる。彼女が手がけたのは〝静物画、風景画、肖像画、風刺画、抽象絵画、挿絵、さらに、小説、絵本、短篇小説、コミックス、脚本、オペラ台本、詩や歌詞、壁画、祭壇画、舞台美術、ステンドグラス、本の装丁画、カードデザイン、ポスター、広告の絵など〟（『トーベ・ヤンソン──仕事、愛、ムーミン』より）非常に多岐にわたる。

　トーベの人生に大きな影響を与えた要因のひとつが、二十代前半に起きた第二次世界大戦だ。フィンランドはロシアと何度も激しい戦闘を繰り広げ、北欧の中でも特に戦禍を被った国だった。トーベにとって大切な存在だった弟ペール・ウロフや恋人タピオ・タピオヴァーラをはじめ、男性の友人たちは次々と戦地に赴いた。当時青春の真っ只中にあった若いトーベの閉塞感、生きづらさが「コニコヴァへの手紙」からもひしひしと伝わってくる。大好きだった親友でユダヤ人写真家のエヴァ・コニコフは、フィンランドがドイツと手を結んだため、アメリカへと旅立ってしまったのだ。

交際相手たちも、トーベの人生と仕事に大きな影響を与えている。二十代で「サミュエルとの会話」に出てくる、絵画の師でもあったサミュエル・ベプロス・ヴァンニ（サム・ヴァンニ）と熱烈な恋に落ちる。その次に恋仲になったタピオ・タピオヴァーラは、アテネウムで共に学んだ仲間で、タプサという愛称で「コニコヴァへの手紙」「卒業式」にも登場している。トーベはサミュエルともタプサとも、長く友人であり続けた。その後、フィンランド文学界の大物で政治家でもあったアートス・ヴィルタネンと事実婚のような関係になるが、やがてトーベが選んだのは舞台演出家のヴィヴィカ・ヴァンドレルという女性だった。その後はグラフィックデザイナーのトゥーリッキ・ピエティラ（「メッセージ」ではトゥーティ）という女性が、トーベの人生の伴侶となる。「コニカとの旅」「墓地」「ウワディスワフ」の主人公であるマリとヨンナは、トーベとトゥーリッキがモデルだと言われている。自由を謳歌する二人の言動からは想像がつかないかもしれないが、七十代という設定だ。どちらのカップルも、何十年も隣同士のアトリエで暮らし、仕事をし、世界を旅した。

本作にも島を舞台にした短篇がいくつもあるが、トーベは幼い頃から島で夏を過ごしている。家族で毎夏を過ごしたフィンランドのペッリンゲ群島（「ボートとわたし」）や、スウェーデンの親族が住むエングスマーンのあるブリデー島（「我が愛すべき叔父たち」）だ。ムーミンの連載漫画家として人気がピークに達すると、トゥーリッキと二人で小さな岩礁クルーヴ島《ハル》に、まさに「リス」に描かれているような小屋を建て、毎夏を二人だけで過ごすようになる。

トーベの人生についてもっと詳しく知りたい方は、このあとがきを書くにあたっても参考にさせていただいた『トーベ・ヤンソン――仕事、愛、ムーミン』（ボエル・ウェスティン著、畑中麻紀・森下圭子訳、講談社）や『ムーミンの生みの親、トーベ・ヤンソン』（トゥーラ・カルヤライネン著、セルボ貴子・五十嵐淳訳、河出書房新社）、ムーミン公式サイト（www.moomin.co.jp）をぜひ読んでいただきたい。トーベと両親、友人、恋人たちとの関係を知ることで、各篇への理解がより深まることと思う。また、二〇二一年秋には、日本でもトーベの半生を描いた映画『TOVE』（原題）の公開が予定されているのが楽しみだ。

本作の魅力は、厳しくも美しい北欧の四季の描写にもある。スウェーデンに暮らしていると、「日本にも四季はあるの？」と訊かれることがよくある。「もちろんありますよ」と答えるわけだが、そこでいつもふと考える。同じように四季があるといっても、北欧人の考える春夏秋冬と、日本人の考えるそれはまったく異なるものだと。たとえば北欧人の感覚では、冬はいくつかの段階に分かれている。日に日に暗くなり天気も心も憂鬱な十一月。暗いとはいえクリスマスを前に心浮き立つアドベントの時期。暗さと寒さをひたすら耐え忍ぶだけの一月。そして皆が心待ちにしているVårvinter（春冬）——さんさんと太陽が照る三月は〝第五の季節〟とも呼ばれ、真っ白な雪景色にまぶしい青空が広がる魔法のように美しい時期だ。季節ごとに人の性格まで変わるとも言われているほど、北欧の四季は人に影響を与えている。本作に収録されている「リス」「オオカミ」「春について」は、そんな北欧の冬の一場面を切り取ったような作品だし、白んだまま暮れることのない夏の夜を舞台にしているのが「ボートとわたし」「自然の中の芸術」や「夏の子ども」だ。本作を通じて、北欧の四季を満喫してもらえればと思う。

トーベ・ヤンソンがこの世に生を受けて今年で百十七年。スウェーデン語系フィンランド人であり、当時数少ない女性芸術家であり、相手の性別にこだわることなく恋をしたトーベ。何重にもマイノリティでありながら、そんなことは微塵も感じさせず、自由に存分に自分を表現し続けた姿が、本作からも浮かび上がってくる。そんな彼女の生き方に、現代のわたしたちは永遠に勇気づけられるだろう。

本作の翻訳では、海関係のスウェーデン語を解説してくれたLeif Hemmingssonさん、スウェーデン語では調べがつかなかった点をフィンランド語から調べてくれたフィンランド語通訳翻訳者のセルボ貴子さんに大変お世話になりました。本作の刊行にあたり、フィルムアート社の皆さまと編集の臼田桃子さん、素敵な装丁に仕上げてくださったデザイナーの大島依提亜さんに厚くお礼を申し上げます。

二〇二一年二月スウェーデンにて

久山葉子

## トーベ・ヤンソン（Tove Jansson）

画家・作家。1914年8月9日フィンランドの首都ヘルシンキに生まれ、父は彫刻家、母は挿絵画家という芸術一家に育つ。母語はスウェーデン語。14歳の頃にはイラストや創作の仕事を始め、ストックホルム、ヘルシンキ、パリでデザインと絵を学ぶ。1948年出版の「ムーミン」シリーズ第三作『たのしいムーミン一家』が世界中で評判になると、「ムーミン・コミックス」の新聞連載も始まり多くの読者を得る。1970年代からは一般向け小説も精力的に発表した。1966年に国際アンデルセン賞、1982年に三度目のフィンランド国民文学賞受賞。おもな作品に「ムーミン全集」（全9巻）のほか、『少女ソフィアの夏』『彫刻家の娘』などがある。2001年6月逝去。

## 久山葉子（くやま・ようこ）

1975年生。神戸女学院大学文学部英文学科卒。2010年よりスウェーデン在住。著書に『スウェーデンの保育園に待機児童はいない』（東京創元社）。訳書に『許されざる者』（レイフ・GW・ペーション著、創元推理文庫）、『スマホ脳』（アンデシュ・ハンセン著、新潮新書）、『北欧式インテリア・スタイリングの法則』（共訳、フリーダ・ラムステッド著、フィルムアート社）など多数。

メッセージ――トーベ・ヤンソン自選短篇集

2021年3月25日 初版発行
2021年7月20日 第二刷

著者 トーベ・ヤンソン
訳者 久山葉子

ブックデザイン 大島依提亜
DTP 沼倉康介（フィルムアート社）
日本語版編集 臼田桃子（フィルムアート社）

発行者 上原哲郎
発行所 株式会社フィルムアート社
〒150-0022
東京都渋谷区恵比寿南1-20-6 第21荒井ビル
tel 03-5725-2001 fax 03-5725-2626
http://www.filmart.co.jp/

印刷・製本 シナノ印刷株式会社


ISBN978-4-8459-2011-2 C0097

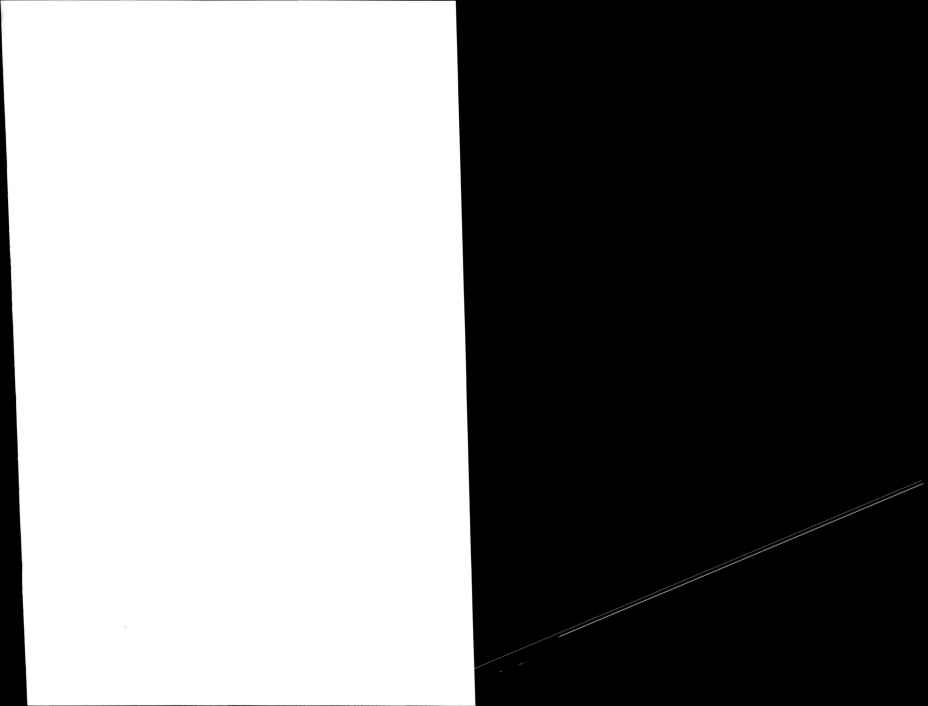